KB143244

검은 개나리

검은 개나리 3

묘시파리眇視跛履

-군국주의의 파멸-

송기준

장편소설

도서출판 | 동인

검은 개나리 ㅡ송기준

사방천지 방방곡곡 개나리
잊혀질 산천에
흐드러지게
노랑 꽃 피어낸다.

가냘픈 가지로
모진 추위 삭풍 받아내고
따사로워진 햇살에
꽃망울 맺고 피워
그 끈기 이어 간다.

몇백 년 만의 풍설(風雪)이던가
갑작스럽고 서슬 퍼런
춘삼월 역 추위
눈보라 질 퍼부으니
화사하게 피어나던 꽃봉오리
얼음조각 맺히고
하얀 수의 포 내려쓴다.

철없는 짓궂음에
변색되어
검은 개나리 되고
죄 떨어지니
그 누가 사연 알리오.

차례

제3권___ **묘시파리**(眇視跛履) -군국주의의 파멸-

*묘시파리(眇視跛履): 역량과 덕이 부족한 사람이 자기 분수에 넘치는 큰일을 하려다가 도리어 화(禍)를 당함.

장병 위안소(위안부 여성) / 9

여성들의 탈출 / 27

통한의 문신 / 58

유황도 애사 / 84

수리바치 탈출 / 112

화염방사기 / 126

역 상륙작전 / 133

유황도의 최후 / 139

이치고 작전의 연장(일본군 사단의 이동) / 152

중국의 청천백일기 비행단 / 158

조종사 전투 출격, 대지공격 / 165
중 · 일 전투기의 공중전 / 169
조선 출신 병사들의 애통한 죽음 / 179
조선 출신 병사들의 탈출(일본군 진영을 떠나다) / 186
독립군이 되다(두 명의 탈영자) / 215
탈영, 탈출자들의 중국 내 활약 / 224
새로운 전장으로(천영화의 남방 전출) / 238
벌떼의 공격, 구사일생 / 253
일본의 패전과 귀향(김동욱의 후송/귀향) / 264

장병 위안소

-위안부 여성-

위안소 안에서도 이름을 호명하면서 방 번호를 알려주면 각자 방으로 들어가 자신들의 개인용품을 정돈한다. 그리고 방을 점검하여 미비점이 있거나 요구사항이 있으면 보고하도록 한다. 각 방에는 일련번호가 써진 팻말이 붙어 있다. 건물 한 병동에 총 30개의 방이 앞뒤로 나 있다. 4개동이 지어져 총 120개의 방이 만들어졌으며 각 끝 방 다음에는 화장실이 3개, 세면과 목욕 그리고 세탁을 할 수 있는 큰 목욕탕이 2개가 마련되어 있다.

그리고 여자들이 묵을 4개의 건물 앞에 별도로 또 한 건물이 지어져 있다. 이곳에는 식당과 관리소장 그리고 관리위원 조장, 양쪽 끝에서 경비를 하는 병사의 숙소와 사무실이 자리 잡고 있다. 그러니까 위안소 초병은 총 네 군데로 각 모서리에 간이 위병소를 만들어놓고 밤 10시부터 새벽 6시까지 감시근무를 하면서 위안부들의 탈출을 막기 위한 것이다. 이런 상황에서 위안부들은 숙소를 이탈 도주할 수 없었다. 설혹 숙소 지역을 나간다 하더라도 부대 외곽 철조망과 경비를 또 거쳐야 하기 때문에 탈출이란 여간 어려운 것이 아니었다.

원래 이 장병위안소는 군무원이 장(長)이 되어 관리를 하였으나 경비만은 현역이 맡았다. 그런데 사실 따지고 보면 군무원도 대부분 군 출신으로 초급 장교나 하사관으로 전역한 후 다시 군에 복무를 하는 사람들이었다. 이들은 국가 공무원과 똑같았으며 다만 군에서 근무하는 부서만 다를 뿐이었다.

왜 위안소의 관리를 군무원에 맡기었는가는 교활한 일본군이 자기비리를 감추기 위한 술수였다. 즉 "자기들은 이러한 일에 관여하지 않았으며 전혀 모르는 일이다."라는 발뺌용 위장책의 하나였다.

그녀들의 일과는 아침 10시부터 시작되었고 밤 10시까지 계속되었다. 때로는 병사가 많이 몰려 줄을 서 있을 경우는 밤 12시까지 일이 계속되었다. 이들은 아침 9시30분까지는 손님을 받을 준비를 해야 했다. 관리 조장은 아침 9시가 되면 각 방을 돌아다니며 손님 맞을 준비가 되었는가를 점검하였다.

여자들은 아침 7시에 일어나 세면과 간단한 자기 정돈을 하고 나서 식사를 하고 잠시 휴식을 취한 다음에 8시 반이 되면 방과 침대를 깨끗이 청소를 하고 정돈을 한 다음 간단한 개인 화장을 하고 점검을 받을 때는 방문 앞에 서서 조장이 오기를 기다려야 하였다. 이것은 일종의 군대 점호와 같았다. 조장은 12명으로 한 사람 당 10여 명씩 개인적인 관리책임으로 주어져 있다.

만약 이때 위안부가 없어졌을 때에는 탈영으로 간주하고 주둔 사단에 수색을 의뢰하였다. 대부분 하루도 못가서 붙잡혀 방에 끌려왔으며 처절한 보복을 받고 다시 일을 해야만 했다. 점호 중 방청소가 깨끗이 되지 않고 손님 맞을 준비가 부실하다고 생각되면 30분 안에 수정하여야 한다.

준비 부실이 자주 일어나면 벌점을 받고 벌점이 쌓이면 벌칙을 주는데 벌칙이란 밥을 굶긴다든가 몇 푼 되지 않는 임금을 주지 않는 것이다. 혹은 상습적이라 생각되면 조장에게 매질을 당하기도 하였다. 그리고 휴식시간을 주지 않고 목욕탕이나 화장실 청소를 시키고 한 달에 한 번 나가는 시내 외출 기회도 주지 않았다. 위안부들의 휴식은 일주일에 딱 하루만 주어졌다. 그리고 한 달에 한 번씩 군의관에게 가서 성병 검사를 받도록 하였다.

위안부들은 한 달에 한 번씩 시내에 나갈 수 있는 날이 있다. 모든 여자가 다 가는 것이 아니라 조별로 교대로 쉬는 날 그러니까 한번에 20명 내지 30명 정도로 트럭 두 대를 내어 후방지역에 있는 시내로 간다. 물론 여기에는 관리요원이 붙어 밀착 감시한다. 시내의 시장에 가서 여러 가지 필수품을 사거나 먹고 싶은 것을 사서 먹는 것이 그녀들의 유일한 자그마한 행복이다.

그리고 개인적으로는 귀찮고 우울하였지만 생리하는 며칠이 최고의 휴식시간이었다. 이 며칠 동안은 일본군도 어찌할 수 없는 여성특유의 날이었고 그녀들의 또 다른 희망의 날이기도 하였다.

6명의 일등병 김장진, 박한설, 윤형진, 이세찬, 조영호, 천영화 그리고 서울 출신 상병 이성천 총 7명은 3개조로 나누어 날짜를 달리하여 위안소에 들어가기로 한다. 이들은 같은 대대 소속이라 같은 기간 내에 아무 때나 들어가도 되었지만 자기들 스스로 날짜를 나누어 들어가기로 한다. 첫날은 3명, 둘째 날과 셋째 날은 각기 2명이 들어가기로 한다.

첫날 3명은 점심을 먹고 잠시 쉰 다음에 위안소에 갔다. 위안소 출입구에는 이미 100명 정도 되는 병사들이 줄지어 서 있다. 첫날 들어간 3명은 기다리면서 출입관리요원에게 조선 여자를 만나게 해달라고 부탁해본다. 그러나 그것은 말하는 사람의 희망이지 관리요원이 그런 것을 생각하여 반영해줄 리 없다.

그리고 그런 것까지 고려하여 집어넣어줄 상황도 되지 못하였다. 무엇보다도 조선 출신 병사를 깔보는 경향이 있어 말과 태도에 있어서 앞과 뒤가 다르다. 일본 특유의 "하이! 하이!" 하면서 부잣집 막둥이처럼 간 쓸개 빼줄 듯이 대답은 잘하지만 실제적으로 아무런 행동도 하지 않는다. 그냥 방이 비워지는 대로 매 시 0분이나 30분이면 어김없이 그 후속으로 연결만 해준다. 그런데 만약 들어간 병사가 시간이 되었는데도 나오지 않으면 관리요원이 들어가 강제로 끌어낸다.

시간을 측정하고 알려주는 장치가 이곳에는 마련되어 있었다. 관리요원은 하루 종일 시계를 바라보면서 매시 25분과 55분에는 "땡－땡" 하고 관리소 앞 중간에 마련된 종을 두 번 친다. 그리고 매 시 28분과 58분에는 네 번 친다. 처음 두 번의 종소리는 이제 시간이 되었으니 일어나라는 신호이고 네 번의 종소리는 시간이 다 끝났으니 즉시 나오라는 신호이다. 사실 3,000여 명 이나 되는 전 연대 병력이 5일 동안 위안소를 출입하려면 하루에 600명 정도가 입장하여야 한다.

위안부들의 건강 상태, 생리 기간 등 여러 가지를 따지고 보면 평균 가용인원이 80명도 되지 않기 때문에 하루에 최소 8명 최대 15명 정도를 맞이하여야만 한다. 어떤 때는 최대 20명을 상대하는 경우도 있다.

대체적으로 평균 10~15명 정도 상대가 보통이다. 지금은 이곳 중국 북·중부 지역의 전선이 고착되어 여유 있게 운영되는 기간이다. 따라서 바쁘고 시간이 없을 경우에는 하루에 한 명 당 20명 이상을 상대하기도 한다. 거의 두 시간이나 기다렸다가 드디어 차례가 되어 방에 들어갔다. 줄을 서서 기다렸다가 차례가 되어 쥐꼬리만큼 받는 봉급 중에서 10원과 쿠폰을 주니 삿쿠 하나를 건네주었다. 조선 출신 병사 조영호, 김장진 그리고 강원도 원주 출신 박한설이 드디어 들어간다.

박한설이 들어간 방은 애석하게도 중국 여자의 방이다. 물론 처음에는 그녀가 중국인인지 조선인인지 몰랐다. 박한설이 들어가 여자를 보니 여자의 얼굴에서 앳된 티가 줄줄이 묻어난다. 몸도 키도 작아 처음 본 모습에 가여운 생각이 몰려든다.

박한설은 자리에 앉으면서 그녀가 어디에서 온 사람이냐? 나이가 몇 살이냐? 하고 조선말로 물어본다. 어린 중국 소녀가 조선말을 알 리가 없다. 그녀가 무슨 말인지 몰라 어리둥절하고 있을 때 박한설은 그녀가 중국인인 것을 눈치 채고 이번에는 중국말로 몇 가지 물어본다.

"니하오! 니스 쭝궈런마?" (중국 사람인가?)

"슬더! 워스 쭝궈런." (예 중국 사람입니다.)

"하오, 니 지쑤이?" (좋아요, 나이는 몇 살이오?)

"스치쑤이." (나이는 열일곱 살입니다.)

박한설은 열일곱이라는 말에 누이동생이 불현듯 떠오른다.

"치스 워스 왕라이쩌리 찌엔따오 차오시엔더 뉘즈 딴스 쭝궈더 뉘즈아." (사실 난 조선 여자를 만나러 왔다 그런데 중국 여자로구나.)

"니 찌아오 션머 밍쯔?" (네 이름은 뭐라고 부르지?)

"워 찌아오 쩐 쯔메이" (이름은 쩐쯔메이(陳智美)라 합니다)

"밍즈 하오 피아오량." (이름이 예쁘구나.)

박한설은 방안을 살펴보았다. 방에는 침대 하나가 벽에 붙어 있으며,

출입구 반대편에는 책상 겸 화장대 겸용인 탁자 하나와 나무 의자 2개가 나란히 놓여 있다. 그리고 책상 위쪽에는 나무로 된 간단한 벽장이 붙어 있고 개인 사물과 소지품을 정돈하여 넣어 둘 수 있게 되었으며 문은 달려 있지 않았다. 침대는 1.5인용 정도의 넓이였고 깨끗하고 하얀 시트가 깔려 있다.

시트는 하루에 세 번 갈고 일이 완전히 끝난 뒤에는 반드시 세탁하여야 한다. 만약 일이 끝난 뒤 게으름을 피워 세탁을 못하게 되면 다음에 깔 여분의 시트가 없어 불결한 시트를 갈지 못할 때가 있다. 여분의 시트도 몇 장 되지 않았기 때문에 날씨가 나빠 마르지 않거나 빨래를 미루면 시트를 갈 수 없어 조장의 검사에 걸려 벌칙을 당하기도 한다. 벌칙 중에 가장 무서운 것은 일종의 태형인 일명 "빠따(bat의 일본식 발음)"라고 몽둥이를 가지고 여자의 엉덩이를 마구 두드리는 체벌이다.

엉덩이를 맞아 파란 멍이 들었어도 그 상처를 가지고 계속 일을 하여야만 한다. 심지어는 감옥에 수갑을 채워 며칠씩 꼼짝 못하게 가두어 놓기도 한다. 박한설은 할 말이 많았지만 중국어를 많이 알지 못하여 쉬운 단어를 동원하여 일상적인 일 몇 가지를 더 물어보면서 어색한 자리를 채운다.

"그래 고향이 어디지?"

"예 상해에서 왔습니다."

"이 근방에서 온 것도 아니고 아주 멀리서 왔구나! 그럼 집에 어머니 아버지는 계시지?"

"어머니 아버지는 다 일본군에게 잡혀 끌려가서 어디론가 가셨고 동생들이 셋이 있었는데 나도 잡혀서 이리 끌려와 그 동생들이 어떻게 되었는지도 모릅니다."

"저런! 일본군 때문에 집안이 풍비박산이 났구나! 그럼 앞으로 어떻게 할 거야?"

"어떻게 할 수 있는 처지가 아니잖아요. 일본군이 하라는 대로 해야지 어떻게 하겠어요."

"그렇구나. 어디 갈 곳도 없겠구나. 하지만 집에 가서 동생들은 찾아봐야지 안 그래?"

"그런데 아저씨는 누군데 볼일 볼 생각은 하지 않고 나에 대해서 물어 보기만 해요?"

"아! 난-나는 일본군 병사가 아니야. 조선 출신 일본군이지. 나는 조선 사람인데 군대에 강제로 끌려왔고 이리 온 것은 몇 달 되지 않았지. 사실 난 오늘 조선 여자를 만나보고 이야기를 하려고 하였는데 너를 만나게 되었구나. 나도 너보다 한 살 더 많은 여동생이 있단다. 너를 보니 그 동생이 생각난다."

이때 서먹한 분위기를 깨는 종소리가 두 번 들려온다. 일 끝내기 5분 전이라는 뜻이다. 이 종소리가 들리면 지금까지 하던 모든 행동을 멈추고 마무리하라는 것이다. 다시 3분 후에 종소리가 네 번 울리면 무슨 일을 하던 간에 방에서 나가야 한다. 만약 나가지 않으면 관리인이 한 라인에 한 명씩 지켜보고 있다가 문을 열고 들어가 강제로 병사를 끌어낸다. 그런데 이와 같은 물리적 강제조치를 강력하게 시행하지 않으면 위안소 운영이 엉망이 되기 때문에 절대적인 힘으로 병사들을 다루어야만 하였다.

병사들 중에는 별의별 잡놈들이 많았기 때문이다. 변태도 많았을 뿐만 아니라 변태 행동을 위안부에게 개별적으로 요구하고 여자들이 들어주지 않으면 입을 막고 주먹질까지 하는 병사도 있었다. 그리고 그렇게 강조를 해도 삿쿠을 아예 낄 생각도 하지 않고 덤비는 자가 더러 있었다. 삿쿠를 하지 않으면 응할 수 없다고 하면 주먹이나 힘을 써서 강제로 해결하려는 자도 있었다. 심지어 이들은 어떻게 가지고 들어왔는지 단검으로 죽인다고 협박하면서 삿쿠를 끼지 않고 덤비었다. 그 결과 상당수의 여자들이 임신하기도 하였다.

여자들은 한 달에 한 번씩 보건소에 들려서 성병감염, 임신여부를 검사받고 만약 임신이 되었다면 바로 낙태 수술에 들어갔다. 낙태수술 후에 상처가 어느 정도 아물었다고 생각되면 다시 또 같은 임무수행에 들어가야 하였다. 위안소마다 달라서 어느 위안소는 임신이 되지 않도록 여자들에게 약을 지급하여 복용하도록 하였다.

이 정도는 도덕적으로 상당히 봐주는 예인데, 수술 후 2~3일 만에 바로 임무를 수행하도록 강요하는 곳도 많았다. 이유는 사람이 없고 들어오는 병사의 숫자가 많아 공짜로 밥을 먹여줄 수 없다는 핑계였다. 어떤 위안소는 수술 후 바로 다음날 일을 시키기도 하였다.

또 다른 큰 문제는 바로 성병이었다. 이 문제는 아주 심각하여 정신대 위안소를 만든 가장 큰 이유 중에 하나였다. 성병은 감염이 매우 잘 되었고 한 사람만 감염되어도 기하급수적으로 성병이 퍼져 나갔기 때문에 금방 전력의 누수가 생기었다. 즉 성병이 걸린 어느 한 명이 위안부에게 옮기고 그 병을 위안부가 다른 병사에게 옮기면 거의 몇 달 안에 수천 명이 성병에 감염이 되어 거의 일개 연대병력이 주저앉게 되는 것이다. 성병에 걸리어 중병 상태가 되면 온몸에 열이 발생한다.

예를 들어 매독 3기가 되면 다음과 같은 증상이 나타나서 걸린 사람은 죽거나 폐인이 되었다. 3기 증상을 보이는 환자의 약 절반 정도는 치료 불능이거나 치명적이었다. 환자들 신체의 거의 모든 부분이 나선균에 침범 당하였다. 예컨대 심혈관성 매독에서는 대량의 나선균들이 대동맥을 공격해서 탄력조직을 파괴하기 때문에 쉽게 동맥꽈리(aneurysm: 부분적으로 동맥벽이 얇아지며 팽창되어서 형성하는 주머니)가 형성되며 대동맥판막이 변성이 된다. 신경계 매독은 다른 신경계 질환과 비슷하고 치명적이 아니면 불구자가 되었다.

또한 부전마비(不全痲痺: 정신이상의 진행성 마비)가 생기는데 나선균이 뇌를 광범위하게 파괴하기 때문이다. 척수의 등쪽 기둥에 변성이 일어나면 등에 심한 통증이 나타나고 근육이 말을 듣지 않아 운동을 할 수 없는 상태에 빠진다.

이처럼 성병에 걸리면 치료제도 별반 없을뿐더러 한순간에 군 전력이 약화되었다. 그래서 군 수뇌부에서는 성병의 전염을 예방하고자 삿쿠 사용을 절대적으로 권하였다. 콘돔을 사용하지 않으면 오히려 징계를 주기도 하였다. 만약 병사나 여자들이 성병에 걸리게 되면 즉시 치료를 받게 하였고 606(살바르산이라고 부르며 비소가 섞인 매독 치료약으로, 606번째 실험에서 개발을 성공하였다고 이름이 붙여졌음)이라는 주사를 맞게 하였다.

이 주사를 맞으면 더러는 낫기도 하였지만 매독과 다른 성병도 함께 걸리게 되면 결국은 사망에 이르기까지 하였다. 성병에 걸린 여자는 때로는 물건처럼 폐기처분되어 마루타가 되기도 하였다.

박한설은 중국 어린 소녀에게 끝까지 살아남아 돌아가라고 하니 그 소녀는 비로소 박한설의 진심을 알고 눈물이 맺힌다. 그녀는 문 앞까지 나와 박한설을 배웅한다. 그리고 마지막으로 그의 이름을 묻는다. '朴瀚偰(박한설)'이라고 종이에 적어주었다.

한편 조영호와 김장진은 원하였던 대로 조선 여자의 방에 들어갔다.

모두들 이미 약속하였던 것처럼 여자들의 대화 상대가 되려고 노력해본다. 조영호는 김애자가 있는 방에 들어가 먼저 한국말로 인사를 해보았다. 물론 그녀가 어느 나라 여자인지 몰랐기 때문에 들어가서 다짜고짜 조선말로 하면 조선 여자라면 조선말로 대답이 올 것이라고 생각하고 가능한 한 표준말을 쓰며 말을 건넨다.

"안녕하세요!"

김애자는 조선말로 인사가 나오자 언뜻 놀라 벌떡 일어나며

"아! 안녕하세요."

"야! 이거 반갑습니더. 반갑습니더."

두 사람은 놀라 인사말만 연발한다. 김애자가 말한다.

"얼른 이리 옷을 벗고 침대로 올라오세요."

조영호는 당황하여 경상도 사투리가 문득 튀어 나온다.

"아... 아니 그게 그게 그게 아이고 예......!"

"그거이 아니고 예, 있지 않습니꺼! 난 그것을 할려고 온 게 아니라예. 그냥 우리 조선 사람이 그것도 젊은 처자라서 그거이 반가버서 얼굴 보러 왔지 않습니꺼?"

"아 예 그래도 이리 침대로 올라와 앉아요!"

김애자가 말하면서 조영호를 떠받듯이 올리니 여자를 가까이 해보지 못한 조영호는 당황한다.

"아 아니 그 그게 아니라 난 그저 저 저..."

"쉬-잇 내가 다 알지비. 걱정 놓으심둥."

그러나 조영호는 김애자를 바라보면서 말한다.

"그라몬 내 이렇게 서 있겠습니더."

"고래-에 고러심둥."

김애자는 자기만 혼자 침대에 앉는다.

“반갑습니더. 나는 예, 이름이 조영호라고 하고 예, XX 2학년을 다니다 왔심니더. 24년생인데 예, 핵교를 쪼매 일찍 들어가서 학년이 높고요. 고향은 상주입니더. 혹시 상주라고 들어보신 적 있으싱교?”

“아 예 들어봤지요. 충청도 속리산 남쪽 경상도에 있는 고을 아닌가요?” 김애자는 갑자기 표준말을 쓰기 시작한다.

“맞지요 맞고요. 내는 그러다가 징병이 되어 이렇게 여기까장 왔습니더. 혹시 이곳 중국에 올 때 우리허고 같이 기차를 타고 오다가 중국 게릴라의 습격으로 일행 여럿이 죽은 그 여성들이 아닝교?”

“예 맞아요. 그럼 우리 평양에서부터 동행을 한 일행이었구려!”

“예 그렇네예. 그런데 내가 알기로 여자 분들은 모두 비서로 채용이 된다고 그러든데 맹 어찌된 일 입니꺼?”

김애자는 한숨을 푹 쉬면서 말한다.

“이 일본 놈들 순전히 거짓뿌렁쟁이들 아님둥! 죽일 놈들이지비 죽일 놈들이 아님메-!”

“우리와 천진에서 갈라졌는데 그 뒤로 우찌되었다가 이제사 이곳에 왔심니꺼?”

김애자는 깊은 한숨과 함께 대답한다.

“그게요... 우리 여자들은 세 팀으로 나누어졌지요. 정확한 것은 모르지만 소문에 의하면 한 팀은 형양 쪽으로 그리고 한 팀은 북경 쪽으로 우리 팀은 장가계 방향으로 갔지요. 그렇게 갈라져서 우리는 진짜 부대에 배치되어 높은 사람 비서노릇을 하는가 했지요. 우리는 그때만 해도 희망을 갖고 살고 있었답니다. 그렇잖아요? 고급 장교의 비서, 멋지잖아요. 그렇지 않나요?”

"아 예 예 그 그렇지요 멋있네 예. 현대 여성으로서 여비서라는 직책은 해볼 만한 멋있는 직업이 아닝교. 허허허"

"그것도 말이요. 일본군 영관 부대장이나 장군 놈들의 비서니깐 두루 꽤 멋있는 직업이랍니다. 호호호호"

김애자는 가볍게 웃음을 내어 보인다.

"그런데 말이요. 그것이 함정이었답니다. 우리들 중에서 제일 예쁜 여자 10명만 골라 그 여자들만 비서를 시킨 거여요. 글쎄. 그런데 문제는 개인비서 노릇을 하는 여자들의 근무 위치가 문제였단 말입니다. 군사령관, 군단장, 사단장, 부사단장, 여러 장군 참모 등등 소위 일본군이 말하는 고위직 장교들의 성노예가 되었답니다. 이놈들은 기회만 있으면 술을 퍼먹는데 그 술 퍼먹는 장소에 나가 술 따르는 여자가 되었답니다. 그리고 술 퍼먹은 일본 놈들의 성문제를 해결해주는 해결사 노릇을 그 여자들이 하였지요. 비서는 무슨 얼어 죽을 놈의 비서..."

김애자는 마지막 말을 중얼거리듯 하며 얼굴이 일순간 굳는다. 그러고는 다시 이어간다.

"열 명 축에 못 들어간 우리들은 군인들 밥이나 해주고 빨래나 하라는 것이라고 생각하고 있었지요. 다른 여러 여자들은 공장에 취직을 할 것이라고 생각도 하였답니다. 그런데 어느 날 우리를 불러 방 하나에 한 명씩 집어넣어 그 짓을 강제로 하라는 거예요. 우리들은 처음에는 죽어도 안 된다고 버티었지요. 그런데 그 무리에는 중국 여자도 여럿 섞여 있었답니다.

우리가 못하겠다고 하자 보복이 들어오기 시작했지요. 총과 칼로 위협하고 그래도 말을 안 듣자 손찌검을 하기 일쑤였죠. 우리는 여자가 아니었어요. 아무데나 주먹으로 잡히는 대로 휘두르고 때리고 내려쳤지요.

온몸이 주먹으로 혹은 손바닥으로 맞아 피멍이 들고 코피가 나는 것은 일도 아니었어요. 주먹으로 배를 쳐서 그대로 실신하는 여자들도 있었지요. 그래도 우리들은 죽이려면 어서 빨리 죽이라고 하면서 말을 듣지 않았어요. 그러자 이번에는 몽둥이로 때리기 시작했어요. 결국 3명이 구타로 죽었지요… 불쌍해… 불쌍해. 그 친구들이 불쌍해…"

'불쌍해'를 연발하면서 김애자는 눈물을 왈칵 쏟아낸다. 그러나 눈물이 범벅이 되어 앞을 가리는데도 눈물을 씻어내지 않는다. 조영호가 얼른 시트 한구석을 잡아 눈물을 닦아주려고 한다. 그러나 김애자는 시트를 마다하고 벽장에 걸려있던 수건을 꺼내어 스스로 닦는다.

"우리는 거기가 몇 군인지 몇 사단인지는 몰라도 3개월 동안 이런 생활을 하다가 이곳으로 트럭에 짐짝처럼 실려 왔어요."

그녀의 말을 듣고 있던 감수성이 많은 조영호의 눈에도 눈물이 흘러나온다. 이때 종소리가 두 번 울려온다. 조영호는 김애자에게 부탁하듯이 말한다.

"무슨 일이 있든지 간에 꼭 살아남기를 바랍니다. 그리고 내가 일본놈들에게 꼭 보복하고 극형에 처할 테니 살아서 다시 만납시다."

조영호는 고향과 이름을 다시 물어 몇 번이나 되뇌면서 머릿속에 깊이 간직하고 자기 이름도 알려준다. 종소리가 네 번 울린다. 조영호는 김애자에게 거수경례를 하면서 방에서 나온다. 김애자는 방밖으로 나와서 손을 흔들어준다. 방밖에는 다음 손님이 이미 문 앞에 와서 몸을 풀고 있다. 조선 여자에게 들어간 김장진도 거의 같은 유의 질문과 대화가 이어졌다. 더 많은 것을 묻고 알고 싶었으나 30분은 정말 짧은 시간이었다. 조선 출신 병사들은 여성들의 고통을 눈앞에서 벌겋게 목격하고 있었다.

강제로 그것도 하루에 10번 이상 거의 20번 정도를 거친 남자를 상대하여야 하니 5회 이상 하게 되면 하체가 떨어져 나가는 고통이 오고 10회가 넘어서면 감각이 무디어져 하체 절반이 없어진 듯 하다. 내 몸의 일부가 아닌듯하며 뼛속 깊이 아픔이 전하여져 왔다.

그 수준이 넘어서면 아리는 정도가 고문을 당하여 골수가 터져 나오는 듯한 느낌이 들게 된다. 가끔가다 방에서 큰소리나 비명소리가 나오는 경우가 있었다. 이런 경우는 변태를 일삼는 병사가 별 희한한 짓거리를 하기 때문이며 대부분 관리 요원이 들어가 병사를 강제로 끌어 내렸다.

조선 출신 병사들은 대부분 여성들을 위로하려 하였고 어떻게 하면 편하게 해줄까 생각하였다. 그래서 출입소 관리요원에게 약간의 뇌물을 주어 조선 출신 여자에게 들어가 그녀들에게 짧은 시간이지만 휴식을 주고 그녀들의 하소연을 듣곤 하였다. 때로는 자기들의 급료에서 얼마를 떼어주기도 하였다.

그러나 일부 조선 출신 병사 중에는 살인강간죄 등 강력범죄를 저지르고 일본군이 되는 조건으로 사면 받은 이들이 있었다. 일본군이 된 전과자 병사들은 일본인과 다를 바가 하나도 없었다. 그들은 내심 "나는 이미 조선 사회에서 버림받은 몸이고 그들도 나를 그런 방식으로밖에 보질 않으니 나는 내 마음대로 행동하고 조국, 고향, 같은 민족, 그런 것은 안중에 없다.

오히려 일본군은 나를 따뜻하게 대해주고 인정해주니 그들의 말을 잘 따르고 일본인처럼 자유롭게 행동을 하며 살겠다."고 생각했으며 이것이 그들이 일본군의 권유에 의하여 자원한 이유였다.

그러하니 위안부를 일본 군인들보다 더 그들의 마음을 털어버릴 수단으로 이용하였다. 그러나 특정한 병사를 제외하고는 거의 대부분 조선 출신 병사들은 여성들을 친구로 삼았고 부대와 부대 밖의 상황을 알려 주어 희망을 갖게 하였다.

한편 평양에서 출발할 때부터 친구가 된 4명 – 김애자, 성군자, 소백합, 유설자는 모두 이곳으로 오게 되었다. 소백합은 예쁜데도 10명 안에 들지 않아 다행스럽게도 서로 의지할 수 있는 친구가 있는 이곳으로 같이 왔던 것이다. 객관적으로 볼 때에 세 친구들은 소백합이 제일 예쁘다고 생각하였지만 일본군이 보는 미의 기준은 약간 다르다는 사실이 이번 소백합이 10명 축에 끼지 못해 밝혀진 셈이다.

친구 4명은 밤 10시에 일이 끝나면 빨래를 재빨리 끝내고 거의 매일 김애자의 방에서 만났다. 졸지에 아무나 쉽게 꺾을 수 있는 길가의 버들과 담 밑의 꽃 즉 창녀나 기생의 신세가 되어버린 그녀들은 한두 시간 정도 모여서 자신들의 신세타령을 하였고 그것이 유일한 하루 삶의 희망이었다.

여성들의 대화중에는 조선 출신 병사들의 이야기가 화제로 올라 있었다. 그들의 배려와 우호에 고마워하고 의지할 수 있는 사람이 생겨서 정말 좋다는 말을 서슴지 않게 할 정도가 된다. 그동안 지치고 희망이 없어 자진을 생각하였던 여자들도 힘이 났다.

더 이상 이곳에 머물러 시달리지 않고 살 수 있는 방법이 있는가를 찾아보는 시간을 갖기도 하였다. 처음에는 막연한 구상에 머물렀지만 병사들로부터 여러 가지 정보를 얻어 들으면서 탈출계획이 구체화되기 시작한다. 특히 김애자를 비롯한 4명의 친구는 더 적극적이다.

그들은 밤이면 모여서 구체적인 안을 도출해내는 것으로 낙을 삼았다. 계획을 세우면서 벌써 자유의 몸이 된 것처럼 마음도 이미 바깥의 세상에 나가 훨훨 날아다니고 있다. 거의 보름 동안 논의하고 여러 정보를 취합하여 시기와 방법에 대해서 다음 두 가지로 계획하였다.

첫 번째 방안: 현재 숙소에서 경계가 느슨한 주말에 일이 끝난 후 숙소와 부대 외곽 철조망을 직접 통과하여 탈출하는 방안. 이때 부대외곽 철조망 통과 시 조선 출신 병사가 근무하는 시간을 선택하여 그녀들의 탈출을 도와주거나 혹은 묵인하도록 하는 방법이다. 이 방법은 조선출신 병사들의 근무시간을 사전에 알아내는 것이 중요한 일이다.

두 번째 방안: 한 달에 한 번 시내에 들어갈 때 탈출하는 방법.

그런데 탈출 계획을 진행하면서 첫 번째 방안은 다음과 같은 문제점이 발생하였다.

① 탈출을 도와줄 조선 출신 병사들의 근무시간이 들쭉날쭉하고 길어야 일주일 단위로 근무계획을 세워 보초에 임하였으며, 근무계획도 거의 이틀에 한 번쯤 바뀌기가 일쑤였다.

② 한국 출신 병사가 많지 않아 근무 정보를 얻기가 어려웠고 개인당 한 장만 주는 쿠폰으로 처음에 다 들어왔기 때문에 다시 쿠폰을 배급받아 차례를 기다리는 기간이 너무 길다. 그래서 조선 출신 병사는 처음에 몇 명이 출입한 후 뒤로는 뜸하여졌고 타 부대에서 온 병사들 중에 조선 출신 병사는 전혀 도움이 되지 못하였다.

③ 부대 경계태세와 위치 그리고 취약 지역을 알아야 하는데 제한적인 정보만 있고, 부대를 탈출한 후 어디로 가야 할지 지리정보도 부정확하다. 그리하여 한밤중에 탈출할 때 빙빙 돌다가 다시 제자리에 돌아올

수도 있을 정도로 주변 지리에 어두운 점이 있다.

④ 그리고 부대 주변에 무주지역이 많아 탈출하였다 하더라도 먹을 것이 없을뿐더러 폐허가 된 곳이 많아 잠자리 걱정뿐만 아니라 탈출 후 생존에 문제가 생길 것 같았다.

그래서 두 번째 방안을 택하기로 하였다. 두 번째 방안을 완벽히 성사시키기 위하여 탈출 동의자 4명이 속하여 있는 조장 2명과 나머지 조원 6명에게 다음과 같은 사전 공작을 하기로 하였다.

① 하루에 받는 일당 중 일부를 10원 단위로 모아 조장에게 맡기기로 하였다. 이렇게 함으로써 탈출 예정자에 대한 신뢰감이 생기고 조장은 며칠에 수십 원씩 받아 모으면서 흑심이 발동하여 여자들의 요구사항을 들어주기가 쉬울 것이기 때문이다.

② 휴식시간이 있거나 혹은 병사들의 출입이 뜸하여 공백 시간이 있으면 돌아가면서 조장을 불러 성상납을 하도록 하였다. 조장은 "얼씨구나 이게 웬 떡인가!"하며 그들의 극진한 접대를 받았고 조원 10명 중에서 2명의 탈출 예정자의 말을 아주 신뢰하도록 만들었다.

③ 홀로 멀리 떨어져 사는 남자의 아킬레스건인 조장의 내의를 일주일에 두 번씩 자진하여 빨아주었다.

④ 같은 조, 미 탈출자 6명에 대하여서는 만약 그녀들 중에 곤란한일이 있으면 적극 도와주었다. 예를 들어 시트를 못 빨았다든지 하면 시트를 빌려주고 몸이 아플 때는 대신 빨아주기도 하였다.

이렇게 3주가 지나자 탈출을 결심한 4명의 여자들에 대한 신뢰가 대단하였고 조장과 조원 모두가 입에 침이 마를 정도로 칭찬하였다.

드디어 이곳에 온 지 두어 달 만에 대망의 시내 외출 시간이 다가왔다. 4명의 탈출 예정자는 조장에게 맡긴 돈을 찾았다. 시장에 가서 여러 가지 물건을 사고 조장에게 한턱낸다고 말하니 맡기었던 돈을 선뜻 내어준다. 그리고 그동안 모아두었던 돈의 일부를 옷 깊은 곳에 숨겨둔다.

일부로 한복 저고리를 입기로 하였다. 저고리의 옷고름을 따내고 그곳에 종이돈 10원짜리를 일렬로 죽 밀어 넣고 움직이지 않도록 중간에 한 땀씩 따 고정한다. 옷고름이 접히는 부분에는 지폐가 들어가지 않게 하였다. 그리고 옷고름 끝을 보통처럼 마무리하여 양 옷고름으로 평소처럼 묶으니 옷고름을 일부러 따보지 않으면 전혀 모를 정도로 감쪽같아 보인다.

아침을 먹고 복장을 단단히 챙기었다. 시장바구니 정도 크기의 개인 가방에 추울 때 껴입을 옷가지를 더 넣었고 간단하게 화장한 뒤에 화장품은 일부 필요한 것만 넣고 짐 무게를 줄였다.

여성들의 탈출

여자 30명 조장 6명과 장병 위안소 비품을 관리하는 다른 군무원 3명이 트럭 3대에 분승하였다. 아침 10시가 못되어 출발한 트럭은 비포장 도로를 덜컹거리며 야산과 들판을 번갈아 지난다. 거의 두 시간이 다되어 시내에 들어섰다. 시내의 장터 입구에 군용 트럭이 멈추고 가득 실은 여자들을 내려놓으니 여러 사람이 구경거리라도 생긴 것처럼 다가와서 빙 둘러 지켜본다. 그러다가 여자들이 우르르 장터 안으로 들어가자 구경꾼들도 뿔뿔이 제 갈 길을 간다.

시장은 평행으로 된 두 길을 중심으로 벌어져 있다. 일본과 전쟁 중이지만 이곳 후방지역은 전쟁 전이나 마찬가지로 북적거린다. 이 고을의 이름은 낙양이다. 하남성 서쪽 깊숙한 지역에 자리 잡고 있는 이곳은 서쪽 산악지형을 넘어가는 전초 지점이다. 동쪽으로는 평야지대와 자그마한 야산지대에 연결되어 물자가 풍부하였으며, 예부터 서쪽 산악을 넘어가려는 사람은 이곳에서 물건을 구입하고 준비하여 쉬었다가 넘어가곤 하였다.

우리 민요의 〈성주풀이〉 가사에 "낙양성 십리 허에 높고 낮은 저 무덤은 영웅호걸이 몇몇이냐."라는 구절이 있다. 이 구절의 낙양성이 바로 이곳을 지칭한다. 그리고 낙양 북쪽에 있는 산 이름이 북망산인데 "높고 낮은 저 무덤"이 있는 장소가 바로 북망산이다. 이곳은 선사시대 인류문명이 발발한 곳이며 중국의 역사가 이곳에 기록되어 있다 하여도 과언이 아닌 곳이다. 역대 여러 왕조가 수도로 삼은 곳이다.

그만큼 물자도 풍부하고 연평균 14도의 온화한 기온은 사람살기에 좋은 곳이다. 갑골문자가 나온 은허도 이곳 가까이 있다.

여자들은 일단 한 시간 정도 시장을 구경하고 물건을 산 다음에 식사를 하기로 한다. 이곳에서 모든 볼일을 보고 돌아가는 시간은 3시 30분으로 처음 내렸던 장소에서 출발하기로 하였기 때문에 거의 4시간 반 정도의 충분한 시간이 있다.

여자들은 2개 조가 한 그룹이 되어 조별로 시장을 돌게 되었다. 김애자와 유설자가 속한 조와 성군자와 소백합이 속한 조가 합류하면서 2개 조 총 10명이 2명의 조장과 함께 무리지어 온 시장을 이리 기웃 저리 기웃 하면서 구경한다. 그리고 자기가 사고 싶은 것을 가늠하고 세상 돌아가는 것을 보고 있다. 그 여자들에게는 꼭 천국에 와서 구경하는 느낌이 든다. 그동안 구질구질하고 침침한 방에서 짐승 같은 병사들을 몇 달 동안이나 상대하여 몸과 마음이 완전히 지친 상태였다.

그러다가 사람들이 다양하게 살고 있는 시장터를 돌아보고 자기 마음에 드는 물건을 사는 행복과 자유를 맛보니 마치 쓴 약만 먹다가 한 숟가락 듬뿍 꿀을 떠먹는 달콤함이 묻어나온다. 정말 귀중한 자유를 만끽하는 시간이다. 자유가 이렇게 좋은 줄 미처 몰랐다. 한 시간을 돌면서 시장 전체를 구경하고 다시 한 시간 가량 돌아다니면서 자기가 필요한 물건을 흥정하여 산다.

탈출 결심자 4명은 일제히 튼튼하고 가벼운 가죽신과 추울 때 입는 점퍼와 두툼한 내복, 그리고 중국 여자가 일할 때 막 입는 작업복과 간단한 외출복을 한 벌씩 샀다. 나머지 여자들은 자기가 필요한 물건이나 화장품, 손거울 등을 사기도 한다. 그렇게 시장을 구경하고 다시 돌아가 물건을 사니 조장 두 명은 여자들을 따라 다니면서 감시하느라 거의 인내심이 소진되고 지쳐간다. 그 즈음에 여자들의 시장보기가 끝이 난다. 먼저 김애자와 성군자가 제안하여 식사를 하러 큰 음식점에 들어갔다.

그동안 군대에서 군내 나는 군량미를 먹었으나 이제는 모처럼 기름기가 좍 퍼진 맛있는 밥과 중국의 여러 가지 독특한 요리를 맛볼 것을 생각하니 입에 군침이 먼저 돈다. 김애자와 성군자는 음식 외에 독한 중국술을 몇 병 주문한다. 주문한 음식이 나오자 일행은 와! 하고 먹음직스러운 음식에 환호를 한다.

오늘 주문하여 나온 음식은 군대의 음식에 비하면 그야말로 궁중에서 왕이나 먹는 음식으로 생각될 정도로 화려하다. 김애자를 비롯한 3명은 식사를 하면서 조장에게 술을 권한다. 술을 권하고 따르는 예법을 조선식으로 하니 조장 2명은 입이 찢어져라 좋아하고 그동안의 피로가 싹 다 가시는 것 같다. 그리고 술 한두 잔이 들어가 위장을 자극하고 그 여파가 두뇌를 마비시키니 슬금슬금 마음이 녹아버리고 마치 자신들이 왕이나 된 것처럼 행동하기 시작한다.

네 사람은 술을 더 주문하여 나머지 6명과 함께 한 잔씩 하며 회포를 풀자고 제안하였고, 그녀들도 꺼릴 것 없다고 중국 특유의 독한 술을 한 잔씩 입안에 털어 넣는다.

뱃속이 찌르르 하며 이상한 느낌이 올라와서 얼른 안주를 뱃속에 넣으니 진정이 된다. 그리고 이번에는 이 집에서 최고급 술이 무엇이냐고 물어본 뒤에 나온 술을 조장 2명에게 다시 번갈아 권한다.

유쾌한 대화가 이어진다. 어느 정도 취기가 올라오자 김애자가 일본 유행가를 부르기 시작한다. 흥에 취하고 술에 취한 조장들은 시간가는 줄도 모르고 독한 술을 권하는 대로 계속 마시었고 거의 인사불성이 될 정도가 되었다. 그러다 묘하게도 두 조장이 그동안의 피로가 몰려왔던지 아니면 술에 약하여 긴장이 풀려서 그런지 흥얼거리면서 그만 탁자 위에 엎드려 쓰러져버린다. 김애자는 모든 것이 계획대로 진행되고 있음을 확신하고 나머지 조원 6명에게 제안한다.

"우리의 계획은 지옥 같은 위안소를 탈출하는 것이다. 너희들 중에 우리를 따라 이 지긋지긋한 곳을 벗어날 사람은 손을 들어라."

처음에는 6명 중 아무도 감히 손을 들지 못한다. 그들은 용기가 없었고 탈출을 하더라도 이 중국 천지에서 어디로 간다는 말인가? 그리고 어떻게 살아간단 말인가? 일단 속박에서 벗어나고 지긋지긋한 짓거리를 안 하는 것 그것만이라도 좋지만 일시적인 자유를 위하여 자기 생명을 던지는 것 같은 모험은 하고 싶지는 않은 것 같았다.

한마디로 용기가 나질 않는다. 그리고 일본군의 보복이 두렵다. 얼마나 많은 여자들이 일본군의 고문과 구타에 죽어갔는가! 그 여성들은 직접 그것을 목격하였고 몹시 두려웠다. 이때 중국 여자 한 명이 손을 든다. 자기를 합류시켜달라고 한다. 일행 중 3명이 중국 여자였는데 그중에 한 명이 손을 든 것이다. 나머지 한 명은 탈출을 결심한 여자가 같이 가자고 하니 고개를 가로저으며 나름대로 할 일이 남아 있다고 한다.

할 일이 있다고 말한 그 여자의 집은 북경에 있었고 일본군에 의하여 쑥대밭이 되었었다. 그녀는 갓 20세에 결혼을 하여 아들 하나를 두었다. 성실하게 일하는 남편과 함께 행복하게 살고 있던 어느 날 일본군이 들어와서는 그녀를 겁탈하였다. 그것을 목격한 남편이 대들고 반항하자 일본군은 군도로 남편의 목을 순식간에 베어버렸다. 남편의 목은 피를 튀기며 몸에서 분리되면서 온 집안을 피바다로 만들었다.

이것을 본 어린 아들은 공포에 떨며 엉엉 울었으며 일본군은 울음소리가 귀찮고 싫다며 두 손으로 아들을 들어서 밖으로 내던져버렸다. 아이는 떨어지는 충격으로 인하여 두개골이 깨지면서 그 자리에서 절명하였다. 여자는 한 순간에 일어난 일을 보고 넋이 나가 거의 미쳐버렸다. 일본군은 여자를 묶어 끌고 가서 위안부 집단에 넣어버리자 이 여성은 이리저리 전전하다가 이곳까지 온 것이다.

이 여성은 복수를 하겠다고 마음속으로 깊이깊이 다짐한다. 이 여성은 집에 가더라도 반겨줄 사람도 없고 삶의 희망도 없다. 복수를 하려면 어떠한 굴욕이라도 참고 견디어야 하며 일본군 옆에 지키고 있다가 힘이 생기면 한 놈이라도 더 죽여야겠다고 생각한다. 그래서 여러 가지 방법을 생각해본다. 그러나 아무리 생각해도 중과부적이라 뾰족한 수가 생각나질 않는다. 자신 혼자 싸우는 건 한마디로 계란으로 바위를 깨뜨리려는 행위 같다고 생각한다.

그러다 마침내 기어코 기발한 생각을 해낸다. 바로 성병이다. 그녀는 일본군을 속으로 곪게 만들 생각을 한다. 성병을 온 일본군에 퍼트려 일본군이 죽거나 전력약화로 이어지도록 하는 것이야말로 연약한 자신이 할 수 있는 최고의 계략이라고 생각한다. 그녀는 그것을 직접 실행한다. 그녀는 삿쿠를 사용하려는 병사에게 오히려 삿쿠를 쓰지 말도록 애걸한다. 자기가 삿쿠를 몹시 싫어하는 건 그것을 쓰면 부작용이 생기기 때문에 더 이상 관계를 할 수 없다고 이유를 대었다.

대부분 병사들은 그녀의 말에 동조하고 삿쿠를 쓰지 않고 관계를 하였다. 여자가 발설하지 않으면 아무도 모르고, 삿쿠를 꼭 쓰라는 상부의 지시를 어긴 자신의 행동을 누구에게도 발설하지 않을 것이니 그 비밀은 계속 유지될 수 있었다. 그런데 문제는 한 달에 한 번씩 돌아오는 성병검진이었다. 그녀는 이것을 교묘히 피해나간다.

몸이 몹시 아프다거나 생리를 한다는 핑계를 대고 검진을 피해나갔고 그것이 여의치 않을 경우에는 돈을 주고 대리인을 내세웠다.

그녀에게 하루 받는 얼마의 돈은 단지 종이에 불과하였다. 모은 돈으로 필요하다면 뇌물 공세를 하고 특히 군의관에게는 그동안 모은 돈의 절반을 주고 성상납도 한다. 사실 일본군이 위안소를 운영하기 시작한 이유가 바로 이 성병 때문이었다.

여하튼 그녀는 지금 자기가 목표로 삼고 있는 일본군을 서서히 무너뜨리고 있는 중이라 자기가 세운 계획을 계속 수행하여야 했다. 탈출하여 어디로든 간들 삶의 의미가 더 이상 없다 생각하고 이곳에 계속 머물기로 한 것이다. 김애자는 둘러대는 방법을 나머지 여성들에게 알려준다.

"좋다 그럼 우리 5명은 지금 우리가 가고 싶은 곳으로 갈 것이니 너희들은 남아서 우리가 없어진 것에 대하여 잘 말해주도록 부탁한다. 만약 조장이 어딜 갔냐고 물어보면 5명은 살 것이 더 있다고 시장 쪽으로 갔다고만 말을 해라."

4명은 미리 걷은 돈으로 음식 값을 치르고 합류한 중국 여성과 함께 음식점을 바로 나와 차를 한 대 대절한다. 그 여자들은 정주까지 가자고 한다. 운전사는

"쓰-으 그곳까지는 운임이 많이 든다해. 그래도 갈 수 있다해?"

“얼마인지는 모르지만 좋은 가격에 갑시다.”

애자가 자신 있게 말하자

“쓰-으 그러합시다해.”

운전사는 금방 시내를 빠져 나와서 시골길을 달리기 시작한다.

탈주자 5명이 음식점을 떠나고 나머지 5명은 앉아서 시간이 될 때까지 이런 저런 이야기를 하다가 출발 약속시간 20분전에 조장 두 사람을 깨운다. 두 사람은 머리를 흔들면서 아직도 몽롱한 상태로 주머니에서 시계를 꺼내어 시간을 보더니

“어어 갈 시간이 다 되었구나!”

자리에서 일어나다가 주위를 둘러보니 여자들 숫자가 절반 밖에 되지 않음을 알고 물어본다.

“야-야 나머지 여자들은 어디 가쓰으므니까?”

“예 조금 전에 시장에 더 구입할 것이 있다고 저리 나갔는데요?”

여성 중에 한 명이 대답하자 조장 2명은 이 말을 듣고 중얼거린다.

“하여간 여자들이란 나라를 불문하고 다 똑같군!”

그들은 문을 열고 밖을 쳐다본다. 밖에는 수많은 사람들이 북적거리고 있기 때문에 누구를 찾아보려는 의도는 무의미하다. 조장 한 명이 뒤돌아보며 물어본다.

“에이- 이것들이 시간도 없는데 말썽을 피우는구만! 그런데 음식 가브는 치르어쓰므니까?”

“예 시장 간 여자들이 이미 계산하였습니다. 돈이 꽤 많이 나왔던데요!”

일행 중 한 명이 대답하며 일부러 무언의 압력을 가한다.

“소데스네! 그러하이면 아직 시간이 있으니 여기서 기다리이까?”

조장들이 다시 돌아와 자리에 앉는다. 무료하게 하품을 하며 기다리다가 시간이 지나도 안 오자 조장 중에 선임이 말한다.

"나는 이 여자들을 데리고 차에 갈 터이니 너는 시장을 한 바퀴 돌아 여자들을 찾아 데리고 트럭으로 오거라."

"하이! 그럼 찾아서 같이 트럭으로 가게쓰으므니다."

하위 조장이 대답하고 상위 조장이 나머지 5명의 여자들을 이끌고 트럭으로 간다. 5명의 여자들을 트럭으로 데리고 간 조장은 두 대의 트럭을 출발시키고 나머지 한 대는 여자들이 오면 가기로 한다. 그러나 상당한 시간이 지나도 오지 않자 자기 자신이 직접 찾으러 나선다. 상위 조장이 나서서 시장의 처음 길부터 아까 여자들이 갔던 상점을 기억해내고 쭈뼛쭈뼛 상점 안을 들여다보며 찾으면서 이동한다. 그러다가 먼저 찾으러 나간 하위 조장을 만나게 된다.

"조장님 아무리 찾아도 여자들이 어쓰으므니다."

"그래 구석구석을 다 찾아봤는가? 그리고 그 여자들이 아까 들어간 곳을 집중해서 찾아보지 그래쓰으므니까?"

"하이 하이! 물론 그래쓰으므니다. 아무리 찾아봐도 어쓰으므니다. 내 생각에는 아무래도 이것들이 달아난 것 가쓰므니다."

"그래? 나도 어쩐지 예감이 이상하다고 생각하였다. 이것들이 우리에게 술을 잔뜩 먹여놓고 우리가 술 취한 사이에 도망간 것이 분명하구나. 마지막으로 다시 찾아보고 대책을 강구하여야 하겠다. 너는 이쪽으로 가서 돌고 나는 반대 방향으로 가면서 찾아보자. 아마 중간에서 만나겠지!"

두 사람은 서로 반대 방향으로 갈라져 찾아본다. 그러나 탈주자 5명의 행적을 찾을 리가 없다. 두 사람은 서로 찾다가 얼마 후에 중간에서 만나게 되었고 다섯 명의 여자들이 도망한 것이라 결론짓는다. 상위 조장이 말한다.

"지금 말이야. 우리가 이 상황에서 살아날 수 있는 것은 말을 잘하는 것뿐이네. 즉 우리들이 처했던 상황을 극적으로 처리하여 그렇게 되지 않으면 안 되었다는 당위성을 말해주어야지, 그렇지 않으면 자네나 나는 크게 문책을 받고 심지어 감옥 형을 살게 될지도 모르네."

형을 산다는 말에 하위 조장은 잔뜩 긴장한다.

"조장님 그럼 어떻게 해야 좋스므니까?"

"당신은 내가 시키는 대로만 하면 된다. 모든 것을 나는 잘 모른다 하고 전부 조장인 나에게 책임이 있다고, 그리고 조장이 다 알고 있다고만 하여야 한다."

"그... 그 래도 되게쓰으므니까?"

"당연히 그렇게 말하게나. 대답하기 곤란한 질문을 하거들랑 당신은 잘 모르겠고 그 상황은 내가 인솔하였다고 말하게나."

"예 예 알게쓰므니다."

"일단 말이야. 우리가 술을 먹었다는 말은 자네와 내가 목이 열 개 있어도 부지하기 어려운 대답이네. 자네는 그러니 절대 술 먹었다고 하지 말고, 여자들이 없어졌을 때 대변이 급하여 근처의 공중 화장실에 갔다고 둘러대게나."

"아 예 알아쓰므니다. 화. 장. 실."

"그러니까 자네는 화장실에 갔다 오니 내가 여자들을 막이노 찾고 있었다고 그렇게 말하고 그 뒤로 같이 여자들을 아무리 찾아보았으나 없었다고 말하게나."

"하이 아 알께쓰으므니다."

"나는 말이야. 당신이 화장실에 간 이후로 그 여자들이 가게에 들어가 물건을 살 때 흥정하고 있는 것을 감시하고 있었다. 그런데 가게가 워낙 좁아 밖에서 감시할 것으로 생각하고 나와 있었다. 그러다가 자네가 화장실에서 오기 직전에 가게 안으로 다시 들어가 여자들을 세어보니 5명의 여자가 보이지 않아 찾았다. 여자들은 이미 가게의 뒷문으로 빠져 나가 달아난 이후가 되었다. 나는 가게 주인에게 여자를 내놓으라고 하면서 따졌다. 가게 주인도 뭐가 뭔지 모르고 있는 것 같아 밖으로 나와 당신과 같이 계속 찾아보았으나 여자들은 어디에도 보이지 않고 사라졌다. 이것이 내가 생각해낸 시나리오네. 그럼 여자들이 사라진 시간을 언제로 할까?"

"그 글쎄요. 우리가 밥 먹기 전에 물건을 샀으니 12시부터 1시 사이가 어떠스므니까?"

"그러니까 자네는 하수라네. 그럼 자네는 밥을 먹지 않았는가?"

"아 예"

그는 뒷머리를 손으로 올려 긁적긁적 거린다.

"이렇게 시간을 말하게나. 밥을 먹고 시간이 남아 여자들이 살 것이 있다고 하여 시장에 다시 갔는데 그때 없어졌다. 시간상으로는 두 시경이다."

"하이! 역시 조장님은 저희와 다르므니다그려!"

두 사람은 부대로 복귀하면서 알리바이 구성에 최대한 잔머리를 굴린다. 두 조장은 부대로 돌아와서 위안소장에게 5명의 여자들이 행방불명되었다고 보고한다. 그 여자들이 행방불명된 상황을 상위 조장은 미리 꾸민 대로 자초지종을 정식문서로 작성하여 보고한다. 정식문서에 경위를 다음과 같이 적었다.

경위서

본인 조장이 감시하고 있는 위안부 3명과 다른 조장이 감시하고 있던 2명의 조선 출신 여자들과 1명의 중국여자가 시장에서 행방불명이 되었음. 본인은 이들 10명을 가게 안에 들어갈 때까지 따라가 지키고 있었으나 워낙 가게가 좁아 잠시 밖에 나와, 그 여자들을 감시하고 있는 틈을 이용하여 가게의 뒷문을 통하여 나간 것으로 추정하고 있음. 당시 다른 조장은 화장실이 급하여 본인에게 잠시 같이 지켜달라고 하였으며, 본인은 가게 안을 줄곧 지켜보고 있었고 여자들은 자유롭게 물건을 흥정하고 샀음.

그 이후로 화장실 간 다른 조장이 돌아와 같이 가게 안에 들어가 여자들을 그만 나오라고 재촉하려하였음. 그런데 가게 안에는 5명의 여자만 있었기에 우리는 나머지 다섯 명이 어디 갔느냐고 물었음. 남은 여자들은 5명은 "저기 저 가게 뒷문으로 하여 밖으로 나갔다."고 하였음. 본인 조장이 뒷문을 열어보니 그 뒷문은 복잡한 시장으로 통하였고 위안부 5명은 군중 속으로 유유히 사라졌을 것으로 추정함. 이에 대한 대책으로 시장에 갈 때는 감시요원을 지금의 두 배로 증가시켜서 밀착감시를 하여야겠음. 그리고 여자들 전원을 시장에 내보내지 말고 대표 몇 명만 나가서 필수품을 조달하는 것이 추천됨.

일본군은 전 후방부대에 긴급 전화를 하여 5명의 위안부 여자에 대한 수배령을 내린다. 후방부대는 위안부 여자 5명의 수색을 위하여 전군을 동원할 수는 없기 때문에 후방의 검문검색 체제를 이용하여 수배하도록 한다.

한편 시장에서 대절한 차를 타고 탈출하는 김애자 외 4명은 벌써 시가지를 벗어나서 구릉지대를 지나고 한적한 시골길로 접어들었다. 김애자는 중국 여자 장옥비에게 정주에 들어갈 때는 일본군의 경비초소를 피하여 가자고 제의하였다. 김애자 말을 받아 장옥비가 운전사에게 요구하였다. 운전사는 큰길에 집중되어 있는 일본군 초소를 피하여 사잇길로 정주시에 들어간다.

차는 시내의 이름 모를 허름한 여관 여러 곳을 전전하다가 마침내 마음에 드는 한 여관에 멈추어 선다. 이곳은 하남성 정주시로 낙양시에서 직선거리로 120킬로미터 떨어진 도시이다.

거의 네댓 시간이 걸려 왔기 때문에 가을이 무르익어 짧아지는 해는 어느덧 석양에 묻혀갔으며 도착하니 주위가 깜깜해진다. 일행은 운전사에게 후하게 돈을 지불하고 여관 안으로 들어갔다. 중년의 여관주인이 이들을 반가이 맞이한다. 갑자기 손님이 많이 들어오니 환대한다.

숙소를 정한 5명은 저녁을 먹으러 인근 식당에 가서 간단하게 요기를 하고 여관에 돌아와 침대에 누우니 온몸이 풀어져 자신도 모르게 깊은 잠에 빠져 들어간다.

다음날 아침에 식사하고 난 뒤 5명이 모두 모여 앞으로의 행동계획에 대하여 의논한다. 그리고 장옥비에게 이곳에 대한 정보를 여관주인에게 좀 알아오라고 한다. 모두가 정주라는 곳이 어디에 붙어 있는지 궁금하였다. 또한 이곳이 얼마나 큰지, 주변에 도시는 어디에 있고 얼마나 떨어져 있는지, 일본군은 어디에서 주둔하고 있는지 등등 주변 지역과 이웃한 도시들에 대하여 알고 싶어졌다.

장옥비는 여관주인을 만나서 주변에 대하여 여러 정보를 알아왔다. 장옥비는 알아온 정보를 자기가 아는 것까지 더하여 여러 가지를 알려준다. 그리고 중국에서 어떻게 행동해야 하고 일본군 주둔지와 그것을 피하는 방법에 대해서도 알려주었다. 탈주자 4명의 마음이 어느 정도 안정되니 장옥비가 작별인사를 한다.

"나는 이곳에서 기차를 타고 집이 있는 북경으로 가려고 해. 그동안 많이 도와주어서 고맙고 혹시 살아서 만나거든 이 장옥비를 잊지 말거라."

그녀는 일일이 악수와 포옹을 한 뒤에 홀연히 떠나간다. 4명의 조선 출신 여자들은 하룻밤의 자유를 만끽하였지만 갑자기 난감함을 느끼게 된다. 그리고 중국말을 하는 중국인 장옥비가 가버리니 뭔가 허전하고 주춧돌이 빠진 느낌이다. 아무래도 장옥비가 있으면 충분한 의사소통을 할 수 있어 편리할 것 같은데, 그렇다고 간다는 사람을 잡을 수는 없다.

그녀들은 갑자기 힘이 빠졌지만 앞으로 어떻게 해야 할 것인가 어떻게 살아가야 할 것인가에 대하여 의견을 교환한다. 대체적으로 다음과 같이 의견을 모았다.

지금 조선으로 돌아간다는 것은 너무나 험난하고 군경의 검문이 도처에 있어 이것을 회피하여 평양이나 서울까지 갈 수 없다는 결론이다.

그래서 당분간 조용해질 때까지 중국에서 시간을 보내다 상황이 좋아지면 귀국하기로 의견을 모은다. 그러면 중국 어느 곳에서 살아가야 하는가에 대해서 김애자와 유설자는 좀 더 큰 도시로 나가 숨어 있어야 한다고 의견을 내었다. 그리고 성군자와 소백합은 이 소도시도 괜찮은데 멀리 갈 필요 없이 이곳에서 있자고 의견이 나누어졌다. 김애자는 인근에 있는 도시에 대하여 여관주인으로부터 별도로 여러 가지 정보를 얻는다.

"내가 생각하기에는 요 곳에서 장시간 머무는 것은 좋지 않을 것 같음메. 4명이 무리지어 생활하다 보면 일본군에게 혹은 경찰에게 발각이 되고 이곳 주민들도 요상한 눈초리로 보갔지비. 고저 내가 듣기로는 일본 놈들이 보갑제(일종의 연좌제)라는 것을 만들어 주민들을 꼼짝 못하게 서로 감시하고 신고하는 일이 빈번하게 일어난다고 들었음둥. 확실히는 알 수 없지만 금세 일본 경찰한테 혹은 군 헌병에게 잡힐 가능성이 농후하지비. 고래서 난 이곳을 떠날 생각임둥. 자 너그들 생각은 어떻슴메?"

유설자가 바로 이어 받는다.

"그래 그 말이 맞는 것 같다. 지금까지 서로 의지하며 살았지만 이제부터는 혼자 살아가야 더 안전할 것 같다. 나도 좀 더 큰 도시로 나가 보련다."

"그려 그려! 그러는 게 좋겠네 잉! 좀 갈라져 활동하는 게 우리에게 유리허겄지! 섭섭은 허지만 어쩔 수가 없네. 느그들 죽지 말고 잘 살거라 잉! 그리고 꼭 살아서 다 같이 집에 돌아가서 만나자. 낭중에 편지도 허고 그러자 잉!"

성군자가 벌써 이별인사를 한다. 그리고 가방에서 종이와 연필을 꺼내어 주소를 불러달라고 하고 깨알같이 적는다. 다른 여자들도 서로 주소를 주고받으며 적는다.

여관을 제일 먼저 떠나겠다고 나선 여자는 역시 활달한 김애자다. 김애자는 정주가 시가지도 작고 전선에 가까울 뿐만 아니라 두 개의 기차 노선이 지나는 군 요충지이므로 일경이나 헌병에게 걸려들 가능성이 많다고 생각하여 인접한 좀 더 큰 도시인 상구시로 가기로 한다.

상구시는 정주에서 동쪽으로 230킬로미터 정도 떨어진 도시로 롱해철로와 경구철로의 교차지점이 지나고 개봉시의 동쪽에 위치하고 있다. 상구(商丘)는 유구한 역사를 지닌 도시로 황하문명 발상지 중의 하나이며 상인(商人), 상업(商業), 상품(商品) 등의 용어가 이곳에서 발원하였다.

공자와 장자의 고향으로 알려져 있다.

김애자가 가방을 챙겨 일어난다.

"야 혼자 가지 말고 나랑 같이 가자."

유설자가 뒤늦게 따라 일어난다. 김애자가 뒤를 돌아보며 말한다.

“나랑 같이 가면 문제 업잖음둥? 후회하지 말지비요!”

“언니랑 같이 가면 왠지 마음 든든할 것 같아. 같이 가.”

두 사람은 묵묵히 기차역까지 걸어간다. 길을 물어 20분 정도 걸어가니 기차역이 나온다. 두 사람은 돈을 내어 상구시까지 표를 산다. 기차는 한 시간 정도 후에 있고 상구시까지 대략 6~7시간이 걸린단다.

시간 여유가 있으므로 역 대합실과 광장 주변에 있는 간이매점을 구경하고 점심대용으로 이것저것 음식을 사서 가방에 넣었다. 입맛에 비교적 맞는 음식은 팥이나 콩을 넣어서 만든 찐빵으로 고향집에서 만들어 먹는 맛과 비슷하다. 이북 고향에서는 만두를 자주 먹는데 만두소의 내용물이 조금 다를 뿐이다. 그리고 맛이 비슷하기 때문에 그녀는 중국에 와서 이것을 많이 먹었다. 하지만 집 떠난 지 수개월에 김치가 그리워지기 시작한다.

음식을 먹은 뒤에 포만감이 있기는 하였지만 무엇인가 빠진 것 같은 느낌이 든다. 기계에 비교하여 표현한다면 볼트가 약간 느슨하게 조여져 헐거워진 느낌 같은 일종의 허전한 마음 뭐 그런 것이다. 지금쯤이면 집에서는 김장한다고 부산을 떨 계절이라는 생각이 들면서 갑자기 고향집과 부모님이 생각나기 시작한다. 그러나 세차게 머리를 좌우로 흔들며 그러한 생각과 관념의 틀에서 벗어나려 한다.

기차가 들어오자 대합실에서 잠시 앉아 있던 두 사람은 기차에 올라 객실 중간쯤에 나란히 앉는다. 중국 사람들이 왁자지껄 떠들썩거리며 제각각 자리를 잡자 잠시 후에 출발한다. 기차는 시원하게 들판을 달린다. 가을걷이가 거의 끝난 듯 들녘은 허허하게 변모하였다. 기차는 얼마를 달리다 중간 역에서 정차한다. 손님이 내리고 다시 탄다. 손님이 다 타고 나자 역 한편에 자리 잡고 있는 군 수송반에서 어깨에 소총을 멘 헌병 8명이 기차 맨 끝과 맨 앞에 올라타자 기차는 곧바로 출발한다.

헌병은 기차 구석구석을 뒤지며 손님 한 명 한 명에 대하여 유심히 살펴보고 수상하다고 생각되는 사람에게는 신분증이나 여행증을 보자고 한다. 그리고 개인이 소지한 보따리나 가방을 확인하기도 한다. 중간 객실에 앉아 있었던 김애자와 유설자에게도 다가와서 쓰윽 위아래를 번갈아 살펴보더니 여행증을 보자고 한다.

두 사람은 가방을 열어 찾는 척하며 나중에는 잃어버렸다고 하였다. 헌병이 일본말로 물어보았는데 유창한 일본말로 대답을 하니 헌병이 이상하다고 생각하여 물어본다. 김애자가 대표로 대답한다.

"여보시오. 두 사람 다 일본 사람이오?"

"그렇다."

"그럼 집은 어디에 있는가?"

"집은 평양이다."

"평양이면 조선 아니냐?" 다시 헌병이 묻는다.

"옛날에는 조선이었는데 지금은 일본이 되었고 우리는 일본 사람이 되었다."

헌병이 머리를 갸우뚱하면서 꼬치꼬치 캐어묻는다.

"왜 무엇을 하러 중국까지 왔소."

"예. 공장에서 일을 하러 왔습니다."

"어디서 무슨 일이요?"

"상구에서 섬유공장이요."

김애자가 척척 막힘없이 대답을 하였는데도 두 헌병은 뭔가 이상하다고 생각하여 다음 역에서 같이 내려 더 조사를 받고 문제가 없으면 다시 목적지에 가면 된다고 한다. 기차가 계속 달리기 때문에 두 여자가 기차에 남아 있으리라는 생각으로 계속 자기 임무를 수행하다가 임무가 끝나면 연행을 하겠다는 심산이다.

다음 정거장까지는 한참을 가야 하고 지형상 높은 산맥이 있지는 않지만 그래도 제법 긴 터널과 산을 통과하여야 한다. 이 지역에는 사람이 별로 살고 있지 않고 무주지역으로 설정되어 있으며 기차역도 드물게 있다. 뜨거운 차 두 잔을 마실 시간이 지난 후 유설자가 갑자기 자리에서 일어나자 김애자가 묻는다.

"설자야 니 어디가지비?"

"으응 화장실에 좀 갔다 오갔어."

유설자는 총총히 객실 복도를 지나 승강구 쪽에 있는 객실 문을 연다. 바람이 휘-익 휘-익 하고 거세게 들어온다. 유설자는 얼른 객실 문을 닫고 승강구 밖을 바라본다. 승강구 문이 열려있어 바람이 세차게 들어온다. 유설자는 승강구 문을 힘들여 닫고 화장실에 들어간다. 철로 밑이 들여다보이는 막 바로 뚫린 변기가 무서워 앉기가 싫어진다.

유설자는 화장실에서 나와서 승강구 유리창을 통하여 밖을 쳐다본다. 가을을 느끼게 하는 색깔이 유리창 밖에 채색되어 있다. 산야가 울긋불긋 물들어가는 풍광은 고향의 산과 들과 다를 바 없다. 유설자는 승강구 문을 다시 열어젖힌다. 바람의 압력 때문에 안으로 잡아당기며 여는 문이 이번에는 수월하게 열리고 한꺼번에 바람이 와락 몰려들어와 순간 몸이 휘청해진다.

바람이 유설자의 머리카락을 세차게 날린다. 휘날리는 머리카락은 얼굴을 덮었다가 다시 날리기를 반복하며 유설자를 어지럽게 만든다. 그녀는 강한 바람을 맞으면서도 승강구로 바짝 다가든다. 일순간 유설자는 눈을 딱 감아버리더니 달리는 기차에서 뛰어내린다. 뛰어내린 것이 아니라 그냥 몸을 던져버린 것이다. 심청이가 인당수에 몸을 던질 때는 치마로 얼굴을 감싸고 뛰어내렸지만 바지를 입은 그녀는 뛰어내린다기보다 몸을 허공에 내던져버린 것이다.

상당한 시간이 지났어도 유설자가 돌아오지 않자 김애자는 화장실에 가보았다. 화장실에는 사람이 들어있고 잠겨 있어 노크를 해보았다. 안에서 반응이 있다. 잠시 기다리자 화장실문이 열리고 한 사람이 나오는데 유설자가 아닌 중국인 남자다. 김애자는 흠칫 놀란다. 화장실 안을 들여다보았다. 아무도 없다. 아 아니! 얘가 어디로 갔을까 의문을 가지며 주변을 두리번거리며 찾아보았지만 아무도 없다.

그 사이 승강구 문은 바람이 세게 들어오니 누군가가 닫아놓았다. 김애자는 밖을 쳐다보았지만 기차는 그저 평범한 산을 넘고자 이리저리 계곡을 달리고 있다. 김애자는 할 수 없이 자기 자리로 돌아와 앉는다. 도대체 어떻게 된 일인지 그녀 자신도 어리둥절하다.

그녀는 왜 설자가 없어졌는지 여러 가지로 생각을 해본다. 일본 헌병이 다른 객실로 끌고 갔으리라고 단정하고 이번에는 다른 객실 칸으로 가보았다. 객실 앞과 뒤 칸까지 가보았지만 유설자는 없다.

김애자는 다시 객실로 돌아왔다. 그때 헌병 2명이 다시 돌아와서 유설자가 없는 것을 보고는 한 명은 어디 갔냐고 묻는다. 김애자는 사실대로 그동안 일어난 일과 자신이 찾아본 결과를 설명해주었다. 헌병도 이상하다고 생각하여 동료 헌병에게 화장실과 다른 객실도 찾아보라고 한다. 그러나 이미 기차에서 뛰어내려버린 유설자가 있을 리 없다.

찾으러간 헌병이 잠시 후에 객실 앞까지 다 찾아보고 돌아온다. 헌병

8명은 불심검문에 걸려든 사람 십여 명 정도를 기차 객실 한쪽으로 모으고 객실 한 칸의 절반을 비워 연행된 사람을 별도로 앉힌다. 수갑이 없기 때문에 그냥 짐승몰이 하듯 한쪽으로 몰아서 앉힌다.

기차는 얼마 후에 정류장에 멈추어 선다. 다시 사람들이 우르르 내리고 탔으며 연행되는 10여 명의 사람들도 내려서 상시 대기 중인 트럭을 타고 헌병대 임시본부에 가서 심문을 받는다. 차례로 한 명씩 심문을 받고 나왔으며 드디어 김애자 차례가 되었다.

그녀는 헌병대 취조관 앞에 서게 되었다. 헌병은 책상 앞에 앉아서 고압적인 자세로 김애자를 쳐다본다. 헌병의 계급은 오장으로 콧수염을 기르고 얼굴은 개기름이 번지르르 흐르는 뻔뻔한 모습으로 전형적인 일본군 모습을 하고 있다. 헌병의 지루하고 상투적인 심문이 시작된다. 이름은? 사는 곳은? 중국에 왜 왔는가? 등이다. 김애자는 조목조목 명확히 답변한다.

"너희 일본군이 취직시켜준다 하여 이곳에 끌려왔다."

"조선에서 언제 어떻게 이곳에 왔는가?"

"평양에서부터 기차를 타고 지난 6월 이곳까지 왔다."

"그동안 이곳에서 무엇을 하였는가?"

"직업이 고위직 비서직이라 하였으나 비서는커녕 그동안 너희들의 발바닥을 핥아주었다."

"같이 있었던 여자는 어떤 여자인가. 이름이 무엇인가?"

이번에는 유설자에 대하여 물어본다. 김애자는 유설자에 대하여 냉소적으로 대답한다.

"단지 기차를 타고 같이 온 너희들에게 속아 넘어간 사람 중의 하나로 그 여자에 대해서는 잘 모른다."

김애자는 유설자에 대하여 처음부터 모르쇠로 일관한다.

"그럼 그 여자가 어디로 도주했는지를 너는 모르냐?"

"전혀 모른다."

김애자는 역시 모른다고 하고 그 때의 상황을 다시 설명해준다. 심문은 거의 한 시간이나 걸렸고 김애자는 풀려나지 못하고 좀 더 조사를 해야 한다는 명목으로 헌병대 유치장에 갇히게 된다. 일본 헌병은 수배자 명단과 김애자와 유설자의 이름을 대조한다.

수배자 명단에는 장병 위안소 탈영이란 죄명과 5명의 명단이 적혀 있었다. 수배자를 올린 사단과 이곳의 불심검문 헌병은 같은 사단 관리 지역이라 그렇게 신속하게 수배령이 전파된 것이며 김애자로서는 매우 불운이었다. 심문관 오장은 김애자를 불렀다.

"당신은 장병 위안소에서 탈영을 하였는데 맞는가?"

"나는 그곳이 어디인지 뭐인지도 모르겠고 탈영이 아니고 내 발로 걸어 나왔다."

"어찌되었든 당신은 위안소에서 탈영을 하지 않았소?"

"왜 자꾸 탈영이란 말을 합니까? 나는 내가 가고 싶은 대로 갈 뿐이오. 어느 누구도 나의 갈 길을 막을 수는 없습니다."

"당신은 사단 내 위안소로 다시 가게 될 것이다. 후송이 될 때까지 당신이 원하는 대로 푹 쉬고 있어라. 알겠소?"

"알겠소!"

너무나 당당한 김애자의 태도와 목소리에 그리고 당당한 답변에 오장은 약간 주눅이 든다. 그는 김애자가 헌병에게 이끌려 방을 나가자 완전히 사라질 때까지 지그시 응시한다. 김애자는 이 순간이 위기의 상황이라 생각하고 마음을 굳게 먹고 있어야 한다고 스스로 다짐한다.

한편 유설자는 뛰어내리면서 "나를 놔줘라. 나를 놔줘!"라고 소리치면서 순간 눈을 꽉 감아버렸다. 그녀의 몸은 붕 떴다. 발을 죽 뻗어 땅을 짚어보려 버둥거려 보았지만 아무것도 집히지 않고 헛발질만 하였다. 바람은 휘-윙 하며 귓전을 스쳐간다. 순간 유설자는 눈을 번쩍 떠보았다. 발이 막 땅에 닿으려 할 때다. 몸이 옆으로 밀리면서 기울어진다.

떨어지는 곳의 땅은 작은 자갈이 깔린 철로 옆의 빈 공간이었다. 유설자는 몸을 어찌할 수가 없었다. 기차의 속도에 의하여 뛰어내린 지점보다 기차 진행 반대방향으로 5~6미터나 밀려서 떨어졌다. 그녀의 눈은 다시 감겼다. 앞이 깜깜하여 아무것도 보이지 않고 옆으로 떨어진 몸은 철길 옆 벼랑으로 마냥 굴러 떨어진다. 자유 낙하에 이어서 자유 굴림이 생기어 몸을 세워야겠다는 생각은 들었지만 멈출 수가 없다.

그러다가 언뜻 더 이상 구르지 않고 멈춘다. 그리고 이어서 머리에 크게 충격을 느끼었다. 유설자의 사지는 축 늘어지고 정신을 잃어버렸다. 얼마나 시간이 지났을까. 유설자의 정신이 언뜻 돌아왔다.

온몸이 찌뿌둥하고 머리가 몹시 아파 골이 쑥쑥 쑤셔오기 시작한다. 눈을 뜨려 해도 눈이 떠지지 않는다. 그녀는 팔을 휘저어 본다. 오른팔을 움직일 수 없고 왼팔과 손은 정상적으로 움직여진다. 떨어질 때 오른쪽 어깨 쪽으로 떨어져서 어깨 관절이 탈골된 것 같다.

그래서 그런지 오른쪽 어깻죽지가 몹시 쑤신다. 이번에는 발을 움직여본다. 왼발을 움직이기 어렵고 발목 근처에서 심한 통증을 느끼었다. 굴러 떨어지면서 좌측 발목뼈가 금이 갔다. 설상가상으로 마지막에 떨어져 구른 장소에는 제법 큰 돌덩이가 이곳저곳에 울퉁불퉁 튀어나와 있었다. 유설자는 그 중 한 돌덩어리에 머리를 부딪친 것이다.

계속 가만히 누워 있다 한참이 지난 후에 다시 몸을 움직여보았다.

몸의 움직임은 전과 마찬가지로 부자유스럽고 머리가 아직도 아프지만 의식은 점차 정상적으로 회복되고 있다. 눈이 떠지고 파란 하늘이 보인다. 몇 조각 흰 구름이 한가롭게 파란 가을 하늘을 수놓으며 떠돌고 있다. 해가 남아 있으니 아직 저녁은 되지 않았다. 따뜻한 햇살이 유설자의 몸에 눈부시게 떨어진다. 땅바닥에 대자로 누워 있지만 몸이 따사로우니 일시적으로 행복감이 든다.

그녀는 몸을 일으켜본다. 몸을 왼쪽으로 돌면서 왼팔을 지지대로 삼으며 상체를 세워본다. 간신히 몸이 일으켜진다. 주변을 둘러 살펴본다. 그녀 좌측 앞에는 10미터가 족히 되어 보이는 완만히 경사진 벼랑이 있고 그 위에는 철로가 지나고 있다. 그녀가 누워 있을 때 간간이 기차 소리가 지척에서 들려왔다. 저 높은 곳에서 굴러 떨어졌다니 살아난 것만으로도 천행이라 생각되었다.

몸을 틀어 뒤를 돌아다본다. 떨어진 지역에 잡초가 듬성듬성 나있고 그 사이에 갈대 같은 긴 풀이 자라고 있다. 푸른 나무가 있는 지역은 멀리 보인다. 그러니까 주변은 황토색 땅과 잡석, 잡초가 무성히 나 있는 황무지였으며 이것이 골짜기로 죽 이어져 있었다. 유설자는 길이 있는지 여부를 확인하려 고개를 쭉 빼고 가까운 곳부터 살펴보았으나 길을 찾을 수 없었다.

그녀는 이곳을 벗어나 살아야겠다는 생각이 들었다. 왼발에 힘을 주니 온몸이 쑥쑥 쑤셔왔고 통증이 심하여 일어설 수가 없다. 몸을 살펴보니 얼굴 팔다리 할 것 없이 할퀸 상처투성이다. 그래서 주변에 있는 큰 바위까지 기어가서 오른발을 축으로 왼손으로 바위를 짚고 일어서본다. 힘이 많이 들었지만 다행스럽게 일어설 수 있다.

그녀는 조심스럽게 오른발을 한 걸음 한 걸음 떼어본다. 가까스로 한

두 발을 뗄 수 있다. 길이 아닌 잡초들이 우거진 지역을 가자니 힘이 두 배나 더 드는 것 같다. 조금 걸어가니 땅바닥에 자신의 키보다 크고 굵기가 적당한 나무막대가 있었다. 그녀는 그것을 주워서 다리를 대신하여 손으로 짚어보니 한결 걷기가 수월하여졌고 속도도 배가 되었다.

그렇지만 두 배의 속도라고 하여도 한 시간에 겨우 500미터 정도밖에 못 가는 거북이걸음이다. 그래도 그녀는 희망을 가지고 인가가 있음직한 계곡 밖으로 계속 걷는다. 날이 어두워온다. 두 시간은 족히 걸은 것 같은데 뒤를 돌아보니 자기가 출발했던 곳이 저쪽 멀지 않은 곳에 보인다. 그래도 실망하지 않고 계속 계곡을 타고 내려간다. 산그늘이 짙어지기 시작하더니 이내 주변은 완전히 어두워져 앞을 분간하기가 어렵다. 오늘이 음력그믐 무렵으로 생각될 정도로 어둡다.

유설자는 그렇다고 오늘 이 칠흑 같은 밤을 원망하지 않기로 한다. 그동안 살아온 몇 개월 얼마나 많은 고난과 고초를 겪어온 것인가! 일본군의 만행을 생각만 하면 치가 떨려왔고 내가 꼭 살아서 원수를 갚아야 한다고 굳게 마음먹는다. 그러다 문득 그녀의 뇌리에 불과 몇 개월 전의 일이 주마등처럼 스쳐지나간다.

자신의 약혼자를 죽이고 집안을 풍비박산으로 만들었으며, 자신을 이 지경으로 만든 그 사람, 아니 그놈! 그놈을 생각하니 피가 거꾸로 도는 것 같아 갑자기 머리가 어지러워진다. 이런 일을 생각할수록 그녀의 의지는 강철 같이 단단하여진다. 그러나 지금은 큰 부상을 당한 가냘픈 여자일 뿐이다. 밤이 깊어지니 이슬이 내린다.

긴 풀에 내린 이슬이 천으로 만들어진 신발을 다 젖게 만들었다. 시간이 갈수록 몸에서 힘이 빠지고 걷기가 어려우며 쓰러질 것 같은 느낌이 든다. 힘이 많이 들면 땅바닥에 주저앉아 쉬다가 다시 일어나 걷는다.

칠흑 같은 이국의 밤
지척도 구분할 수 없는
고요한 밤 여기가 어디일까
비록 내 사지가
모조리 절단 나더라도
이 한 목숨 부지하여
기필코 그 원수 갚으리라
하늘이여 나에게 힘을 주소서
이 하찮은 목숨이지만
살아나야 할 이유가 저에게는 있답니다.
저승에 계신 그대여 굽어 살피소서
부모님 저에게 구원의 손길을 내미소서.

유설자는 마음속으로 빌고 또 빌어본다. 그리고 어떻게 하든 살아가야 한다는 굳은 신념을 잃지 않으려 한다. 그렇게 생각하니 몸에 힘이 나기 시작한다. 언뜻 유설자의 몇 십 미터 앞에 어둠속인데도 큰 짚더미나 바위 같은 것이 눈에 들어온다. 그리고 발밑에 작은 사잇길이 난 것이 보인다. 유설자는 처음에 그것을 바위라고 생각하였다. 가까이 가서 보니 집이다. 반가워서 얼른 다가가 본다.

세 칸 정도 되는 나무로 만든 집인데 벽이 여기저기 터져 있다. 터진 벽으로 안을 들여다보니 사람이 살고 있지 않은 폐허가 된 낡은 집이다.

집 이곳저곳을 살펴보니 방 한군데에 침대로 사용한 나무로 만든 침상이 눈에 뜨인다. 침구라고는 아무것도 없다. 그래도 그녀는 이집이 밤의 추위와 이슬을 피할 수 있는 좋은 장소라고 생각되어 여기서 하룻밤을 나기로 한다. 침상에 일단 몸을 눕혀본다. 손으로 만져보니 부러진 왼쪽 발목이 부어올라 있다. 발목 부위 5~10센티미터 사이의 정강이뼈 부근이 많이 부어 있다. 그녀는 일단 몸이 피곤하니 잠을 청하여본다. 혈혈무의의 신세가 되어 이것저것 생각하면서 사지를 펼쳐 큰 대(大) 자로 누우니 몸이 나른해지면서 스르르 잠이 든다. 그 때 그녀의 약혼자가 다가온다. 그는 그녀에게 물었다.

"무슨 일이 있었어요?"

유설자는 반가워서 되묻는다.

"어떻게 여기까지 왔어요?"

"지금 나는 자유를 맛보고 있소이다."

유설자가 머뭇거리며 말하였다.

"그대는 이미 자유스럽지 않소?"

약혼자가 당연하다는 듯 말한다.

"아니 뭐가 자유스럽다고 그러십니까? 지금 나는 심한 부상을 입어 걷지를 못하고 머리가 돌에 부딪혀 출혈이 심하였고 먹지를 못하여 심히 기운이 없는데 뭐가 자유스럽다고 그러십니까?"

"그대는 지금부터 내손을 잡으면 새처럼 공중으로 날아갈 수 있을 것이오. 자 내 손을 잡으세요!"

유설자는 약혼자가 내미는 손을 잡으려 손을 내뻗친다. 이때 아버지와 어머니가 나타나 다가와서 말한다.

"안 된다. 설자야! 안 돼! 설자 너는 우리하고 같이 가야 한다. 그 사람하고 가면 안 돼!"

아버지와 어머니가 동시에 약혼자의 손을 탁 때려 밀치면서 설자의 손을 낚아챈다. 유설자는 헉헉거리며 숨을 쉬면서 두 손을 막 휘저으며 잠에서 깨어난다. 꿈이다. 눈을 떠보니 앗! 그녀 옆에 웬 덥수룩한 사내가 그녀의 손을 잡고 굽어보고 있다. 유설자는 매우 당황스러웠고 놀라웠다. 그 사내는 미소를 띠며 “하오! 하오!”를 연발하면서 뭔가를 말하려 한다. 유설자는 혹시나 하여 조선말로 물어본다.

“당신은 누구시오? 무엇을 하는 사람인가요?”

“……”

“하오 하오.”

유설자는 사내가 중국 사람인 것을 알고 그동안 배운 기본적인 중국어로 말을 해본다.

“니하오”

“아 아! 니하오!”

“나 지금 많이 아파. 이쪽 다리 부러졌어. 머리에서 피 많이 났어. 그리고 이 오른팔 많이 아파.”

“아 저 저런... 또 어디 아파요?”

“물. 물. 물 좀 줘. 물. 물!”

그녀는 손으로 마시는 시늉을 하면서 물이 마시고 싶다고 말한다. 기차에서 뛰어내린 이후로 물 한 방울도 못 마셨다. 잠시 후 사내는 쪽바가지에 물을 한 움큼 담아오더니 유설자의 몸을 일으킨다. 사내가 부축해주니 일어나기가 한결 수월하다. 사내는 앉아 있는 유설자에게 물을 내밀고 먹여준다. 유설자는 쪽바가지의 물을 다 먹고 더 달라고 한다. 사내가 다시 물을 뜨려고 나간다.

유설자는 사방을 살펴보았다. 해는 올라오지 않았지만 날은 벌써 밝아 주변이 어스름히 보인다. 문짝이 떨어져 있고 그 문밖으로 바깥이 어렴풋이 다 내다보인다. 사람이 살고 있지 않은 버려진 집이다. 잠시 후 사내가 물을 가지고 돌아와 아까처럼 물을 먹여준다.

두 번 물을 마시니 살 것만 같고 확연히 정신이 든다. 유설자는 이번에는 사내의 행색을 위아래로 훑어본다. 완전히 부랑자의 모습이다. 옷은 꾀죄죄하고 수염은 깎지 않아 산적처럼 자라나 있고 머리도 부스스하여 정상적으로 사는 사람이 아닌 것을 금방 알 수 있었다. 유설자는 궁금하여 물어본다.

"당신 뭐하는 사람이오?"

대뜸 유설자가 물어보자 그는 조금 당황하면서 설명한다.

"아! 저! 나는 저 쪽 산 넘어 농촌에서 농사를 지으면서 살았던 사람이요. 일본군이 들어와서 마을을 무주지대로 만들고 우리를 쫓아내버렸소. 처음에는 집을 떠나지 않고 버티었소. 자신들의 정책에 호응하지 않고 남아 있던 사람은 다 죽이는 통에 간신히 이 산으로 도망을 왔소. 그동안 사냥을 하면서, 그리고 나물이나 산에서 나는 여러 가지 과실로 연명하면서 살고 있다오. 여기서 그다지 멀지 않은 곳에 있는 자그마한 동굴에서 3년째 혼자서 살고 있다오."

"아! 그런 사연이 있었구만요. 나는 좋은 자리에 취직시켜준다고 조선에서 강제로 끌어와서 일본 놈들 성노리개로 몇 개월 살아오다가 동료 4명과 함께 탈출을 하였다오. 정주에서 상구로 기차를 타고 가다가 일본 헌병의 불심검문에 걸려 다시 일본군이 있는 곳으로 끌려갈까봐 달리는 기차에서 뛰어내렸지요. 그런데 운이 나쁘게도 낭떠러지였고 낭떠러지 바닥에도 자그마한 돌이 많이 있어 그 돌에 머리를 부딪쳤답니다. 그러나 다행히 죽지는 않고 팔과 다리에 골절과 탈골이 되어 이렇게 힘을 못 쓰고 있답니다."

"아하! 잠깐만 봅시다. 내가 한때 한방의학에 종사하고자 배우다가 그만두고 부모님의 대를 이어 농사를 짓게 되었다오. 내가 좀 편안하게 해줄 수 있을 것이오."

그가 유설자 쪽으로 바짝 다가오자 유설자는 먼저 좌측 발목을 가리킨다. 바지를 무릎까지 올리니 하얀 피부가 드러난다. 사내는 일순간 당황한다. 하지만 이내 평정심을 되찾고 유설자의 좌측 다리를 이리저리 유심히 살펴본다.

발목 윗부분이 심하게 부어 있는 것으로 보아 그곳의 뼈가 금이 간 것이 분명하다. 뼈가 사선으로 크게 부러져 비껴날 경우에는 손으로 만져보아도 튀어나와 있는 부분을 금방 알 수 있다. 유설자의 경우는 뼈가 단지 전체적으로 금이 가 그 부분만 심하게 부어오른 것뿐이었다.

외관상 이런 경우는 부목만 대어 움직이지 않게 단단히 고정하여 시간이 경과하면 뼈가 붙게 되어 완치가 가능한 상태이다. 사내는 밖으로 나가 다리에 댈 부목 두 개와 끈을 구해가지고 와서 신발을 벗겨내고 발목 양쪽에 부목을 대고 움직이지 않게 끈으로 칭칭 감는다.

이번에는 오른팔을 보자고 한다. 유설자가 오른팔에 힘을 줄 수 없고 자유롭게 움직여지지 않는다고 한다. 사내는 유설자의 오른팔을 붙잡고 완전히 힘을 빼라고 하면서 팔을 좌우로 몇 번 흔들더니 위로 밀어 붙인다. 신기하게도 순간적으로 약간 통증이 일어났으나 몸통에 착 달라붙는 느낌이 들면서 팔에 힘을 줄 수가 있다. 사내가 말한다.

"팔에 힘을 주어 흔들어보시지요."

유설자는 팔을 앞뒤로 흔들어본다. 팔 하나 자유스럽게 쓸 수 있다고 살 것 같은 느낌이 드니 인체의 한 부분 한 부분이 정말 소중하다는 생각이 든다.

사내는 밖에 나가서 거의 한 시간 정도 후에 들어오더니 칼로 잘 다듬은 끝이 거의 직각으로 휜 막대를 들고 들어온다. 유설자 보고 침상에 다시 누워보라고 하더니 왼쪽 겨드랑이에서부터 발끝까지 길이를 잰 다음 칼로 키에 딱 맞게 잘라낸다. 그러고는 알맞게 잘라낸 나무막대를 주고 겨드랑이에 끼워 주면서 유설자보고 일어서보라고 한다.

사내가 특수 제작한 목발이다. 유설자는 기역자 모양의 목발을 겨드랑이에 끼고 힘을 주어 일어나본다. 한결 가볍게 누구의 부축도 없이 혼자 일어날 수가 있다. 사내는 자기가 살고 있는 동굴로 가자고 한다. 유설자는 갈 곳도 없고 부상도 입고 배도 고파 사내가 가자는 데로 따라간다.

유설자가 힘겹게 걷는 것을 본 사내는 그녀 앞에 등을 내민다. 유설자는 순간 멈칫하였으나 순순히 사내의 넓은 등에 업힌다. 사내는 목발을 뒤로 두어 두 손으로 잡고 유설자를 업는다. 그리고 고개를 뒤로 돌리어 하나도 무겁지 않다는 표정을 지어 보이면서 성큼성큼 앞으로 나아간다. 30여 분 정도 계곡을 따라 산 속으로 들어가니 바위로 된 산 한쪽 귀퉁이에 동굴이 보인다.

사내는 동굴에서 가까운 편편한 바위 위에 유설자를 내려놓고 부리나케 동굴 안으로 들어간다. 그러고는 부지런히 동굴 안을 정돈하고 청소한다. 유설자는 배가 몹시 고파서 사내를 큰소리로 부른다.

"여보쇼! 헤이 날 보쇼!" 사내가 헐레벌떡 튀어나온다.

"왜 왜 무슨 일이 있소?"

"그게 아니라 나 지금 굉장히 배가 고파요. 먹을 것을 주세요."

"아차! 잠깐만 기다려주시오."

그는 자기 머리를 치면서 신속히 안으로 사라진다. 잠시 후 팔뚝보다 더 큰 넓적다리만 하고 넓이는 손바닥 네댓 배 되는 검붉게 빛나는 것을 가지고 나온다. 그러고는 유설자를 편안한 나무의자에 앉히고 나무로 만든 사각형 탁자를 유설자 앞에 갖다놓더니 탁자 위에 검붉은 물체를 올려놓는다. 이번에도 다시 동굴로 들어가 주전자와 주발을 가지고 나와 주발에 물을 쪼르르 따라주며 마시라고 손짓을 한다.

그러고 나서 사내는 작은 칼을 꺼내들어 검붉은 물체를 생선포 떠내듯 일정한 두께로 죽 죽 떠내어 유설자에게 건네준다. 그녀는 받아들고 생전 처음 보는 것이라 코에다 대고 냄새를 맡아본다. 청국장이 잘못 발효된 것처럼 이상한 냄새가 난다. 그러나 지금은 이것저것 따질 때가 아니다. 입에 그냥 넣고 우물우물 거리면서 씹어보았다.

어? 그런데 맛이 있고 독특하다. 시장이 반찬이란 말이 있지만 오늘 이것은 그게 아니다. 괴상한 맛인데 약간 구리구리하고 퀴퀴한 맛이 일부 들어있다. 냄새가 청국장과 유사하게 나지만 막상 혀를 대고 씹어보니 맛도 괴상하였다. 하지만 계속 씹어보니 씹을수록 점점 기가 막히게 맛이 있다.

유설자는 사내가 떠주는 고기를 날름날름 잘도 받아먹는다. 한참을 그렇게 먹다가 유설자는 사내를 쳐다보고 그제야 혼자만 먹고 있는 것이 미안하고 고마운 마음에 순간적으로 얼굴이 붉어진다. 그러면서 그녀는 어색한 분위기를 벗어나려 질문을 쏟아낸다.

"이 음식 이름이 뭐예요?"

"쭈퍼라우(돼지고기 발효 식품)라고 합니다."

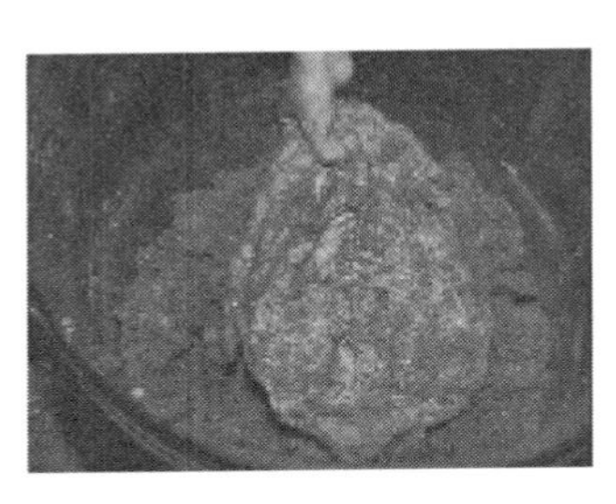

쭈퍼라우

"예 뭐 뭐라고요? 주퍼로고?"

"아니 쭈.퍼.라.우 라고 합니다."

"쭈. 퍼. 라 .우" 그녀는 한 자씩 소리 내어 따라한다.

"헤. 헤 .헤. 하오! 하오!"

사내는 잘했다고 웃으면서 유설자

의 얼굴을 쳐다본다.

"이것 무엇으로 만들어요? 무슨 고기예요?"

"이것 어떻게 만들어요?"

"그렇게 매달아 얼마나 숙성을 시켜요?"

"이것은 몇 년 된 고기예요?"

"돼지 어느 부분인가요?"

쏟아내는 유설자의 질문에 사내는 나름대로 열심히 설명을 한다. 못 알아듣는 부분은 땅바닥에 그림도 그리고 손짓, 발짓 그리고 한문을 써서 이해하도록 노력한다. 유설자는 사내가 따라준 차를 마시기도 하면서 그를 유심히 쳐다보고 있다. 열심히 설명하는 사내가 예뻐 보이기도 믿음직스럽기도 하다. 배고픔이 어느 정도 해결되니 몸이 나른해지면서 졸음이 밀려온다.

그녀는 사내에게 두 손을 포개어 한쪽 얼굴에 대고 고개를 기울인다. 사내는 금방 알아차리고 유설자를 동굴 안으로 안내한다. 동굴 안은 어둠침침하였지만 아늑하다. 그곳에는 침상이 하나 있고 간단히 덮을 것도 있었다. 유설자는 체면불구하고 침상에 눕는다. 사내가 신발을 벗겨주고 담요를 덮어준다. 그녀의 몸은 비록 상처로 엉망이 되었지만 실로 오래간만에 두 눈을 감고 긴장을 풀어 몸을 편안하게 해본다.

통한의 문신

한편 김애자는 헌병대 유치장에서 이틀이나 보냈다. 그녀는 자신의 운명을 다시 생각해보았다. 어떻게 이런 운명이 나에게 닥치었을까 곰곰이 생각에 잠겨본다. 그러나 도저히 생각할 수 없는 운명의 길을 걸어왔고 오늘 이렇게 일본군의 유치장에 갇혀 있는 것은 현실이었다. 현실은 부정해봐야 소용없는 일. 김애자는 역시 대범한 여자답게 현실을 수용하고 난관이 있을 때 헤쳐나갈 것을 마음속으로 굳게 다짐해본다. 헌병 한 명이 오더니 후송될 것이니 같이 가자고 한다.

김애자가 유치장을 나오자 헌병은 수갑을 채워버린다. 김애자는 헌병이 가자는 대로 따라간다. 헌병대 건물 앞으로 나가니 트럭이 한 대 대기하고 있다. 다른 헌병들도 여러 명의 구속자들을 호송하며 역으로 출발한다. 도주 우려 때문에 용의자 한 명에 헌병 한 명이 감시하면서 호송하고 있다. 어떤 남자를 호송하는 한 헌병은 남자의 손을 뒤로하여 수갑을 채우고 두 손을 포승줄로 묶은 뒤 그 줄을 잡고 뒤따라가는 밀착 호송을 하기도 한다.

김애자는 역에 도착하여 기차를 타고 그녀가 머물렀던 위안소를 향하여 반대방향으로 끌려간다. 김애자는 묵묵히 헌병이 하자는 대로 하였고 객실에서는 헌병과 마주 앉았다.

헌병은 화장실도 따라왔고 화장실에 문을 열고 들어가기 직전에 수갑을 풀어주고 기다렸다가 나오면 다시 바로 수갑을 채워서 같이 자리로 돌아왔다. 기차는 정주를 지나 다시 낙양까지 장시간 동안 달려간다.

거의 저녁 무렵에 낙양에 도착한다. 대합실로 나가니 다른 헌병이 김애자를 인수하려 나와 있었으며, 인계 받는 헌병은 그동안 호송하여온 헌병이 내민 서류에 서명을 한 후 김애자를 인수한다. 김애자는 다시 트럭을 타고 근무하던 부대로 압송된다. 불과 4~5일의 자유를 맛보았을 뿐인데 낯설게 느껴지는 것은 웬일일까?

김애자는 사단본부 헌병대 유치장에 갇히게 된다. 하룻밤을 유치장에서 보낸 뒤 장병 위안소에 인계된다. 위안소장과 조장이 헌병대로 와서 김애자를 직접 확인한 뒤에 위안소로 끌고 간다. 조장은 묘한 미소를 지어 보인다.

그런데 사건은 지금부터 벌어진다. 조장은 위안소 정문을 들어오면서부터 표정이 굳어지고 얼굴색이 변하기 시작한다. 위안소의 간부 숙소 옆에 마련된 감옥 같이 생긴 방에 김애자를 몰아넣는다. 김애자는 될 대로 되라는 자포자기 심정으로 가만히 처분만 기다리고 있다. 사실 김애자 혼자로는 어찌할 수 없는 진퇴유곡의 상황이다.

얼마 후 조장이 들어온다. 조장의 오른손에는 가죽으로 된 긴 채찍이 들려있다. 옷도 근무복이 아닌 말 탈 때 입는 몸에 바싹 붙는 날렵한 차림이다. 이때 밖의 창문가에는 십여 명의 눈이 방을 주시하고 있다. 이들은 지금 이 시간에 휴식을 취해야 하는 위안부들이며 위안소장이 쉬고 있는 여자들을 집합시켜 이곳으로 모이게 하였다.

그러고는 탈영을 하면 어떠한 형벌을 받는지 똑똑히 보라며 체벌하는 광경을 직접 보게 한다. 이렇게 죗값을 받으니 탈영할 생각을 죽어도 하지 말라는 경고이기도 하다. 조장은 김애자를 보고 아무 말도 하지 않고 곧바로 씨-익 악마의 미소를 지으며 천천히 채찍을 든다.

그리고 처음에는 가볍게 몸통을 때린다. 가볍다고 하지만 "철썩" 하는 소리가 밖으로 퉁겨지어 나간다. 그러고는 이번에는 좀 더 빨리 그리고 세차게 채찍을 휘두른다. 마치 무용수가 무대에 나와 큰 칼자루를 휘두르는 것 같이 보이고 휘두르는 자신의 힘에 머리카락이 날리어 마치 아귀와 같아 보인다. 그러나 김애자는 가벼운 신음소리만 낼 뿐이다. 그녀는 절대 비명은 지를 수 없다 생각하였다.

"내가 그 정도의 채찍질에 내 혼을 빼내어줄 것 같은가? 어림없다!"

그녀는 마음속으로 상대를 경멸해가며 참아낸다.

조장은 어느 정도 채찍을 맞으면 김애자가 애걸복걸하고 여자 특유의 비명을 지를 줄 알았다. 그는 탈주한 여자들을 붙잡아 여러 번 채찍으로 때리면서 여자들이 별의별 비명을 다 지르고 그에게 매달려 살려달라고 두 손이 다 닳도록 비는 모습에 희열을 느끼곤 하였다. 오늘 이 시간도 김애자가 탈출하여 그동안 곤경에 처하였던 자기 처지를 이 한 판의 매질에 묻어버리고 싶었다.

그런데 오늘 이 여자가 이상하다. 아무리 때려도 빌기는커녕 신음소리 한 마디조차 제대로 내고 있지 않으니! 조장은 있는 사력을 다하여 더욱 세차게 채찍을 내리친다. 그래도 이 여자는 끄떡도 없다. 어? 나도 이제 늙었나? 속으로 생각도 해본다. 마치 석상을 내려치는 듯하다. 조장의 이마와 전신이 온통 땀으로 젖어들고 이제 휘두르는 채찍질에도 힘이 빠져버린다. 조장이 마침내 지쳐버린다. 조장은 씩씩거리며 채찍을 구석에 던져버린 뒤 혼자 중얼거리며 나간다.

"일본 사람 나를 이겨 먹다니. 정말 무서운 조센징 여인네구나! 이제 나도 늙었는가보다!"

김애자가 입었던 옷은 너덜너덜 찢어졌고 살갗은 터져서 완전히 피를 온몸에 덧칠하듯이 되었다. 이 장면을 처음부터 끝까지 창문으로 다 지켜본 여러 위안부들은 치를 떨었고 마음 약한 여자는 중간에 눈을 감아버렸다.

김애자는 하루 동안 그 상태로 방치되었고 옆에 물만 떠놓아 마시게 하였다. 며칠 후 터진 상처에 딱지가 지자 새로운 옷 한 벌을 주고 먹을 것을 조금씩 넣어준다. 보름이 지나니 겨우 상처가 아물기 시작하고 그제야 생기를 약간 찾게 되었으며 한 달이 지나니 정상적인 활동을 할 수 있을 정도로 회복된다.

그런데 위안소장은 그녀를 다시 위안부로 돌릴 생각은 하지 않는다. 위안부로 되돌려 놓으면 다른 여자들에게 심각한 영향을 미치게 되어 탈출을 시도할 가능성이 높아지므로 이것을 예방하자는 차원이었다.

며칠 후에 김애자를 별도의 방으로 끌고 갔다. 잠시 후 건장한 청년 두 명이 손가방 하나를 들고 방으로 들어오더니 김애자에게 느닷없이 정중한 목소리로 인사를 한다.

"오하이요 고자이마스! 에 또! 우리들은 예술을 하는 예술인이므니다. 아노- 지금으로부터 김애자 씨를 불멸의 예술혼이 깃든 작품으로 만들게쓰으므니다."

김애자는 그 말의 의미를 몰라 단지 고개만 끄덕끄덕 하였다. 그녀의 심중은 이미 나는 내가 아니다, 마음대로 하거라고 소리치고 있었다. 청년 한 명이 김애자에게 말한다.

“무스메(아가씨) 옷이노 완전히 벗으시고 치무대에 오르시오. 그리고 엎드리시오마스.”

김애자는 발가벗긴 채 침대 위에 큰 대(大)자로 드러누웠다. 청년 한 명이 그렇게 눕지 말고 엎드리라고 한다. 그러고는 한 명이 가방에서 여러 가지 기구를 꺼내어 침대 옆 책상에 나열해 놓는다. 그러더니 그 중에서 기구 하나를 손에 들고 김애자의 등에 무엇인가를 그린다. 한참 후에 완성된 그림을 전체적으로 보더니 고개를 갸우뚱하고 이어서 같이 온 청년에게 말한다.

“이만 하므니노 명작이노데쓰?”

“하이 하이! 대단이노 좋스므니다!”

대답하는 투가 그의 부하직원인 듯하다. 이어서 양 어깨와 목덜미 그리고 엉덩이, 허벅다리와 종아리 등 온몸에 계속 무엇인가를 빼곡하게 그린다. 그림이 다 완성되니 두 청년은 스스로 만족하고 감탄한다.

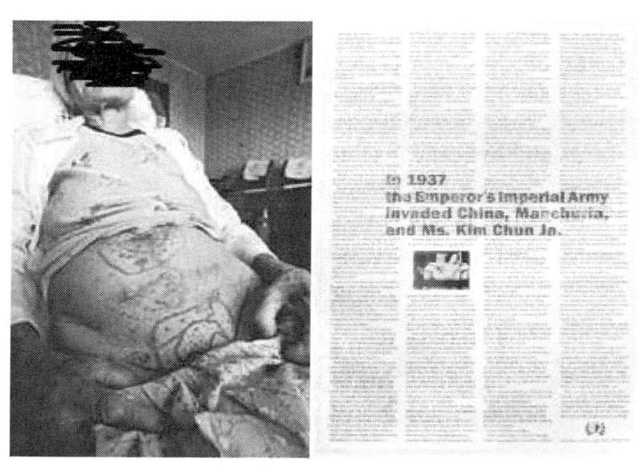
In 1937
the Emperor's Imperial Army
invaded China, Manchuria,
and Ms. Kim Chun Ja.

실제 문신을 당한 어느 위안부. 한 외신에 보도된 일본군의 문신 만행

이번에는 수술 칼과 유사한 도구와 날카로우며 송곳 같이 생긴 도구를 번갈아 집더니 그려진 그림의 선에 따라 조각을 하듯 찌르고 긋는다. 문신이다. 살갗을 파고드는 지극한 아픔이 몰려왔지만 김애자는 "끙" 소리 한번 내지 않고 감내한다.

두 일본 청년도 김애자가 신음소리 한번 제대로 내지 않는 것이 내심 놀라웠다. 세상에 이런 여자가 다 있을까 생각하며 질려버린다. 하루 종일 작업을 하고 다음 날에도 작업은 계속된다. 어제는 등에 했지만 오늘은 가슴과 배에 새겨 넣는다. 심지어 젖가슴과 여자의 상징에도 문신을 넣는다. 문신은 욱일승천기(일본 제국주의 국기)를 중심으로 넣었고 새겨진 문신은 어린아이의 장난과 흡사한 낙서였다. 김애자는 이제 평생 일제의 철없고 짓궂은 낙서를 만신창이의 몸에 지니고 살아가야만 하였다.

그 뒤로 위안소장은 김애자를 다시 위안부로 부리지 않고 위안소 내에서 잡부로 일을 시켰다. 온몸에 문신을 새겨 넣고는 그 문신을 여러 병사에게 보이면 안 된다는 생각이 들었는지 그 후로는 일은 고되었지만 막무가내 병사들을 상대하지 않으니 살 것 같은 생각이 들기도 하였다.

우리나라는 왕조 때 먹으로 문신을 넣는 형벌을 묵형이라 하여 중한 죄를 지은 사람의 이마나 팔에 문신을 새기었다.

한편 성군자와 소백합은 두 사람이 떠나자 갑자기 앞길이 막연해졌다. 지긋지긋한 지옥 같은 세상에서 탈출은 하였지만 이제 어디로 가야 할지 그리고 이 넓은 중국 천지에서 살아갈 일이 막막해졌다. 그런데 성군자는 이와는 반대로 마음먹기로 작정하였다. 즉 넓은 중국 천지니까 내가 갈 곳은 많다고 바꾸어 생각해보았다. 그럴 듯하였다. 사고의 전환이야말로 사람을 다시 생기 있게 만들 수 있다는 것을 깨달았다. 그리고 그렇게 뒤집어 생각하는 자기 자신이 자랑스러워졌다.

"야 백합아 너 인제 어떻게 헐 거니?"

"어떻게 허긴 너 따라다녀야지."

"이 기집애 그러지 말고 니 의견을 말혀보란 말이여!"

"내 의견? 읎어버려 읎어! 니 의견이 내 의견이야."

"뭐? 좋아 좋아! 그럼 니가 나를 따라 댕기겄다는 것이지 잉!"

"아무려면! 너도 생각을 해봐라. 이 중국 천지에서 혼자 어디로 간단 말이냐? 지금 말이야, 혼자 이곳에서 산다고 하더라도 몸이 아프면 물 한잔 떠줄 사람이 있어야 하지 않아! 그리고 지금 일본 놈 천지세상에서 어디로 가다가는 분명히 붙잡히고 말 거야. 조선으로 돌아가 집에 가는 것은 더 위험하지. 그러니까 내 말은 더 이상 어디로 갈 생각을 하덜 말고 이곳 정주에서 숨어 살잔 말이야!"

"그려 그려! 백합이 네 말도 그럴듯허다 잉! 그리고 니 말이 바로 내 말이다. 그렁게로 오늘부터 당장 시내에 나가서 어디든지 일할 곳을 찾아보더라고! 긍게 말이여 일단 벱이나 얻어 챙겨먹으면서 지낼 곳을 찾아 댕기기로 하자."

두 사람의 의견이 일치가 되어 먼저 여관주인에게서 주변의 상황과 일본군의 주둔지, 일본 경찰의 동향 그리고 자기들이 일할 만한 곳이 어디에 있는가를 물어보았고 주인은 이곳에 대하여 대충 이야기를 해준다.

일거리는 역시 시장 근방이나 번화가에 많을 것이라 생각하고 시내로 들어갔다. 그리고 두 사람이 같이 다니는 것보다 각자 여러 상점에 들어가서 구해보는 것이 나을 것이라고 생각하고 따로 떨어져서 사람을 쓸 만한 집에 들어가기로 하였다.

성군자는 먼저 잡화점에 들어갔다. 조금 알고 있는 중국말과 손짓발

짓을 해가면서 설명해본다. 그러나 이 잡화점은 종업원이 필요 없다고 단호히 일거에 거절한다. 성군자는 여러 집을 전전하였으나 한결 같이 일할 사람이 더 이상 필요하지 않다고 한다.

풀이 죽어 슬슬 거리를 걷고 있는데 멀리서 보니 '臺豪 酒店(대호주점)'이라고 쓰여 있는 간판이 눈에 들어온다. 가까이 가보니 출입문 밖에는 '店員求(점원구)'라고 쓰여 있다. 성군자는 이제 되었다고 좋아하며 들어가려 문을 밀어보았지만 아직 시간이 되지 않아 문이 닫혀 있다. 이리저리 시간을 보내다 오후 4시경에 주점에 들어가니 주인이 있다.

"니하오마 안녕하세요. 직원을 구한다고 하여 왔습니다만..."

주인은 성군자를 아래위로 찬찬히 뜯어보더니

"아 니하우. 그래요! 그런데 우리 집은 일도 하지만 손님들에게 술도 권하는 사람을 찾고 있습니다. 그리고 봉급은 주겠지만 일당이 적고 손님들한테 팁을 받아야 돈을 모을 수 있을 것입니다. 그러나 대신 잠자리는 우리가 제공하고 삼시세끼 식사도 같이 할 수 있습니다. 이런 조건인데도 일을 할 수 있겠습니까?"

주인의 솔직한 이야기에 성군자는 주인이 애를 먹이지는 않을 것으로 생각되었다. 그래서 일단 이 집에서 임시로 몸을 숨기고 요양 좀 한다고 생각하고 당분간 있다가 그 후의 일을 생각하기로 하였다. 성군자가 조선으로 돌아가려면 돈과 통행증이 필요하였다. 이곳에 정착하여 열심히 일하고 주인과 이웃들과 친하여지면 통행증도 발급받을 수 있으리라고 생각하였다. 그래서 남자주인에게 모든 제안을 수용할 테니 당분간 이곳에서 일하겠다고 하였다.

"아 예 좋습니다. 일을 해보겠습니다."

"하오! 그러면 오늘부터 당장 일을 해도 좋습니다."

"나에게 한 여자 친구가 있는데 지금 여관에 합숙하고 있습니다. 그 친구를 만나 일자리를 구했다고 이야기를 하고 내일 오후부터 와서 일하면 어떻겠습니까?"

"아 하오, 하오 좋아요. 그렇게 하지요. 혹시 그 친구도 우리 집에서 일하고 싶다면 같이 와도 좋습니다."

"아 예 예... 내일 다시 오겠습니다."

성군자는 가벼운 걸음으로 여관으로 돌아간다. 아직 소백합은 오지 않아 여관방에서 쉬면서 기다린다. 그런데 성군자가 일하게 될 주점은 꽤 크고 고급스러운 술집이다. 의자에 앉아서 술을 마시는 방이 열여섯 개나 있었고 회관에는 수십 개의 탁자와 의자가 마련된 굉장히 큰 요정 겸 음식점이었다.

그러니까 이제 성군자는 요정의 새끼마담이 되는 것이다. 밤이 되니 풀이 죽은 소백합이 여관에 돌아온다. 그녀는 하루 종일 돌아다녔지만 일자리를 찾지 못하였다고 한다. 성군자는 자신은 주점에서 술을 따르게 될 것이라고 말하고 별다른 뾰족한 수가 없으면 같이 가자고 하였다. 소백합은 그런 일은 싫다고 하여 다음날 오후에 성군자는 주점으로 갔고 소백합은 아침부터 일자리를 구하러 나갔다.

성군자는 주인의 배려로 2층에 마련된 별도의 방을 하나 차지하며 일할 준비를 하였다. 일하기 전 동료이자 이곳 요정 일에 상당히 이력이 붙은 중국 여자 하나가 술시중 방법과 이곳에서 지켜야 하는 법도를 알려주었다. 성군자는 열심히 배웠다.

모든 일을 열심히 하려는 성군자의 적극성에 마담 큰언니도 만족하여 성군자를 신뢰하기 시작하였다. 여기에는 이 큰언니 말고 5~6명의 여자가 방에서 술시중을 하기 위하여 대기하고 있었다. 이처럼 여자가 많은 것은 전쟁통에 먹고 살길이 막연한 사람들이 몰려들었기 때문이다.

오늘은 여러 예법을 배우며 푹 쉬라고 한다. 한참을 쉬고 있는데 주인이 성군자를 부른다. 오늘따라 사람이 많이 들어와 시중들 사람이 부족하니 들어가서 자리나 메워주라고 한다. 방에 들어가니 남자 4명이 앉아 술을 먹고 있는데 3명의 여자들이 옆 자리에 앉아 술을 권하고 있다.

한 남자의 옆자리가 비어 있어 의자에 앉기 전에 조선식으로 다소곳이 허리를 굽히고 절을 하였다. 술을 마시던 중국 남자 4명이 얌전히 절을 하고 앉는 처자가 귀엽고 신기하게 보여 자기들끼리 크게 웃고 쑥덕거리더니 좋아한다. 성군자는 앉자마자 간단히 자기소개를 하였다.

"저는 조선에서 왔고 오늘 이곳에 처음 들어왔으며 이름은 성군자라 합니다."

남자들은 일제히 박수를 치며 중국에 온 것을 환영하며 우리 멋있게 살아보자고 하였다. 남자들이 으레 하는 말이지만 성군자는 "우리 멋있게 살자"라는 말에는 머리가 약간 갸우뚱해지며 이해하지 못하였지만 그냥 가볍게 '모두 함께 잘 먹고 잘 살자'라는 말로 해석하였다.

짓궂은 남자들은 성군자에게 계속 독한 술을 먹이려고 하였다. 원래 성군자는 술을 못한다. 술이 조금 들어가면 얼굴이 화끈거리고 가슴이 두근거렸으며 조금 있으면 졸리었다.

시골에서 일을 할 때 막걸리를 딱 한 잔 마셔 보았는데 마시자마자 온몸이 홍조를 띠고 근질근질 하였으며 얼마 후에는 졸음이 엄습하여 일을 중도에 그만둔 적도 있었다. 성군자는 그러한 자기의 신체적 특징과 사정을 설명해주었다.

"나는 술에 아주 약합니다. 이 자리에서 내가 술을 먹으면 곧 잠이 들어 자리가 파장이 날 수 있습니다. 그러니 술은 먹지 않고 대신 노래를 해보겠습니다."

모두 박수를 치며 좋아한다. 성군자는 목을 가다듬은 뒤 아리랑을 부른다. 옛날 아리랑이 아닌 신식 아리랑이다. 신식 아리랑은 1926년 나운규가 만든 영화 〈아리랑〉의 주제곡이다. 남자들은 박수를 치면서 노래에 박자를 맞추려 하였지만 중국 노래와 중국인의 리듬과는 전혀 다른 노래였기에 박자가 맞지 않아 손을 놓고 지켜보고만 있다.

노래가사의 뜻을 알 리 없었지만 성군자의 가냘프고 슬픈 목소리 그리고 구성진 노래에 일곱 명의 중국인들은 왠지 모르게 서글퍼진다. 원래 성군자의 목소리는 경기민요풍의 노래에 맞는 타고난 음색과 호소력 깊은 목소리였다. 그녀는 학교는 많이 다니지는 않았지만 남의 집 일을 해주면서 어깨너머로 노래를 배웠다. 그녀가 제일 좋아하고 잘 부르는 노래는 〈궁초댕기〉와 〈창부타령〉이었다.

노래가 끝나자 박수가 터져 나왔고 다시 한곡을 더 불러보라는 형식적으로 재창을 요청받았다. 그러나 처음 들어온 여자가 다른 중국 여자를 제치고 주목을 받으면서 독주하는 것은 언제까지 계속해야 할지 모르는 이 속세의 일에 많은 부정적이 영향을 미칠 것이라고 생각하였기에 그만 이쯤에서 끝내는 것이 좋다고 생각하여 단호히 고사하였다.

마음속으로는 "내가 이 생활을 한 달 이내에 접고 다른 더 나은 일자리를 찾아보리라."하고 생각도 해보았다. 가령 점원 같은 직업은 어떨까 생각하였지만 중국말이 아직 서툴러 여기서 좀 더 중국말을 배운 뒤에 무엇이든 해야겠다고 결론지었다.

그녀는 한 달 후에 다른 직업을 찾아보았지만 전쟁 중이고 무주지대 같은 여러 정책을 시행하는 바람에 농촌의 인력이 도시로 몰려와 노동자가 넘쳐나고 부랑자가 생겨 여자로서는 다른 일을 구하는 데 한계가 있었다. 그녀는 먹고 자는 곳이 있다는 것을 위로삼아 시간을 두고 더 좋은 직업을 찾아보리라고 마음먹었다.

소백합은 그녀 나름대로 이집 저집 며칠을 돌았다. 성군자가 들렀던 집에도 들어갔지만 소위 일본 놈들이 말하는 게이샤(기녀)가 되고 싶지 않았다. 이제 수중에 몰래 간직한 돈도 다 떨어져 간다. 그래서 마지막이라고 생각하여 시내에서 크다고 생각되는 음식점에 들어갔다.

오래된 집인 듯 이끼가 낀 예스런 큰 기와집이었고 크게 火炒皇(화초황)이라고 간판이 써진 음식점이었다. 두 대문을 살짝 밀고 들어가니 넓은 정원이 있고 다시 건물의 문을 밀고 들어서니 홀도 넓고 2층으로 된 별실이 있었다. 차림표를 보니 별의별 음식을 다 만들어 파는 큰 요릿집이다. 현관문을 밀고 들어가니 계산대에는 중년여자가 앉아 있다. 소백합은 그 여인에게 넙죽 절을 하면서 말하였다.

"니하우마! 일자리를 구하려고 왔습니다. 무슨 일이든지 하겠습니다. 일만 시켜주시고 밥을 먹게 좀 해주세요."

"니하우. 그래요? 아무 일이나 상관없다는 말이요?"

"예 일은 아무것도 가리지 않을 것이니 저를 재워주고 먹여주기만 하면 됩니다."

"아! 그러면 이따가 이집 주인이 저녁 무렵에 들어오니 그때쯤 다시 와서 주인한테 직접 이야기하면 될 것이요."

중년여인은 소백합에게 아주 반가운 말을 한다. 그 여자는 소백합의 얼굴과 행색을 찬찬히 들여다보며 고개를 몇 번 끄덕여 보인다.

"아주머니 저는 어디 갈 곳이 없어요. 그냥 여기서 있다가 주인을 만나보겠습니다. 저기 저 구석 의자에 좀 앉아 있어도 될까요?"

소백합은 이젠 그만 돌아다니고 싶었고 솔직히 다리도 아파왔다. 그래서 한쪽 구석에 있는 의자를 가리키며 앉아 있겠다고 하니 그 아주머니는 말없이 고개를 끄덕거리며 그렇게 하라고 한다. 한두 시간을 기다리니 주인이라 여겨지는 한 사내가 들어온다. 양복을 죽 빼입은 그 사내가 현관문을 들어오자 중년여자는 깍듯이 절을 하고 구석에 앉아 있는 소백합을 가리키며 뭔가 말을 한다.

사내는 소백합이 앉아 있는 곳을 쳐다본다. 소백합은 자기 이야기를 하고 있음을 눈치 채고 얼른 일어나서 그 남자 앞으로 가서 인사하였다.

"안녕하세요? 제 이름은 백장미(白薔薇)라 합니다. 일자리를 찾아 왔습니다."

그녀는 꾸벅 인사하면서 가명을 사용하여 개인 소개 겸 여기에 온 사유를 이야기하였다. 주인남자는 소백합 아니 백장미의 얼굴을 뚫어져라 쳐다보고 다시 아래위로 행색을 쳐다보더니 얼굴색이 환희에 찬 색깔로 변하면서 묻는다.

"그래 어디서 오셨소?"

"예, 저는 조선에서 왔습니다."

"어찌하여 조선에서 이렇게 먼 곳까지 오게 되었소?"

"예 일본군이 중국에 가면 좋은 급여의 일자리를 준다고 하여 왔으나 실제 와보니 아주 힘들고 저에게 맞지 않은 일이라서 그만두고 이렇게 딴 직업을 찾게 되었습니다."

"아 그래요! 마침 우리 집에 일자리가 생겼으니 그럼 당분간 여기서 일을 하시지요. 음식점이란 것이 원래 일이 많아 하루 종일 힘이 좀 들 것입니다그려! 그런데 어디서 먹고 자시오?"

"예 지금까지 여관에서 죽 보냈는데 이젠......"

"아! 좋아요 좋아! 이곳에는 방이 많으니 아예 여기서 기거를 하시지요."

그는 중년여자에게 지시한다.

"왕 아주머니, 이 사람을 위층 비어 있는 제일 좋은 방에 안내하시지요. 침구도 깨끗하고 제일 좋은 것을 넣어주시고요. 그리고 오늘은 일단 회관 청소를 하도록 하고 요령을 알려주시고요."

"예 잘 알겠습니다."

소백합 아닌 백장미는 매우 기뻤다. 중년부인 왕 아주머니를 따라 이층에 올라가니 왕 부인은 한 방문을 열어주고 "이곳에서 조금 쉬었다 이따가 내가 부르면 회관으로 내려 오시요."라고 말하고는 다시 자신이 일하는 계산대로 내려간다.

백장미는 어린 아이처럼 좋아한다. 뒤 창문의 커튼을 젖혀보니 정리된 정원이 보이고 정원에는 나무가 가지런히 잘 다듬어져 있으며 몇 가지 가을꽃들이 아직 활짝 피어있다. 짐을 벽장에 넣고 침대에 털퍼덕 누워본다. 몸이 아늑해지고 평화로워지는 것을 느낀다. 잠시 후에 왕 아주머니가 방문 앞에 와서 불러 내려가니 자기가 해야 할 청소구역과 청소 방법을 알려준다.

"지금은 손님이 들어오는 시간인지라 장사가 끝나면 청소를 합시다. 여기에 대기하고 있다가 혹시 손님이 불러 잔심부름을 시키면 그것이나 하시요."

이때 갑자기 주인이 들어오더니 백장미를 부른다.

"왕 아주머니 백장미에게 일을 그만 시키고 내 사무실로 좀 들어오라고 하세요."

"백장미 씨 주인님이 일을 그만하고 사무실로 들어오라고 하니 저기

저 문을 열고 얼른 들어가 보시오."

왕 아주머니는 별 표정 없이 조금 떨어져 앉아 있는 백장미에게 전달하듯 말하며 사무실을 가리킨다.

"예 예 알겠습니다."

그녀가 대답하고 사무실에 들어가니 주인은 정중히 그리고 친절히 의자를 내어주며 말한다.

"어서 들어오시오. 백장미 씨 여기 의자에 앉으시지요. 오늘은 피곤할 터이니 나하고 이야기나 하고 나중에 방에 들어가서 푹 쉬도록 하시지요."

그는 사적인 신상문제를 이것저것 꼼꼼히 질문한다.

"그래 이름이 무엇이라고 하였던가요?"

"예 백장미라 합니다."

"하하하하! 이름도 예쁘고 얼굴과 자태도 이름처럼 하얀 장미 한 송이 같구나. 그래 부모님은 계시고요?

"예 조선에 다 계십니다."

"조선에서 부모님은 뭐하고 계시는가요?"

"예 조선에서 배를 부리고 있고 농사도 짓고 계십니다."

"그래요. 배는 몇 척이나 되고 농사는 얼마 정도 지으시는가요?"

"예 지가 알기로는 어선이 10척 정도 되고, 정확한 것은 아니지만 농사는 주변 사람들이 저희 아버지를 천석꾼이라는 부르는 소리를 들었습니다."

"아하 그래! 굉장한 지방 유지이구만."

"예 저는 지금까지 돈이 궁하지는 않았습니다."

"그래? 그럼 이렇게 멀리까지 와서 고생할 필요가 없을 것인데 어쩐

일이지요?”

“예 저는 그렇게 자랐지만은 부모의 아무런 도움 없이 저 혼자 자립을 하고 싶었습니다.”

“호오! 그것 참 정신이 매우 훌륭하고 가상한지고! 그럼 장미 씨는 학교는 다녔는가요?”

“예 저는 중등학교를 졸업하고 평양에 있는 대학교를 다니다가 일본군에게 강제로 끌려왔습니다. 저는 학교에서 신문학을 전공하였습니다. 그러나 보시다시피 중도에서 학업을 그만두었습니다.”

“호오! 학력도 좋고 신식 인텔리 여성이로구만! 그럼 결혼은 하였는가요?”

“아직 미혼입니다. 이렇게 젊은 나이에 무슨 결혼을 하였겠습니까? 결혼은 생각도 할 겨를이 없었습니다.”

“그래 지금 몇 살인가요?”

“예 1924년 갑자생(甲子生)입니다.”

“하하하하… 좋다 좋아! 합격이다 합격! 앞으로 백장미 씨는 어떠한 잡일도 하지 말고 왕 아주머니 뒤에서 앉아 손님을 안내하고 돈만 세는 일만을 하구려.”

“예? 예 예 합격이요? 뭐가…”

“그 가냘픈 손을 어떻게 굵어지게 할 수가 있겠소? 하하하… 내 마음에 든다는 말이요. 하하하. 자 그러면 오늘은 방에 들어가서 푹 쉬시오. 저녁은 내가 특별히 말해서 아주 맛있는 것으로 넣어 주리다. 혹시 뭐 먹고 싶은 음식이라도 있소?”

“아니 지금 음식 이름을 아는 것이 별로 없으니 주방장에게 먹고 싶은 것이 있으면 따로 이야기하겠습니다.”

"그렇게 하시오. 그러는 것이 좋을 듯하오!"

그는 백장미 방까지 와서 문을 열어주면서 쉬라고 하였다. 백장미는 방에 들어와서 곰곰이 생각을 해본다. 왜 주인이 갑자기 자기한테 이렇게 잘해줄까? 분명히 무슨 흑심이 있어 그럴 것이라고 생각하였다. 그렇지 않고서야 생전 처음 보는 자기에게 그렇게 친절히 굴 리가 없었다. 혹시 내가 미인이라서 그럴까? 아마 그럴 것이라고 자문자답 한다.

그러고는 내가 예쁘게 태어난 것은 참 잘한 일이지 하고 마치 스스로 예쁘게 태어난 것처럼 자만심이 생긴다. 그럼 만약 그 주인이 자신에게 추근거리며 다가올 때는 어떻게 할 것인가?

그 때는 자신의 값어치를 높이기 위하여 조금 빼개기로 하였다. 그래야 주인이 안달을 할 것이다. 그렇다고 차갑게 대하면 절대 안 된다. 될 것도 같고 안 될 것도 같이 약간의 시간을 끌면서 완벽하게 그의 마음을 돌아서게 만들어야 한다고 작심하였다. 또한 섣불리 행동하면 안 된다고 결론을 지었다. 그런 다음 그 남자의 됨됨이를 좀 알아봐야 할 것 같았다. 싹수가 노랗다고 생각되면 언제든지 미련 없이 이곳을 떠나버릴 것이라고 다짐한다.

그리고 다른 종업원들에게 신뢰를 얻는 것도 중요하기 때문에 자기 자신을 최대한 낮추고 시간이 날 때면 그들을 도와주기로 하였다. 또한 저 정도의 나이가 되었으면 분명히 처자가 있을 터인데 본부인과의 관계도 명확히 정해야 할 상황이 올 것이라고 생각하였다.

화초황이라는 음식점의 사십 대 초반 주인의 이름은 팽리창(彭璃昌)이라고 한다. 그는 음식점으로 이곳 화초황과 대루각(臺樓閣) 그리고 여관 두 곳을 운영하고 있는 사업가이면서 이곳에서 좀 떨어진 지역에는 수십만 답의 농토가 있는 지주이다. 그의 조상들은 이 지방에서 수백 대

(代) 거주한 토호였으며 한(漢)나라 이전 시대부터 대대로 이곳에 살고 있는 토박이였다.

그는 대대로 농토를 물려받고 그것을 토대로 여관과 음식점을 경영하여 이 지방에서 내로라하는 유지이기도 하였다. 그는 젊은 날에 결혼하여 아이들도 여럿 두었으며 큰아들이 벌써 대학교 고학년이었다.

아니나 다를까 이 남자는 소백합을 처음 본 순간부터 자기 것을 만들려고 작정하였다. 본부인이 있었지만 사업상 이곳저곳을 다니다보니 본부인과 얼굴도 제대로 마주치지 못하고 있을뿐더러 동거도 못하고 있었다. 지방의 토호라면 으레 부인을 둘 이상 거느리고 있는 풍습도 이어받지 못하며 마음만 먹고 실천하지 못하고 있었다.

그런데 어느 날 백장미라는 한마디로 자기 눈높이에 딱 맞는 젊은 여자가 자기 집에 제 발로 들어온 것이다. 그는 백장미가 중국 여자가 아닌 조선 여자이면서 중국 여자가 갖지 못한 이국적인 미모와 얼굴 형태를 하고 있어 그것이 매우 매혹적으로 보였다.

현 부인은 전족을 하여 뒤뚱거렸는데 이 백장미는 이곳저곳을 사뿐히 날아다니는 한 마리 화려한 나비같이 보였다. 그리고 얼굴로 말하자면 앞으로 약간 도드라진 훤칠한 이마에, 서양 여자마냥 오뚝하지도 않고 그렇다고 낮지도 않은 아리랑 고개 같은 콧대, 야무지게 닫힌 약간 튀어나온 붉은 입술, 그리고 광대뼈는 도드라지지 않고 창백한 색을 띠면서 말할 때마다 볼 양쪽에 돌발적으로 쏙 들어가는 보조개, 턱은 긴 듯 짧은 듯 하고 둥글게 감돌았으며, 잇속은 가지런하여 하얀 상아를 박아 놓은 듯하다.

양쪽 머리 옆에 달린 귀는 동그랗고 반듯하여 살짝 늘어진 머리카락 몇 가닥이 가련함을 부각시키고, 눈은 호수 같이 크고 깊으며 우수를 간직한 듯하고 양미간의 간격은 부처의 그것을 닮았다.

목덜미는 길게 뻗어 내리면서 굴곡지지 아니하고, 젖가슴은 착 올라 붙어 봉곳이 일어섰으며, 상체는 S자 모양 곱게 굽이쳐 뻗어 내리면서 허리는 잘록하게 들어가 한 팔로 둘러치면 손안에 콱 들어올 것 같다.

엉덩이는 크고 발목은 말발굽을 닮아 걸을 때 좌우로 제법 흔들어대고, 키는 작지도 크지도 않으며, 다리는 날씬하고 군살이 없이 곧게 뻗어 있다. 목소리는 청명하되 높낮이가 있으며 표정은 웃는 듯 슬퍼하는 듯하다.

여기에 중도에 그만두기는 하였지만 대학교까지 다닌 인텔리로서 지금까지 자기가 찾아온 여자 중 화용월태를 지닌 최고의 미녀라고 생각하였다. 제 눈에 안경이라고 한 가지가 좋아 보이니 나머지 모든 것이 좋아 보인다. 내가 지금까지 찾아온 완벽한 여자가 바로 이 여인이로구나. 어떻게 세상에 저런 여자가 내 눈앞에 나타났을까 생각하며 정말 신중하게 깨질세라 마치 보석처럼 다루어야 한다고 생각한다.

그래서 그는 그녀의 마음을 사로잡아야겠다고 생각한다. 그것도 인내심을 가지고 천천히 점진적으로 내 것으로 만들어가는 과정을 일상의 기쁨으로 여기면서 그녀를 녹이기로 한다. 강제로 꺾을 수도 있지만 그것은 재미가 없고, 피어나는 봉오리를 함부로 대하면 이상한 꽃이 될 수 있다고 생각한다. 지금 봉오리 진 것이 활짝 필 때까지 천천히 두고두고 감상해야겠다고 작심한다. 그는 백장미가 이 집에 오면서부터 하루하루가 즐거워졌고 중년으로서 이제 시들해지려는 삶의 욕구가 새롭게 되살아남을 느끼었다.

그는 이성적인 삶이 때로는 골치가 아프기도 하여 앞으로는 본능적으로 살고도 싶었다. 이제 나이도 들고나니 단순해지는 것이 오히려 편하고 좋아졌다. 그래서 그는 백장미와 자신만의 문제로 한정하여 단순화하고 모든 것을 비밀로 하고 싶어졌다. 그는 그날부터 하루의 70퍼센트를 화초황에서 보내게 되었다. 그는 전족을 한 본부인이 뒤뚱거리며 걷는 것, 그리고 날이 갈수록 몸 전체에 살이 붙는 것을 정말 싫어하였다.

팽리창의 부인은 같은 지방의 어느 부잣집 평범한 딸 중의 한 명이었다. 그 여자는 어릴 적부터 관습에 의하여 다른 여자 아이들도 그러하듯이 전족을 하게 되었다. 몸은 갈수록 자라는데 발은 자라지 못하게 꽁꽁 묶어놓으니 자연스럽게 뒤뚱뒤뚱 걸을 수밖에 없다.

하루 종일 천으로 발을 칭칭 감아놓으니 피가 잘 통하지 못하고 발이 멍하여 자연히 움직임이 적어지고 제대로 자라지도 못하니 그 고통이란 것은 상상을 초월한다. 나이를 먹어 성장하면서도 발은 5~6세 수준의 크기밖에 자라지 못하니 운동을 할 수도 없고 자연히 몸만 커질 수밖에 없다. 젊었을 때는 그 정도가 심하지 않으나 나이가 들어가면서 몸에 붙는 살은 가속도가 붙는다.

원래 전족은 남자들이 여자가 도망가지 못하게 하기 위하여 만들어진 제도라 한다. 그러나 기실 깊은 내면에는 남자들의 이기적인 심리에 의하여 만들어진 측면과, 더불어 여자들이 흔쾌히 받아들여질 수 있는 신묘한 사랑의 행태에서 비롯되었다고 추측한다.

즉 남녀 양자의 비밀스런 묵인 하에 발생한 성적인 유희라는 것이다. 어릴 때부터 전족을 한 여아의 발은 성인이 되어서도 아기의 발과 같은 아주 귀여운 발을 갖게 된다. 성 유희를 하기 전에 여자는 발을 깨끗이 씻은 다음 향수를 뿌리고 비단으로 가볍게 여러 겹을 감싼 후 남자를 맞는다.

남자는 여자의 전신을 마사지하며 성적인 희락에 들어가는데 이때

발에 묶은 비단을 한 가닥씩 풀어내며 아주 작고 귀여운 아기의 발을 주물러주고 애무하게 된다. 이러한 행위를 작희라고 일컫는다.

인체 오장육부의 혈이 발을 지난다고 하지 않던가. 발을 주물러주는 손길에 여자의 몸은 봄날 얼음 녹듯이 풀어지게 되고 비로소 성적인 준비가 되며 여자는 일차적인 희락을 느끼게 된다. 그래서 옛날 중국 왕실에서 이 전족과 작희가 시작되었고 이것이 점차 일반사회에 퍼져나가 대중화된 것이었다.

백장미도 은근히 다가오는 그가 좋아졌다. 억센 사내들만 접촉을 하고 상대하였는데, 불과 몇 개월 사이에 중후한 중년남자가 서서히 그녀의 주변을 맴돌면서 그녀의 마음을 사려고 노력하는 것에 대하여 높이 평가하고 그것을 즐기었다.

다른 사내도 주변에 있었지만 팽리창은 부자이고 지금 자신이 최대로 기댈 수 있는 사람이다. 자기가 목표로 하는 귀국을 하는 데 도움을 줄 수 있는 사람이 팽리창이기에 다른 사람은 아예 거들떠보지도 않는다. 거의 반달이 지난 어느 날 사업 때문에 저녁 늦게 들어온 팽리창이 백장미의 방문을 조심스럽게 "똑. 똑. 똑." 노크한다.

"누구세요?"

"나 팽리창이오."

"예 들어오세요. 문이 열려 있습니다."

"아 백장미 씨 저녁은 잘 들었지요?"

"예 덕분에 아주 맛있게 먹었습니다."

백장미는 오늘따라 우아하고 긴 일자로 된 중국식 분홍색 옷을 입고 있었으며 가벼운 화장을 하고 붉은 등불 밑에 있으니 하늘에서 내려온 천사처럼 느끼어진다.

"오늘따라 장미 씨 정말 더 예뻐 보이는군요! 내가 오늘은 그대를 내 부인으로 삼기로 하고 내 마음을 받아 주십사 하고 왔습니다. 자, 이 장미 백 송이를 받아주십시오."

그는 장미 백 송이가 묶여 있는 커다란 꽃다발을 준다. 백장미라는 이름은 가명이지만 내가 가명을 잘도 지어냈구나 하고 속으로 생각하면서 꽃다발을 받으며 부끄러워한다.

그녀는 한없이 기뻤다. 생애 처음으로 남자에게서 꽃을 받아본 것이다. 지금까지 경험상 남자란 모두 짐승 같다고 생각하였고 실제 그런 거친 남자만 상대하다가 이렇게 부드러운 남자도 있다는 것을 처음 알게 된 것이다.

"아니! 부족한 제가 뭘 할 수 있다고 그러세요!"

"백장미 씨에게 부족한 것은 아무것도 없소. 그냥 내 옆에 있으면 됩니다. 이 장미는 멀리 홍콩에서 백장미 씨를 위하여 특별히 수송해온 꽃이라오!"

"아하 그래요? 정말 고맙습니다. 그런데, 주인님은 부인과 아이들이 있지 않나요?"

"그렇지요, 그러나 이 중국이라는 나라에서 여자는 남자가 결정하는 대로 따라야만 합니다. 이의를 달면 칠거지악으로 몰려 여자에게 오히려 해가 된답니다. 장미 씨는 걱정을 하지 말고 이 집에서 살면 됩니다. 그리고 정식으로 결혼식을 올릴 것이니 며칠만 기다려주세요."

"예 잘 알겠습니다. 기다리겠습니다."

팽리창은 가볍게 백장미의 손을 잡아주고 미소로 인사를 대신하며 밖으로 나간다. 백장미는 속으로 생각한다.

"도대체 어떻게 돌아가는 세상인가. 참으로 운명이란 알 수 없는 의

외성이 너무나 많은 혼란스런 세상이로구나."

며칠 후에 정말 수십 명의 하객들 앞에서 결혼식을 올렸다. 이것으로 가명 백장미 본명 소백합은 비로소 정식 여자가 되었고 오래간만에 베개를 높이 베고 두 발을 쭉 뻗고 잘 수 있는 중국 소실 마님이 되었다.

이러한 모든 소식을 듣게 된 조강지처라고 자부하고 있던 본부인은 한눈을 파는 남편을 몹시 못마땅하게 생각하고 분노한다.

그녀는 어떻게 하면 둘 사이를 갈라놓을 수 있을까 궁리해본다. 그래서 본부인은 음식점 종업원 두 명을 매수하여 백장미에 대한 모든 것을 파악하여 알아오도록 한다. 종업원은 비밀리에 은근히 백장미에게 접근하여 온갖 아양을 떨어가며 백장미의 과거를 캐내려고 시도한다.

거의 한 달이 지나 두 사람은 백장미가 과거 일본군에서 근무를 하다가 나왔다는 이야기를 들었다. 일본군 내에서 무엇을 하였는지 확실하지는 않았으나 결코 좋은 일을 한 것 같지는 않다고 생각하고 본부인에게 귀띔해준다. 본부인은 정보를 접하고 혼자 추측한다.

"옳다구나! 지금 한참 전쟁 중인 이때에 일본군에서 무엇인가 나쁜 일을 하고 나온 것이 분명하구나. 그렇다면 내가 이 년을 일본군에 밀고를 하여 잡아가게 만들어야겠다."

그녀는 자기 휘하의 심복 머슴을 시켜서 백장미를 근처에 주둔한 일본군 헌병에게 수상한 자로 밀고한다. 백장미는 팽리창이 잠시 외출하였을 때 일본 헌병에게 끌려갔다. 백장미가 끌려가자 즉각 보고되었고 팽리창은 깜짝 놀라며 흥분하였다. 그는 백장미의 석방을 위해 백방으로 힘쓴다.

"아니 이게 무슨 날벼락인가? 그녀가 무슨 잘못을 하여 헌병에게 끌려갔단 말인가?"

그런데 팽리창은 지역의 일본 헌병대대장을 잘 알고 있었다. 일본 헌병대대장은 수시로 화초황에 출입하였다. 그 때마다 팽리창은 무료로 식사와 술을 제공하면서 때로는 게이샤를 넣어주었다. 그리고 이따금씩 뇌물을 주어 평소에 그의 환심을 쌓아놓았다. 그래서 헌병대대장은 팽리창을 아주 좋아하였고 언젠가는 신세를 갚으리라고 생각하고 있던 참이었다.

팽리창은 즉시 헌병대대장에게 찾아가서 자기 부인이 무슨 일이 났는지 영문도 모른 채 여기에 끌려왔다고 말한다. 헌병대대장은 그럴 리가 없다고 부하를 불러 백장미가 이곳에 왔는지 왔으면 빨리 이곳으로 모시고 오라고 한다. 백장미는 이미 헌병대에 들어와 취조를 받고 있었다. 딱딱한 의자에 앉아 여러 가지 질문에 답변하며 심문받고 있는데 백장미를 헌병대대장 방에 모셔오라는 지시를 받는다.

헌병은 무슨 일인가 생각할 겨를도 없이 최고 상관의 지시이니 군말 없이 백장미를 모시고 간다. 헌병을 따라 대대장의 방에 들어가니 뜻하지 않게 남편 팽리창이 있지 않은가! 백장미는 팽리창을 보고 갑자기 없는 눈물을 쏟으며 그에게 달려가서 가슴을 파고들어 안긴다.

눈물을 흘리며 가슴에 착 달라붙는 백장미를 본 팽리창도 두 팔로 그녀를 감싸며 덩달아 눈물을 흘린다. 이것을 지켜본 헌병대대장도 측은하게 생각하며 말한다.

"얼른 집에 가시지요. 본의 아니게 불편을 끼쳐주어 대단히 죄송하므니다."

백장미를 심문하였던 군조는 수배자 명단과 비교하여도 백장미라는 이름이 없어 별다른 이의를 달지 못한다. 그리고 사전에 정확한 사실 관계 파악도 없이 신고인의 말만 듣고 연행하여온 자신들의 행동이 무례

하였다고 사과한다.

집에 돌아온 백장미는 남편 팽리창에게 고맙다는 인사를 하고 슬픈 표정을 지으며 홀로 방으로 들어간다. 뒤따라 들어온 팽리창은 이제 걱정하지 말라고 하지만 눈물을 흘리는 백장미가 매우 가엾다고 생각되어 안절부절 못한다. 백장미는 팽리창에게 묻는다.

"제가 왜 무서운 일본군에게 끌려갔는지 아시는지요?"

"글쎄 왜 그랬을까? 잘 모르겠는데?"

"당신이 모르면 어찌 되겠습니까? 잘 생각해보시지요."

"당신이 너무 예뻐 누군가 질투를 한 것이 아닐까?"

"어떻게 그렇게 단순한 말씀만 하시는지요! 나는 사지에서 돌아왔는데...! 최근에 종업원 두 명이 저한테 가까이 다가와 이것저것 물으면서 잘 대해주고 그랬지요. 전 그것을 좋은 방향으로만 생각을 하였는데 어떤 모종의 음모에 의하여 그들이 그렇게 저를 대한 것 같습니다그려!"

"허 허 그런 일이 있었단 말인가요? 알았소! 내가 자세한 사연을 알아보고 조치를 할 것이리라."

팽리창은 종업원 두 명을 불러 추궁하였다. 추궁한 결과 본부인의 지시에 의하여 그녀의 심복인 머슴이 종업원 두 명에게 백장미의 뒤를 알아내라는 지시를 내린 것으로 자백한다. 팽리창은 다시 부인의 심복을 불러 심하게 추궁한다. 처음에는 모르는 일이라고 발뺌을 하던 심복도 팽리창의 서슬 퍼런 언행에 마침내 항복은 하되 둘러댄다.

"주인님을 위하여 과연 저 백장미라는 여인이 어떤 사람인지 알아보기 위하여 백장미의 과거를 수집하였습니다. 그 여인이 일본군에서 도망쳐온 여자라고 생각되어 일본군에 다시 되돌려줄 의향으로 신고를 하였습니다."

팽리창은 이실직고를 하지 않고 끝까지 빙 둘러 말하는 본부인의 심복이 몹시 미워져 여러 하인에게 지시한다.

"저놈이 아직 지은 죄를 모르는구나. 저놈을 끌어다가 탁자에 묶고 곤장을 치라."

하인들이 그를 잡아 탁자에 묶자 팽리창은 다시 지시한다.

"그놈의 엉덩이를 매우 치라!"

하인 두 명이 양쪽에 서서 곤장을 번갈아 때리니 몇 대 맞은 심복은 매질을 참지 못하고 울기 시작한다. 이것을 방에서 지켜본 백장미가 방 밖으로 뛰어나와 그만 때리라고 슬쩍 눈물을 훔치는 척하면서 말린다. 심복은 마침내 본부인이 시켜서 한 일이라고 실토한다. 팽리창은 대노하여 전 집안 식구와 권속과 하인들 앞에서 선언한다.

"본부인의 자격을 박탈하고 이 집안에서 추방한다."

그 후로 본부인은 500리 이상 떨어진 별도의 초라하고 작은 집에서 홀로 살게 된다. 즉 타지로 추방, 유배된 것이다.

유황도 애사

1944년 12월부터 미군은 유황도에 대한 공습을 주기적으로 강화한다. 전략적 요충지로 떠오른 이 섬을 공략하여 함락시킨 후 B-29 폭격기의 중간 출격기지로 활용하고자 대규모 상륙작전을 계획하기 시작한다.

한편 일본군은 남쪽 169미터 산의 수리바치 요새를 마지노선처럼 난공불락의 요새를 만드는 계획을 착실히 진행시키고 있다. 설계도에 의하여 진행되고 있는 요새화는 70퍼센트의 공정을 보이고 있다. 북쪽 지역에 있는 사단 본부는 이미 완공되어 요새 안에서 구리바야시 사령관이 직접 지휘하고 있다.

깊이 25미터 지점에 건설된 본부에는 콘크리트로 만들어진 3개의 방이 있고 150미터 길이의 복도가 본부 내부를 연결하고 있다. 3개의 방은 구리바야시 중장이 하나를 사무실로 쓰고 2개의 방은 참모들이 사용하고 있다.

지상에서 본부로 이어지는 통로는 길이 50미터, 폭 20미터로 넓게 만들어져 있다. 천장은 두께 3미터, 벽은 두께 1.5미터의 콘크리트로 만들어져 있다. 이곳에는 70여 명의 통신병이 근무하고 있다.

이와 같이 전 섬을 지하 요새화한 이유는 구리바야시가 생각한 방어 개념을 적용하기 위함이다. 그는 미군의 화력과 장비가 워낙 강하여 지상 각개전투와 반자이(돌격)에 의한 전투는 화약을 지고 무모하게 불 속을 들어가는 것이라고 생각하여 진지전을 떠올린 것이다.

그리고 적이 해안에 상륙하여 엄폐물이나 은폐물이 없는 일정한 지역으로 진격할 때 전 화력을 집중하여 괴멸시킨다는 전술적 기법에 의한 것이었다. 유황도에 대한 본토의 전력증강도 계속되어 어느덧 2만 명이 넘는 병력이 집결되었다.

1945년 1월 1일 한해가 밝아오는 날 어제부터 구리바야시 사령관의 지시로 연말 휴식에 이어 신년 하루를 더 쉬기로 한다. 이 날 특식은 없었지만 일본왕의 생일처럼 음주가 허용되었다. 젊은 청년들의 불만을 해소하기에는 술만한 것이 없기 때문이다.

12월 연말에 계획된 군 위안부의 병사 위문은 군 위안부를 싣고 다니는 배가 미군의 재해권과 제공권에 억눌려 제대로 항해할 수 없어 취소될 수밖에 없었다.

병사들은 어디서 구하였는지 여러 가지 술을 들고 삼삼오오 무리지어 지난 번 일본 왕 생일과 같이 회식을 하게 되었다. 김동욱을 비롯한 몇몇의 친구들도 4층 휴게실에 모여 술을 마시기 시작한다. 술이 몇 순배 들어가자 말이 많아지기 시작하고 개인 특성에 의하여 여러 가지 행태가 나타나기 시작한다. 호탕하게 희희낙락하는 자, 우울한 기분을 느끼는 자, 집 생각에 감성적이 되는 자 등등. 그러나 집 생각에 예민하게 반응하는 병사들이 더 많다.

“야 야! 너의 집이 어디라고 했지?” 한 일본 병사가 손가락으로 옆 병사를 가리키면서 뜬금없이 물어본다.

"우리 집? 왜? 그건 왜 물어?"

"그냥 물어볼 게 있어."

"그 자식 싱겁네. 우리 집 후쿠오카다 왜?

"너 여동생 있지?"

"뭐 여동생? 왜 임마! 있다 왜?"

"그 여동생 나줘라! 나한테 주면 정말 행복하게 해줄 테니까!" 이렇게 말하는 병사는 인물도 별로 볼품이 없고 키도 그만그만하다.

"아...하 하하 하하하! 내 여동생이 뭐 물건이냐? 너 같은 놈에게 주게? 있어도 너 같은 놈한테 줄 것 같아?"

"야 임마! 내가 어때서! 이만하면 사나이 같잖아?"

"야 야! 너 이놈 꿈도 꾸지마라! 꿈꾸는 것은 네 자유지만, 진짜 내 꿈에 나타날 것 같구나!"

"너 남자가 예쁘장한데 만약 네 동생이 있다면 역시 예쁠 것 같고 흐흐흐... 난 예쁜 여자가 좋거든! 그리고 난 전쟁이 끝나 집에 가면 하던 학업을 계속하고 공부를 정말 열심히 해서 멋있는 사람이 될 거거든! 뭐 판사나 검사 같은 법조인을 생각하고 있지!"

"그래-에? 너 대학 다니다 왔다고? 무슨 대학교?"

"뭐 내 자랑하는 것 같은데, 동경대학교 법대 다니다 여기에 왔다."

"뭐 동경대학 법대? 그래? 야 야 이거 다시 보아야 하겠는걸!" 모든 병사의 시선이 부러운 듯 약간은 의심을 가지며 그에게 집중된다.

"정말이야? 너 같은 찌질이 비슷한 놈이 그런 좋은 학교 다니다 왔다니 믿어지지 않네? 거짓말! 증거를 대봐 증거를!"

"자 자! 이거 반지인데, 이걸 보면 알 수가 있지! 자 봐!"

그는 왼손 손가락에 낀 작은 반지를 보여준다. 거기에는 동경대학교

문장이 새겨져 있고 작은 글씨로 '東京大學'이라고 쓰여 있다. 입학 기념으로 과원끼리 만든 반지다.

"에이 그거 어떻게 믿어! 나도 그런 것쯤은 만들어 끼고 있겠다."

"그럼 어떻게 하면 믿을까. 내가 배운 여러 법문 중 몇 개를 알려줘야 믿겠나? 아님 인사부의 기록을 갖다드릴까. 어떻든 믿고 안 믿고는 다 너희들 마음에 달려 있지."

"야 너 그럼 그렇게 유식한데, 우리 지금 이 전쟁이 어떻게 될 것 같으냐? 그러니까 앞으로 우리 일본의 전망과 함께 우리들은 어떻게 될까? 우리에게 강의 한번 해봐라!"

"야 야 너희들 이리 가까이 와서 내가 말하는 것을 조용히 잘 들어보거라. 내가 이 이야기를 큰소리로 말 할 수는 없고 조용조용히 말할 터이니 새겨 듣거라. 만약 첩자가 들으면 내 신상에 별로 좋을 것이 없을지도 몰라!"

같이 술 먹던 병사들이 바짝 다가앉아 귀를 기울인다.

"내가 지금 통신병 아니냐! 난 매일 미국의 라디오 방송을 듣는단 말이야. 그러니까 영어로 쏴알라 거리는 미국 군인방송인데 거기서 많은 첩보와 정보를 수집하고 있지. 너희들이 믿거나 말거나 난 영어를 제법 하지.

니들은 영어 한마디 못하지만 난 영어를 아주 잘하니깐 미군방송을 듣고 첩보를 수집하는 그런 임무를 하고 있는 거야. 영어를 잘하는 것이야말로 내가 동경대학 법대를 다닌다는 것이 증명이 되는 셈이지.

그런데 지금 말이야 미군의 주장에 의하면 우리나라는 지금 그야말로 태풍 앞에 등불 상황이라는 거야. 내가 참여한 사이판, 괌, 척 아일랜드 전투에서 너희들도 알다시피 우리 일본은 이미 패하고 필리핀에서도 해군은 완전히 폭삭 망하였지.

놀라운 사실이지만 이미 미군의 폭격기가 우리나라의 본토를 폭격하고 있다네. 특히 도쿄를 중심으로 말이야. 미군 폭격기들은 괌에서 이륙하여 단숨에 우리 본토까지 날아가 폭격을 하고 다시 괌으로 귀환한다네. 정말 우리로서는 믿을 수 없는 일이 벌어지고 있는 것이지. 그래서 이곳 유황도 기지가 중요한 것이라네.

본토를 공격하려는데 이곳 유황도에서 우리 요격기가 출격하여 방해를 하거나 미군기의 출격을 관찰하여 본토로 연락을 하여 미리 요격을 하고 있다네. 또한 폭격에 대한 대비를 미리 조치하니 이곳 유황도가 미군으로서는 눈엣가시가 되는 것이지.

그들은 반드시 눈엣가시를 빼버릴 것이라 생각하네. 우리도 벌써 그것을 알고 이 작은 섬에 2개 사단 이상의 병력을 집중시키는 이유가 바로 그것이라네. 결사방어! 그리고 이미 재해권이 미군에 장악되어 여러 섬과 동남아에 대한 지원을 할 수가 없지. 그 예가 바로 군 위안부라네. 군 위안부는 여기에 결코 올 수가 없지. 미군의 폭격과 잠수함의 활동 때문에."

"그럼 이 유황도는 앞으로 어떻게 될까?"

한 병사가 걱정스러운 표정으로 물어본다. 그는 다시 여러 동료들을 한번 둘러본 뒤에 더욱 머리를 가까이하여

"미군 놈들이 반드시 공격해올 거야. 이건 내 생각이네. 그럼 어떻게 될까? 그건 너희들의 상상에 맡기겠어!

"에이! 그럼 전망이 없다는 말이야? 살아서 이 섬을 빠져나가 집으로 갈 수가 없다는 거야?"

또 다른 병사가 말이 안 된다는 표정으로 부정하면서 질문하듯 말한다.

"아 아니 갈 수 있겠지! 나도 그렇게 생각하네. 희망을 가져야지 그래 희망을!"

"어떻게 희망을 가져? 지금까지 미군 놈들의 공습을 보면 치가 떨린다. 그들이 그냥 놔둘 리가 없어. 완전히 초토화시킬 것이라고 생각되는데 우리가 온전하겠어?"

"야 야 야! 우리 그런 이야기 그만 하자! 대책도 없고 희망도 없는 얘기 그만하고 다른 이야기로 돌리자. 자 자! 우리 술이나 마시면서 시름을 풀자!" 한 병사가 화제를 얼른 바꾼다.

"자 모두 술을 따라라. 내가 선창하겠다. 자 자! 천황폐하 만세! 만세! 만세!"

"만세! 만세 만세!"

모두가 잔을 올려 만세 삼창을 따라하였지만 부르짖는 소리에 맥이 빠져있다. 일어서서 삼창을 하는 순간 몇 미터 정도 떨어진 곳에서 같이 회식을 하고 있는 조선인 출신 병사 몇 명이 그들의 눈에 뜨인다. 한 일본 병사의 눈이 갑자기 살기를 뿜는다. 그는 가늘게 눈을 치켜뜨고서는 조선 출신 병사를 죽 훑어보면서 가늘게 신음 소리를 내며 모두가 알아듣도록 중얼거린다.

"음! 저 새끼들 우리 이야기 다 엿들은 것 아냐?"

"글쎄 말이야 저 새끼들 손 좀 봐주어야겠어! 감히 조센징 놈들이 우리와 같이 대작을 해? 그리고 엿들어! 여기가 어디라고!"

몇 명의 일본인 병사가 흥분한 상태로 자리에서 일어나 조선인 병사 즉 김동욱, 이종학, 김여택, 오정수 4명을 향하여 다가간다.

조선 출신 병사들도 나름대로 정세를 분석하고 여러 가지 이야기를 나누었지만 결론은 없다. 모두가 체념하는 것이 정신적으로 더 유리하다고 판단되어 각자 자기 고향 이야기로 화제를 돌린다. 이때 일본인 병사들이 갑자기 일어나 천황폐하 만세를 부르니 모두가 저들이 하는 짓거리나 보자는 심사로 일본 병사들을 보면서 앉아 있는 상황이다.

"야! 이 새끼들아 너희들 뭐야! 왜 여기서 술 먹고 있어? 감히 대일본제국 병사님들이 대작을 하고 국정을 논하고 있는데 조센징 놈들이 옆에 앉아 같이 술을 먹고 희희낙락거릴 수가 있어. 엉?"

"……"

"야 이스마라 상병!"

"하이!"

"저 새끼들 손 좀 봐주어라!"

"하이!"

그들 중에서 힘깨나 쓸 것 같은 계급이 가장 낮은 병사가 눈을 부라리며 제일 야리야리하게 생긴 김여택의 멱살을 잡고 귀뺨을 한방 날린다. 그런데 그것은 큰 오산이었다. 김여택은 중등학교 때 이미 유도 유단자였고 학교 대표선수로도 나간 적 있는 실력 있는 유도 선수였다. 더군다나 전통무예인 택견을 개인적으로 사사받아 겉으로는 체구도 그만그만하게 보이고 얼굴도 미남형이라 연약하게 보였지만 그야말로 외유내강형의 몸매와 무도실력을 가지고 있었다.

김여택은 재빨리 힘들지 않게 이스마라 상병의 일격을 살짝 피해버린다. 헛방을 날린 이스마라 상병은 흥분하여 큰 몸을 던지듯 덮치면서 주먹을 김여택에게 내지른다.

"어! 이 새끼 봐라! 빠가야로!"

김여택은 이번에도 잽싸게 몸을 피하면서 유도 특유의 상대방 힘을 이용한 잡아채기를 사용하여 여지없이 이스마라 상병을 식탁 한쪽 구석으로 내던져버린다. 이스마라 상병은 "끙" 하면서 어안이 벙벙하였지만 한번 빼든 칼이고 일본인 특성인 오기와 비겁한 끈질김이 나오기 시작한다. 그는 몸이 아프지만 잽싸게 일어나 다시 덤벼든다.

이것을 본 일본 병사들도 용기백배하여 일제히 조선 출신 병사들에게 덤벼든다. 일본인 병사 7명, 조선 출신 병사 4명, 7대 4의 패싸움으로 번진다. 그러나 이 같은 패싸움은 조선 출신 병사들의 한 맺힌 마음과 잡초같이 살아온 끈질김으로 숫자가 적어도 막상막하의 싸움이 되고 있다.

패싸움은 휴게실의 식탁과 의자를 이용한 싸움으로 변질된다. 휴게실 한쪽에 있던 대로 만든 빗자루를 검 대신 휘두른 이종학의 검술에 일본인 병사 세 명이 배를 움켜쥐고 바닥에 뒹굴었다. 그도 중등학교와 대학에서 검도를 연마하였기 때문에 이 정도는 식은 죽 먹기다.

나머지 4명이 흠칫 놀라며 멈칫하였고 휴게실에서 난투가 일어난 것을 본 다른 병사들의 신고로 헌병들이 총을 들고 몰려들어와 이들을 만류하였다. 헌병들은 조선 출신 병사 4명만을 잡아놓고 수갑을 채워 헌병대 감옥에 자초지종도 물어보지도 않고 수감시켜버렸다.

조선 출신 병사 어느 누구도 이 과정에서 항의를 해볼 기회도 갖지 못하고, 총을 들고 들이닥친 헌병들의 지시에 따라야만 하였다. 모두들 3일 동안 구류되어 동굴 속 감옥에 수감되었으며 군사재판 결과에 따라 태형으로 엉덩이 10대씩 맞고 석방되었다. 이종학은 참으로 억울하였다. 그는 자기 상사에게 그동안 벌어졌던 일을 상세히 이야기하였다. 그 상관은 이미 끝난 일이므로 그만 잊어버리자고 회유하였고 모두들 별다른 뾰족한 대책이 없어 서럽고 비분한 마음만 간직한 채 그냥 흐지부지 되어버렸다.

1945년 1월말 미군은 유황도에 대하여 대규모의 공습을 단행한다. 이 공습은 2월 하순에 예정된 상륙작전을 위하여 그동안 항공 정찰을 통하여 수백 개의 공격목표를 설정하고 이것을 확인하고자 공습이 실행되었다.

이 공습은 목표를 사전에 공습하여 일본군의 반응을 살펴보는 정찰 겸 폭격이라 할 수 있다. 그리고 혹시나 있을 일본 전투기의 준동을 방지할 목적으로 대규모 공습을 단행하였다. 육군의 위력수색작전과 유사한 형태의 작전이다.

먼저 B-29와 B-24의 폭격기에 의한 융단폭격이 진행되었다. 그 다음 항공모함의 함재기에 의한 폭격, 괌과 사이판에서 발진한 전투기의 공격에 이어 마지막으로 순양함과 전함에서 발사하는 함포사격이 있었다. 이 공격은 하루 내내 계속되었다. 급강하 전투기가 폭격을 가할 때는 일본의 대공포도 응사를 하였다.

모든 공중공격이 끝나자마자 이번에는 미군의 각종 함정이 섬 가까이 다가와 함포사격을 가하였다. 이때 일본군도 140밀리 장거리포를 발사하여 함포에 대응하였다. 몇몇의 포와 대공포를 제외하고 일본군은 동굴이나 참호 속에서 꼼짝하지 않고 대피하였다.

사실 대피 외에 별다른 수단이 없었다. 현존 전력을 보존하고 적의 노력이 허사로 끝나게 그냥 꼭꼭 숨어 있는 것이 차라리 나은 작전이었다. 함포에 대한 대응사격을 하여 보았지만 바다에 떠있는 움직이는 표적에 대한 사격을 하는 것이므로 소요되는 탄약에 비하여 전과는 거의 없다. 그러니까 대응사격의 의의는 굳이 말하자면 일본군도 죽지 않고 살아 있다고 미군에 보여주기 위한 심리적 측면이 더 강하였다.

이날의 대규모 공격에도 일본군의 전력을 완전히 파악하지 못하고 탄약만 소비하고 말았다. 미군의 결정적인 실책은 일본군의 두더지작전을 모른 것이다. 아무리 함정과 공중에서 수없이 두들겨도 일본군이 지하 동굴을 파고 엄폐호를 만들어 두더지처럼 숨어 있으면 털끝 하나도 건드릴 수 없다는 사실이었다. 이날의 폭격 결과도 전과 마찬가지였으며 상륙작전 이전에 어느 정도 일본군의 전력을 무력화시킨다는 계획은 수포로 돌아갔다.

적 목표물 점검도 그다지 효과를 보지 못한다. 이것은 순전히 일본군 사령관 구리바야시의 작전을 알지 못하고 일본군의 동향파악도 제대로 하지 못한 미군의 무능에 원인이 있었다.

일본군은 미군이 단지 공중공격과 함포사격으로 끝내고 상륙작전을 감행하지 않아 일단 안도의 한숨을 쉬었다. 하지만 하루 동안 치열하게 전개된 미군의 공격에 진저리를 쳤고 일본군들의 가슴에 공포가 서서히 물들기 시작하였다. 어둠이 완전히 주변을 잠식하자 공습해제 사이렌이 한숨을 쉬어 내듯 길게 토해 나온다.

1945년 2월 19일 미군은 드디어 유황도에 상륙할 것을 계획하고, 상륙작전 이전에 사전 공중폭격과 함포사격을 D-DAY(작전개시일) 4일 전부터 단행한다.

이번 사전 공격에는 5척의 순양함, 16척의 구축함 그리고 6척의 전함, B-24폭격기 42대, 158회의 전투기가 동원된다. 동원된 함정은 폭격을 수행하고, 상륙을 위하여 소해정이 해안 가까이 접근하여 부설된 기뢰 제거 작업을 수행하였다.

첫날 일본군은 미군이 작전을 감행하는 것으로 잘못 알고 그동안 미군에 위치가 알려지지 않은 140밀리, 150밀리 해안포를 발사하였다. 미군도 그러한 포가 발견되지 않은 것을 인지하고 집중포격을 가하였다.

드디어 상륙 D-Day, 1945년 2월 19일 날씨는 아주 쾌청하였다. 하늘은 맑아서 시야는 거의 무제한이었다. 바람은 북서풍이 시속 15킬로미터로 불어왔으며 해면은 잔잔하고 수온은 섭씨 20도였다. 미군 상륙 부대의 주력이 19일 아침까지 모두 도착함에 따라 유황도 해역 부근에는 450척이 넘는 함정들이 우글우글 모여 있었다.

해병 2개 사단, 병력 5만 명을 실은 공격부대 소속의 병력 수송함과 화물 수송함들은 해안으로부터 9,000미터 떨어진 수송함 해역에 집결하였다. 상륙 예정 시간인 **H-Hours** (공격개시시간)는 오전 9시다.

오전 6시 40분에 동이 트자마자 엄호부대가 포격을 시작한다. 전함 8척, 중순양함 5척, 경순양함 3척, 구축함 10척으로 이루어진 함대가 각각의 구역을 나누어서 포격하기 시작한다. 대형 로켓포정 9척이 해안에 접근하여 모토야마 고원에 만 발의 로켓을 쏟아 부었고 나머지 포정들은 수리바치 산과 상륙 해안 부근을 폭격한다.

오전 7시25분 출격명령이 떨어지자 전차 상륙함들이 일제히 상륙 장갑차들을 토해내기 시작하여 7시 45분이 되자 해상에는 8개 대대의 병력을 만재한 상륙 장갑차 482대가 진형을 형성하여 상륙 준비를 마치고 있다.

유황도에 함포 사격하는 미주리함
(1945년 9월 2일 일본 항복조인식이 이루어진 함정임)

8시 5분이 되자 함포는 사격을 멈추고 전투기, 폭격기 72대가 10분간 수리바치 산과 상륙 해안 그리고 모토야마 고원을 폭격하고 기총소사를 퍼붓는다. 8시 15분에 도착한 제2파는 전투기 48대로, 이중 24대는 해병대 소속인 커세어 전투기가 공격을 감행한다. 다음에는 괌과 사이판을 이륙한 B-24 리버레이터 폭격기 15대가 19톤의 폭탄을 투하한다.

8시 25분이 되자 이번에는 함정들이 함포사격을 계속한다. 16인치 거대한 포와 5인치 함포 그리고 포정들의 로켓탄까지 모든 화력을 상륙지점에 집중시킨다. 8시 25분부터 53분까지 불과 28분 만에 총 8,000발을 퍼부었으며, 19일 하루 동안 미 함대는 포탄 31,000발을 발사하였다.

실로 어마어마한 함포사격을 지켜본 사람들 중 일부는 사화산인 수리바치 산이 함포사격의 충격으로 다시 분화를 시작하지 않을까 염려하기도 하였다. 미군 병사들 중 일부는 엄청난 함포사격을 얻어맞은 유황도가 영원히 가라앉아버릴 것을 은근히 기대하는 경우까지 생기었다.

8시 53분이 되자 함포사격은 멈추고 해병대의 커세어 항공기가 7분 동안 최종적으로 상륙해안을 저공비행하면서 기총소사를 한다.

오전 9시 드디어 최초 상륙 장갑차가 해안에 도달하자 다시 함포사격이 시작된다. 전함과 순양함은 상륙 부대로부터 300~400미터 전방에 집중사격을 퍼붓고 미리 작성된 시간표에 의거 일정시간마다 탄막을 전방으로 이동시킨다.

이종학은 이 광경을 수리바치의 위장된 발사대 안에서 처음부터 바라보고 있었다. 엄청난 포탄이 날아다니며 작렬하고 개중에는 포대에 명중하여 포가 완전히 대파되고 사격수 전원이 몰사하는 광경을 옆에서 지켜보았다. 끔직하였다. 그리고 순간적으로 공포가 엄습하기 시작하였다. 미군의 무차별적인 폭격은 그냥 적당히 퍼붓는 것이 아니라 정확하고 정밀한 공격이었다.

따라서 엄폐호나 방공포대 혹은 포 발사를 위하여 만들어둔 포진지

등에서 폭탄을 발사하기 위하여 병사가 근무를 하고 있거나 장비를 조종할 때에는 어김없이 폭탄 세례를 당해야만 하였다.

그래서 미군이 폭격할 경우에는 가급적 병사를 일절 밖으로 나가지 못하게 하였다. 대응사격도 탄약만 소모한다고 하여 총지휘부에서 사격명령이 내릴 때까지 사격을 하지 못하게 하였다. 물론 고사포나 대공포부대는 예외로 오히려 적이 공격할 때에 나가서 싸워야만 했다. 모든 병사들은 이런 동굴이 있다는 것을 천만 다행스럽게 생각하였다.

그동안 갖은 고생을 하면서 인공적으로 동굴을 뚫고 엄폐호를 만든 것에 대하여 정말 잘한 일이라고 생각하였다. 그러나 걱정을 완전히 다 덜어낸 것은 아니다. 워낙 미군의 공격이 정확하고 다양하고 광범위하기 때문에 자신들이 그 포화 속에서 살아나 집으로 돌아갈 가능성이 자꾸만 멀어지고 있음을 느꼈다.

모든 장병의 심중에는 그러한 생각이 가득 차 있으나 감히 밖으로 그 생각을 표현할 수 없다. 만약 그랬다가는 겁쟁이라고 하여 따돌림을 당하고 지금 분위기상 타병사의 본보기가 되어 큰 징계를 받을 가능성이 있다.

김동욱은 모든 일본군인 그러니까 장교, 하사관, 병사, 군무원 할 것 없이 유황도에 자의든 타의든 현재 이곳에 모여 있는 모든 장병들에게서 어떤 알 수 없는 두려움이 가슴속 깊은 곳에 잠겨있음을 엿볼 수 있었다. 말은 하지 않지만 마주치는 두 눈동자에서 순간적으로 공포가 깃들어 있고 잔뜩 겁에 질려 있는 것을 읽어낼 수 있었다.

사실 김동욱도 그들보다 더 무섭고 두려움을 느끼었다. 이것이 무엇이란 말인가? 내가 왜 여기까지 와서 사지에 몰려 흉탄에 사라질 것을 걱정하고 있는지 도저히 이해를 할 수 없었다. 나와 일본이 무슨 관계가 있더란 말인가? 그들이 부르짖는 "천황폐하"라는 자가 나와 도대체 어떤 인과가 있더란 말인가?

혼자 마음속으로 수백 번 반문하며 거기에 대한 답을 찾으려 하였지만 자꾸만 헛바퀴만 돌 뿐이다. 이런 생각은 김동욱 혼자만의 생각이 아니고 모든 조선 출신 병사와 노역을 제공하기 위하여 이곳까지 와서 죽어라 땅굴만 파고 있던 노무자들도 그랬다.

그리고 이제 죽음이란 것이 현실로 다가오고 있다는 것을 느끼기 시작하였다. 내가 이곳에 돈 벌러 온 것도 아니고 그들의 용병도 아니지 않은가?

시도 때도 없이 천황폐하 만세라고 부르짖는 일본 병사들의 표정을 보면서 자신들도 예외는 되지 않을 것이라는 생각이 든다. 그들의 표정에는 희망과 미래와 믿음이 들어 있는 것이 아니라 허망함과 현실에서의 도피, 최후의 발악, 그리고 종교적 광적 신념 같은 것이 엿보인다. 사교를 광적으로 믿는 철없는 교도인의 행동으로도 보였다.

4일째 지속되었던 포격이 오늘은 새벽부터 더 극성을 부린다. 김동욱은 새벽 4시까지 근무를 하고 잠깐 눈을 붙이고 있는데 동이 트자마자 시작된 미군의 폭격소리에 잠이 깨었다. 아니 폭격 이전에 불안함에 먼저 눈이 뜨였는지도 모른다. 김동욱은 침상에서 일어나기 싫었다. 몸도 묵직하고 수면부족으로 머리도 지끈지끈하였다. 덮고 있던 담요를 머리까지 둘러쓰고 좀 더 잠을 청하려니 오히려 잠은 오지 않고 눈동자만 말똥말똥해진다. 그는 오전까지 휴식을 취할 수 있다.

적이 상륙을 개시할 때까지는 3개 조로 돌아가면서 근무를 하기 때문에 아직은 여유가 있다. 그래서 침상에서 미적거리면서 누워 있는 것이다. 그런데 오늘은 그동안의 공격양상과 좀 다르다. 보통 아침식사 전이나 후에 시작하는 공격이 오늘은 해가 뜨자마다 시작되었으니 이 시각 이후 뭔가 사단이 날 것이란 예감이 들기도 한다.

김동욱은 문풍지를 울리는 삭풍소리에 눈이 살짝 떠진다. 어제 밤늦게까지 친구들과 어울려 막걸리 몇 잔을 하였더니 머리가 상쾌하지 않고 무겁다. 날이 추운지 문풍지를 때리는 바람소리가 들려온다.

뜨끈뜨끈한 아랫목에서 솜이불을 뒤집어쓰고 방문을 살짝 열어보니 밤새 눈이 와서 발목까지 쌓여 있다. 하늘을 보니 더 내리려고 그러는지 짙은 잿빛 구름이 계속 몰려오고 까만 구름에서 눈이 펄펄 바람에 휘날리다가 아무데나 내려앉고 그중 몇 개의 눈꽃이 열린 방문으로 들어온다.

김동욱은 얼른 방문을 닫고 다시 이불을 뒤집어쓴다. 김동욱이 사는 곳은 눈이 많이 오고 쌓이는 고장이다. 겨울철 저기압이 다가와 눈을 뿌린 후에 이번에는 차가운 고기압이 바다의 수증기를 몰아오고 강풍이 몰아치면서 엄청난 눈보라를 퍼붓는다. 그리고 그동안 쌓였던 눈을 강풍이 허공에 흩날려버린다.

어머니는 이런 상황을 눈 분배한다고 하신다. 어떤 날은 3일 정도 눈 분배가 지속되기도 한다. 그래서 한번 눈이 오기 시작하면 거의 4~5일 동안 눈이 무릎까지 쌓이기도 한다. 어머니가 방문까지 오셔서 아침 먹으라고 하신다.

"야아 막둥아! 밥 먹어라. 밥 먹고 더 자거라!"

"알았어요. 어머니 쬐께만 더 있다가 먹을게요!"

그는 더욱 아랫목으로 파고든다. 아랫목은 따스하다. 새벽이 되어 방이 식어갔지만 군불을 다시 지펴 떼니 이불 밑이 가열되어 나른한 몸을 감싸준다. 얼마나 지났을까 이번에는 집에서 일하는 나이가 십오륙 세 정도 되는 쪽간이 양순이가 방문을 두드린다.

"오빠, 아침상 들어가네!"

김동욱은 아무런 말도 하지 않는다. 양순이는 보름달이 수놓아진 상포가 씌워진 자그마한 소반을 하나 들고 무작정 방으로 들어와서 윗목에 내려놓고 한마디 한다.

"오빠, 뱁은 뜨뜻헐 저그 먹어야 되는 벱이여!"

양순이가 밥상을 내려놓고 방문을 살며시 기울이면서 나간다. 양순이는 몇 살 연하의 동생인데 집에서 일하는 계집애치고는 상당히 어여뻤다. 벌써 몇 년이 지났는가. 양순이가 일곱 살인가 여덟 살 때인가 그러니까 김동욱이 열한 두어 살 되었을 때 그의 집에 일을 하러 들어왔다.

그러한 여자애를 쪽간이라 부르는데 김동욱은 막둥이라서 여동생처럼 대하고 둘 사이는 매우 친하게 된다. 쪽간이는 학교를 가지 않고 집안 부엌살림을 하는 작은 식모를 도와주는 보조 역할을 하고 있었다.

그녀의 집은 워낙 가난하고 딸린 식구가 많아 양순이를 먹여 살릴 수가 없어 밥만이라도 먹여달라는 양순이 어머니의 부탁으로 동욱이네 집에 와 있는 것이다. 학교는 다니지 않지만 똘똘한 양순이는 김동욱의 놀이 상대가 되곤 하였는데, 작은 식모가 양순이는 김동욱과 놀기만 하고 일을 하지 않는다고 때로는 혼을 내주곤 하였다.

김동욱은 그런 식모가 미웠다. 자기의 놀이 상대를 뺏어가고 괴롭히는 그 식모가 정말 얄미웠다. 그래서 어머니에게 졸라보았다.

"어머니, 양순이가 나하고 하루 종일 놀았으면 좋겠어!"

어머니는 그러면 못쓴다는 말만 되풀이할 뿐 좀처럼 허락하지 않는다. 모두가 야속하기만 하다. 얼마나 지났을까. 김동욱은 이불 속에서 슬며시 나와 이번에는 뒤 창문을 열어본다. 여전히 을씨년스럽게 구름이 하늘을 가득 채우고 눈발은 계속 휘날리고 있다. 사랑채 옆에 산더미처럼 쌓아놓은 짚더미 위로 참새들이 우르르르 몰려와 지저귀고 있다.

김동욱은 참새를 잡으려고 조그만 나무토막을 괴어서 키를 엎어놓고 나무에 가는 새끼를 연결하여 뒤 창문까지 통하여 방 안까지 늘어뜨려 놓았다. 키 밑에는 참새가 좋아하는 나락 한주먹을 뿌려놓았다. 조용히 잠시 기다리니 참새가 키 안의 나락을 주워 먹으려 짚더미 위에서 날아와 키 안으로 들어왔다. 김동욱은 연결된 새끼줄을 얼른 잡아챘다.

갑자기 허전함과 추위를 느낀다. 김동욱이 둘러 쓰고 있는 담요가 거칠게 젖혀진다. 김동욱은 깜짝 놀라 번쩍 몸을 일으킨다. 옆 일본 전우가 김동욱이 머리까지 쓰고 있는 담요를 잡아챈 것이다. 그 짧은 사이 꿈을 꾸었다.

"야 기무상이노 밥 먹어야 한다. 적들이 상륙을 하려고 한단다. 오늘이 시간부터 세 시간씩 교대를 하라고 지시가 나왔다."

"그려어? 알았다."

김동욱은 대답하면서 내키지 않는 식당으로 발걸음을 한다. 오래간만에 어머니 꿈을 꾸니 그 꿈에서 깨어나고 싶지 않았다. 그래도 밥은 굶지 않고 언제든지 먹을 수 있어 다행이다. 식당이 같은 동굴 안 3층에 있고 식당 층에는 식량 창고가 있어 최소한 몇 개월은 먹을 수 있는 식량을 비축하고 있다.

식수도 비가 올 때 틈틈이 대형 콘크리트로 된 저수조에 받아놓았다. 전투 중이라 하여도 비가 오면 어느 정도 걸러진 빗물이 자동으로 모여 저장되도록 고안하여 식수도 부족함이 없다.

물은 식수로만 사용하였고 얼굴이나 몸을 씻을 수 없도록 엄명이 내려진 상태다. 그래서 모든 병사들은 땀에 범벅이 되어 새까만 먼지를 뒤집어쓰고 생활할 수밖에 없다. 그러니 비가 오는 날이면 요상한 장면이 전개된다. 구름이 낮게 깔리면서 비가 떨어지는 날이면 일단 전투기나 비행기가 공습을 하지 않아서 좋다.

모두들 해방감을 맛보면서 팬티 차림으로 혹은 아무것도 걸치지 않은 채 동굴 밖으로 나가 열대 특유의 좌악좍 퍼붓는 빗방울에 몸을 내맡긴다. 그리고 하늘을 우러러보며 고함과 괴성을 지르며 온몸을 비벼대고 밀린 때를 씻어낸다. 이렇게 그동안 쌓였던 땀 냄새를 없애는 일도 이곳에서는 큰 행복이었으며 으레 벌어지는 일상사였다.

근무교대를 하고 나니 미군의 포격이 더욱 거세어진다. 일본인 기관총 사수와 부사수는 총을 엄폐호 안쪽으로 들여다 놓고 가끔씩 밖을 쳐다보면서 적 동향만 살핀 후 다시 돌아와 아예 바닥에 주저앉아버린다. 기관총 거치대는 복도 동굴에서 산 바깥으로 7~8미터 정도, 사람이 머리 숙여 드나들 정도로 파내어 만들었다. 또한 거치대 좌우는 둥그렇게 부채꼴 형태로 만들어 기관총을 135도 이상 방향 전환하여 사격이 가능하도록 하였다.

유황도가 검은 포연에 휩싸여 있는 가운데 미군 상륙정이 유황도를 향하여 일제히 전진하고 있다.

가끔 기관총이 있는 엄폐호가 직격탄을 맞아 먼지가 풀썩 일어났고 파편은 일부가 굴 안쪽으로 튀어 들어온다. 그렇게 일시에 들어오는 유탄에 맞지 않으려 굴 안쪽으로 사격수들이 기관총을 들고 들어와 피한다.

적 사격이 뜸할 경우에는 다시 기관총을 설치하여 사격준비를 하고 사격명령을 기다린다. 포와 기관총 등 중화기는 전화선이 연결되어 총수비대장의 사격명령을 받는다.

드디어 적 미군이 상륙하려 몰려든다. 수백 척의 상륙정들이 해변을 향하여 몰려오는데, 파도를 가르면서 하얗게 자국을 내며 몰려오는 그 광경이 하나의 행위예술처럼 아름답기까지 하다.

미군 상륙정들이 섬 가까이 접근하자 먼저 140밀리, 150밀리 주 대구경의 사격명령이 내려진다. 이 두 구경의 포는 수리바치와 모토야마 고원 그리고 북동쪽 끝 절벽에 설치되었으며 일제히 양방향에서 포문을 연다. 이 포들은 미리 사격제원을 산출하여 대비하고 있었다.

따라서 미군의 함정이 거리 관측에 의하여 예상된 구역에 진입하면 방아쇠를 당기기만 하면 되었으므로 명중률이 대단히 높았다. 대구경포가 발사되어 적 상륙함 여러 척에 명중하면서 배가 뒤집어지거나 폭발이 되면 일본 포병과 이를 목격한 여러 병사들은 환호성을 지른다.

그러나 일본군의 포 위치가 노출되는 단점이 생기어 미군은 상륙정에 큰 피해를 주고 있는 대구경포에 모든 화력을 집중시킨다.

이종학은 140밀리 구경의 부사수 보좌였다. 이 해안포는 구경이 커서 작동하는 사수가 기관총처럼 3명이 아니라 7명이 한 조가 되어 부지런히 움직여야 1~2분에 한 발씩 발사할 수 있다.

우선 포탄의 무게가 상당히 무거운지라 혼자서는 포탄을 나르지 못하고 2인이 한 조가 되어 날랐다.

탄약저장소에서 사격대까지 나르고 그것을 다시 발사체까지 가져다 주어야 하므로 4명의 인원이 필요하다. 그리고 포탄을 포에 장착하고 발사된 탄피를 수거하여 버리는 일에도 두 명의 병사가 필요하고 총지휘하는 정사수가 있다. 그런데 이 장거리포 사격대는 기관총처럼 완전히 엄폐호 속에서 발사할 수 없다는 단점이 있다.

즉 포탄을 발사하려면 굴 밖의 사격대까지 포를 밀고 나와 노출된 상태에서 계속 발사를 해야 한다는 점이다.

미군 상륙군에 대하여 많은 피해를 안겨주었다고 판단되자 미군은 일본군의 정확한 포 공격을 방해하기 위하여 연막탄을 발사하기 시작하였다.

연막탄이 상륙군 전방에 발사되어 상륙군 위치를 파악할 수 없게 되자 일본군은 당황하였지만 사전에 계산한 제원을 사용하여 예상위치에 감(感)으로 발사하였다.

미군은 그동안 발각되지 않은 장거리포에 대하여 위치를 파악할 수 있게 되어 새로운 표적에 대하여 정밀하게 집중 화망을 구성한다.

수리바치 동굴에 장착된 포 (미군이 상륙하고 있는 해안과 상륙정이 보인다)

이종학이 배속된 야포는 동쪽 해안에 연해있는 경사가 제법 있는 진지였다. 계속되는 사격으로 미리 저장해놓은 포탄을 거의 다 소모하였다. 그래서 새로운 포탄을 채워놓기 위하여 2인이 한 조가 되어 끙끙거리면서 폭탄을 들고 사수들이 있는 포탑으로 다가갔을 때였다. 회오리바람이 불어오듯 '회－이 회－이' 소리가 이어서 들리더니 140밀리 포탑에 정확히 두 발이 명중된다. 이어서 또 한 발의 직격탄이 동굴 속에 정확히 들어와 폭발한다.

미군의 155밀리 함포가 일본군의 140밀리 장거리포에 집중사격을 가한 것이다. 순식간에 발사대와 동굴 안은 아수라장이 되었다. 세 발의 대형탄두의 폭발로 인하여 140밀리 포는 엿가락처럼 휘어졌으며 동굴 안의 모든 물체를 산산조각 내어버렸다.

수리바치 산 동굴 속에 장착된 이 140밀리 야포의 폭발 여파로 쌓아놓은 140밀리 포탄 몇 발도 연쇄 폭발하였고 155밀리 포탄의 폭발과 함께 하모니를 이루어 다른 포대에까지 뜨거운 화염을 안겨준다. 순간 동굴 사방 벽의 일부가 내려앉는다. 차라리 잘 된 일인지도 모른다.

치명상을 입어 즉사하게 되면 중상을 입어 신음하게 되는 고통을 덜 수 있기 때문이다. 이종학의 신체는 어느 곳에서도 찾을 수 없도록 완전히 산화되었다. 꽃다운 스물한 살 한국의 젊은 청년 한 생명이 개인의 의지와는 상관없이 명분 없는 죽음으로 사라져갔다.

그가 산화될 때에 김해 임호산 자락의 동백꽃이 된서리를 맞고 검붉은 꽃잎이 후두둑 떨어졌다.

— 동백(冬柏)꽃 —

한 꽃잎 두 꽃잎 푸른 물에 몸 던져
빨간 빛 자주색으로 물들이겠소.

붉은 낙화수(洛花水) 띠 되어
파도 따라 물길 따라 수평 넘어 천리 길
오시는 길 정표(旌表)되리라

동백 기름 지르 발라 삼단머리 곱게 빗어
붉은 댕기 드리우며 초록치마 펼쳐 입고
그대 오시길 기다릴 테요

키 작아 먼발치는 못 보오니
바위섬 모퉁이 돌아들 때에
두 손 들어 흔들어 주옵소서

일본군의 포화도 절정을 이루어 미군이 해안에 상륙함에 따라 모든 가용 화기가 총동원되었고 실로 엄청난 화력이 집중된다. 이에 따라 상륙군의 전진도 조금씩밖에 혹은 아예 움직이지 못할 때도 있다. 때로는 더 이상 전진하지 못하고 검은 모래사장에 깊이 파인 폭파구에서 한발자국도 나아가지 못하고 묶여 있을 경우도 생기었다.

기관총도 얼마나 발사를 하였는지 총신이 벌겋게 달아올라 더 이상 사격이 되지 않는다. 산더미처럼 쌓였던 탄약이 거의 절반으로 줄어들었다. 전투는 시간의 한계를 넘어 지속되었다.

미군 상륙군도 계속적으로 후속 부대가 상륙함에 따라 검은 모래해안은 인산인해를 이루었고 각종 전차와 장비로 가득 찼다. 일본군의 조직적인 사격에 의하여 생각 이상으로 많은 사상자가 발생하였다. 전차도 모래 속에 빠져 전진하지 못하고 제대로 기동하지 못하였다. 또한 일본군의 직격탄에 맞거나 모래에 빠져 나오지 못하여 무용지물이 되고 있는 전차가 늘어나고 있다.

이틀 내내 포격을 가하고 기관총을 난사하였다. 근무교대는 이루어졌지만 제대로 쉴 수가 없다. 작렬하는 기관총과 대포소리, 미군 항공기의 공중폭격 소리, 미군의 직사포와 고사포 그리고 전차에 의한 포격소리, 폭격에 일어나는 검은 먼지. 작은 섬 유황도는 그야말로 아수라장 아비규환이었다.

일본군 동굴과 엄폐호 곳곳에서 수많은 사상자가 발생하였다. 의무대와 응급실이 있었지만 이미 중환자들로 가득 차 있었으며 동굴 넓은 곳에 아무렇게나 방치되어 있다. 세 번째 날 미군의 공격은 줄어들기는 커녕 더 거세어진다.

일본군이 자랑하던 140밀리, 150밀리 포는 미군의 집요한 점표적 공격에 의하여 완전히 무력화된다. 화력으로 남은 것은 곡사포와 전차의 포탑이 전부였다. 전차의 주 포탑도 처음에 흙으로 위장하여 계곡 속에 들어가 있어서 미군이 발견하기 어려웠다.

하지만 계속된 포탄발사로 위치가 발각되어 미군의 곡사포와 대전차포에 의하여 집중포화를 받았고 절반 이상의 전차가 파괴되어 공격력이 사뭇 약화되었다.

오정수는 전차 부사수 보조였다. 전차의 조종과 사격에는 어느 정도 기술 습득이 필요한데 오정수는 그러한 작동 훈련은 받지 못하여 다른 곡사포, 직사포 등의 부수적인 임무를 부여받았다. 그는 전차에 필요한 물품을 나르고 탄약을 나르는 일을 맡게 되었다. 한마디로 허드렛일을 도맡아 하는 역할로 여러 사격수나 전차 작동수의 심부름꾼이라고 해야 정확한 표현이라고 할 수 있겠다.

오정수는 참을성 있게 일본 병사들의 요구사항을 불평 한마디 하지 않고 다 들어주었다. 오정수는 일본인 병사들과 굳이 불편한 관계를 유지하면서 병영생활을 하고 싶지 않았다. 그렇게 마음먹고 행동하니 설마 이런 일까지라는 아주 사소한 일까지 하게 되었지만 아무런 불평을 하지도 않고 그대로 따라주었다. 그렇게 해야 오정수의 마음도 오히려 편안하였다.

불평불만 한마디 없이 그들의 요구를 다 들어주니 일본인 병사들도 사람인지라 오정수를 신뢰하게 되었다. 그리고 조선인이라는 출신문제를 가지고 괴롭히지도 않았다. 나이가 많은 일본인 병사는 동생처럼 그리고 친구처럼 대하게 되었다. 오정수도 미군이 상륙하여 공격해오던 그날 이후로 제대로 쉬지도 자지도 못하였지만 병사들이 전차포를 발사하는 데 일조하고 있었다.

미군은 아직도 건재하고 있는 오정수가 속한 일본군의 전차포에 대하여 망원경 관측에 의하여 정확하게 위치를 측정하였다. 미군은 후속 상륙군 전진에 꽤 지장을 주는 이 포탑을 제거하기로 하고 가용 대형곡사포 7문과 로켓포 3문을 동원한다.

곡사포와 로켓포에 일제히 포탄을 장전하고 동시에 전차 한 표적을 향하여 발사하였다. 오정수는 이때 다른 동료와 함께 전차 포탄 한 발을 들고 낑낑대면서 동굴 안에서 막 나오려는 순간이었다.

"꽝 꽝 꽝 꽝 꽝 꽝 꽈르르르－르르르르르"

포탄과 로켓포 수십 발이 거의 동시에 떨어지면서 울려 퍼지는 폭발소리는 계곡 등성이 내에서 울림 현상과 메아리와 폭발음이 상호간 공명화음을 이루어 용이 울부짖고 호랑이가 포효하는 것 같은 소리로 울려 퍼진다. 전차를 중심으로 최소 7발의 곡사포 탄알이 떨어졌고 수십 발의 로켓 포탄이 전차에 떨어진다.

그 중 3발이 정확히 전차의 앞과 옆구리를 강타한다. 곡사포와 로켓포의 직격 파편과 유탄이 반경 100미터 안을 쑥대밭, 아수라장으로 만든다. 이어서 연속된 수십 발의 곡사포와 로켓 폭탄이 동일지점이나 바로 옆에 떨어진다.

전차는 폭삭 주저앉아버렸고 오정수와 그의 동료는 폭탄의 후폭풍에 몸이 동굴 속으로 날아가 버린다. 검은 먼지가 회오리바람과 함께 주변을 휩쓴다.

고막은 떨어져나가 아무 소리도 울리지 못한다. 포탄을 들고 먼저 굴 밖으로 나가려던 일본인 병사는 단말마의 비명을 지르면서 유탄에 맞아 쓰러졌고, 오정수도 몸이 굴 안쪽으로 날아가면서 두 다리와 머리 부분이 썸뻑함을 느낀다. 그리고 한동안 정신을 놓았다. 얼마나 지났을까. 순간 의식이 번쩍 들었다. 그러나 움직일 수가 없다.

극심한 통증이 두 다리에서 느껴졌고 머리는 치근치근 아파온다. 두 다리를 움직여 보았으나 다리에 힘이 들어가지 않고 통증만 가중된다. 오정수의 온몸에서 힘이 빠지기 시작한다.

그리고 또 다시 의식이 없어진다. 그가 다시 의식을 찾았을 때는 땅바닥에 아무렇게나 누워 있는 환자들이 가득한 동굴 방이었다. 어둠침침한 공간의 새까만 동굴 천장이 그를 짓누르고 있었다. 눈을 돌려 옆을 바라보았다. 자기와 처지가 비슷한 병사들이 줄지어 누워 있고, 어떤 병사는 끙끙 앓는 소리를 내면서 무어라 큰소리를 치고 있었지만 실제로 나오는 소리는 들릴락 말락 한 실낱같은 중얼거림으로 들려온다.

오정수는 다시 다리를 움직여 본다. 상처를 입지 않은 이전과 똑같이 움직여보겠다고 힘을 주었지만 몸은 전혀 움직여지지 않는다. 그는 자기가 어떻게 이곳까지 왔는지 기억이 나지 않는다. 다만 그의 머리에는 붕대가 감아져 있고 그의 두 다리에도 역시 붕대를 칭칭 감아 놓았는데 붕대에 피가 비치어 있다.

그는 애써 자기가 이렇게 붕대를 감고 있게 된 상황을 생각해본다. 그렇지! 분명히 동료와 함께 전차에 전해줄 포탄을 들고 굴 밖으로 막 나서려던 순간이 생각이 난다. 그러니까 동굴을 막 나가려는 그 짧은 순간에 미군의 폭탄에 피탄된 것이라고 겨우 생각해낸다. 그러나 이렇게 기억을 되살림에도 오정수가 생존하는 데 있어서 아무런 도움이 되질 못한다.

목이 마르다. 그는 물을 달라고 소리쳐보지만 그가 낸 소리는 겨우 옆 사람이나 들을 수 있는 작고 힘없는 소리다. 그의 옆에는 아무도 없다. 어쩌다가 한두 명이 하얀 옷을 입고 들어오는데 그들은 치료를 위하여 오는 것이 아니고 새롭게 응급 처치한 환자를 들어다가 그냥 눕혀놓고 바로 나가버려서 그가 원하는 것을 말할 수 있는 기회는 없다.

오정수는 꿈나라로 다시 들어간다. 아버지와 함께 천엽을 가고 있다. 아버지는 삽과 바케쓰(buckets, 양동이의 일본식 발음)를, 정수는 통발을 들고 집 앞에 흐르는 실개천으로 나간다. 통발은 아버지가 봄이 되면 뒷산에 자그마한 자주색의 예쁜 꽃을 흐드러지게 피워내는 싸리나무를 잘라서 둥글게 손수 엮어 만든 것이다. 지름이 30~40센티미터 정도 되고 높이는 70~80센티미터의 원통형이면서 꼬리는 날씬하다.

한번 고기가 통속으로 들어오면 빠져나갈 수가 없고 물은 아주 잘 빠지게 만든 것으로 고기를 잡는 데 있어야 할 필수품이다. 아버지는 물고기가 펄쩍 뛰며 많이 놀고 있는 조금 깊다고 생각되는 곳을 골라 몇 미터 간격으로 흙으로 물길을 막는다. 그리고 통발을 설치하고 통발 옆을 진흙으로 막는다.

이젠 물길을 막은 곳에 고여 있는 물을 물통을 가지고 막은 물길 밖으로 퍼낸다. 고인 물의 80퍼센트 정도의 물을 퍼내자 물고기들이 허둥지둥하며 이리저리 오간다. 바닥의 높은 지역에 있는 고기들이 허연 배를 드러내고 옆으로 누워 있다. 고기들은 좀 더 깊은 지역의 물을 찾아 몰려들고, 오정수 팔뚝만한 크기의 메기도 파닥거리며 진흙을 뚫고 땅속으로 몸을 숨긴다. 오정수는 신이 났다.

"아버지, 아버지 여그 메기여 메기! 메기가 숨네 숨어. 저그 저그 저그는 붕어여! 그리고 저것 저것은 기(게) 아녀, 털기네 털기"

오정수는 좋아서 손뼉을 치며 뭐라고 계속 말을 한다. 아버지는 그러한 아들을 보고 흐뭇해하며 미소를 짓고 있다. 나중에 제일 깊은 물구덩이의 물을 다 퍼내자 여러 잡고기들이 흙탕물에서 입을 크게 벌려 끔뻑끔뻑 가쁜 숨을 내쉰다. 오정수도 검정고무신을 벗고 맨발로 들어가 아버지와 같이 물고기를 잡아 양동이에 담는다.

제일 재미있는 것은 통발에 들어가 있는 고기를 잡아서 물통에 담을 때다. 작은 송사리부터 큰 붕어 그리고 가물치, 메기, 게 여러 이름 모를 고기들이 가득 들어 있다.

아버지는 게를 잡는 방법에 대하여 시범을 보여준다. 자칫 잘못하다가는 피가 날 정도로 게에게 물릴 수 있기 때문에 잡는 요령을 보이면서 자세히 알려준다. 불과 한 시간도 되지 않아 양동이의 2/3를 채우고 당당하게 집에 들어간다. 집안에 들어서니 어머니가 안방에 앉아서 긴 자를 들고 이불솜을 재단하고 계신다. 오정수는 어머니에게 고기를 많이 잡았다고 소리치며 방안으로 들어간다. 안방 바닥에 가득 하얀 솜이 깔려 있고 어머니는 이불을 만들기 위해서 솜을 이리저리 붙이고 늘인다.

솜은 눈이 부실 정도로 하얗다. 영수는 솜이 가장 두껍게 된 부분에 몸을 날린다. 솜에 몸이 쑥 들어간다. 그런데 그의 몸을 받아줄 것으로 생각하였던 솜이불이 그를 받쳐주지 못하고 몸은 천길만길 떨어진다.

"아... 아... 아" 끝없이 소리친다. 눈이 번쩍 떠졌다. 손에는 식은땀이 나 있다. 주변은 여전히 중상자와 시체로 가득 차 있다. 옆으로 위생병이 지나가자 오정수는 손을 흔든다. 오정수가 손을 흔드는 것을 본 위생병이 관심을 가지고 흰 마스크 위로 두 눈을 껌뻑거리며 다가온다.

"나 물 좀 주시오 물!"

힘껏 말을 하였으나 위생병에게는 미약하고 가는 소리로 들린다. 위생병은 알았다는 듯 고개를 끄덕이더니 잠시 후 수통에 가득 물을 떠 가져온다. 오정수는 고맙다고 고개를 끄덕이고 두 팔을 짚고 약간 옆으로 한 다음 윗몸을 일으켜서 한 손으로 물을 받아먹는다. 맛있다, 그렇게 맛있는 물은 처음이다. 이제 살 것 같은 느낌이 든다. 마음껏 양껏 먹고 다음에 또 먹을 수 있도록 수통을 바로 옆에 내려놓는다.

오정수는 몸이 더 이상 악화되지 않는 것 같아 다리를 다시 움직여 본다. 아직도 다리를 전혀 움직일 수 없다. 통증만 가중된다. 도대체 어떻게 된 것일까? 계속 이 자리에 누워 있을 수밖에 없다. 여기저기서 신음 소리가 끊이지 않고 들려온다. 별의별 생각이 다 든다. 이대로 죽을 것만 같다. 어떻게 해야 이 상황을 벗어날까 생각을 해본다. 움직일 수가 없으니 이 자리에서 뭔가를 조치해야 한다고 마음먹는다.

수리바치 탈출

한편 김여택은 미군이 상륙해오자 수리바치 정상 부근에 배치된 75밀리 대공포 부사수로 열심히 전투에 임하고 있었다. 75밀리 대공포는 최소 6명이 작동하고 무게는 2톤 이상 되며 길이는 2.5미터, 360도 회전이 가능하고 최대 85도까지 공중을 향하여 발포할 수 있다.

최대 사거리는 고도 10,910미터, 유효 사거리는 6,650미터로 주로 중고고도 항공기 요격용 대공포다. 이 75밀리 대공포는 미국의 B-24 폭격기처럼 5,000~8,000미터 정도로 비행하는 항공기 요격에 효과적이고, 9,000~10,000미터로 날아가면서 폭격하는 B-29까지 대응하여 사격이 가능하다.

그런데 이 대공포의 주된 취약점은 하늘을 보고 사격을 하려면 상당 부분 외부로 포신이 노출된 상태에서 사격을 할 수 밖에 없다는 사실이다. 또한 적기가 공습할 때에 같이 대응 사격을 할 수밖에 없고 노출된 포대는 항공기 공중 공격에 파괴될 가능성이 많아지면서 다수의 사상자가 발생하곤 하였다.

원래 대공포는 비행기가 발명되어 전투기로서 역할을 할 때부터 대응 무기로 만들어지기 시작하였으며 제2차 세계대전 때는 항공기가 발달되어 높은 고도로 다니자 고고도 요격용인 대구경 대공포로 진화되었다.

일반적인 기관총이나 기관포로는 탄두를 높은 고도까지 제대로 올리지 못하거나 탄두가 도달해도 위력을 유지할 만한 힘이 나오지 않음으로 높은 고도의 항공기를 요격하려면 필연적으로 대구경 화포를 쓸 수 밖에 없었다.

즉 탄환을 높은 고도 까지 운반할 힘이 나오도록 폭약을 더 많이 넣은 대구경 대공포의 포탄은 적 항공기의 고도를 예상해서 일정 고도까지 날아가게 한다. 그런 다음 일정 시간 뒤에 터지도록 시한신관(信管: 탄환, 폭탄, 지뢰 따위의 작약을 점화하여 필요한 조건에 따라 폭발시키는 기폭 장치)을 조정한 뒤에 발사한다. 포탄이 허공으로 솟아오른 후 일정한 고도에 도달한 포탄이 터져서 파편을 상공에 뿌리는 방식이다.

대공포 신관 중에 목표물을 직접 맞히어야 터지는 순발신관은 잘 쓰지 않았다. 이유는 허공의 일점을 직접 맞히기도 힘들고 공중에서 목표물을 맞히지 못한 포탄이나 탄환은 사라지는 것이 아니라 직하로 지면에 떨어져 터지면서 아군 병사가 오히려 피격될 위험이 크기 때문이었다.

문제는 이 방식의 경우, 미리 비행기가 날아오는 것을 발견한 다음에 격추시켜야 할 비행기가 날아갈 비행코스를 예측해서 신관조정을 한 다음에 발사해야만 한다. 그런데 중간에 비행기가 비행코스를 변경하면 효과가 전혀 없게 된다는 것이다.

그리하여 미국은 제2차 세계대전 도중, 근처에 적이 있으면 터지는 VT(variable time)신관(=근접신관: proximity fuze라고도 함)을 넣은 대공포를 개발하여, 실전에서 수많은 일본군 항공기를 격추시켰다.

그리고 대구경 대공포는 애당초 적기를 격추하려고 만든 것이 아니라 적기를 '쫓아내기' 위해 만든 것이었다. 초저공비행이 아닌 한 장애물이 거의 없는 하늘을 시간당 수백 킬로미터로 빠르게 날아다니는 물체를 맞춰서 떨어뜨리는 것이 말처럼 쉽지가 않다.

대신 사정거리에 들어왔을 때 경로를 예측하여 사격을 하면 적기가 제대로 폭격을 못하게 되니 폭격대상이 된 각종 시설이 입게 될 피해 가능성은 많이 떨어지게 된다.

그래서 항공기 격추는 별도의 행운이라 생각하게 되었고 목표를 정확히 맞히지 못하게 하는 것을 주목표로 삼았다.

이 당시 공중 폭격을 위한 항공기의 조준기는 고도와 속도가 변화하면 항공기의 기동에 대한 변화를 재입력해서 폭격제원을 다시 산출해야 하였다. 그래서 고속으로 지나가는 항공기라서 재산출하는 시간에 목표물을 지나치게 되었다.

따라서 고도를 수정하고 비행속도를 바꿔버리면 정밀폭격이 불가능하게 되었다. 대구경 대공포는 특성상 무거운 포탄을 고속으로 최대한 직선코스를 유지하도록 발사해야 하며, 장전속도도 빨라야 하므로 다른 용도로 많이 전용되었다.

일례로 독일 공군의 88밀리 대공포는 파괴력이 아주 좋아서 육군이 빌려가서 대전차포로 전용하기도 했다. 2차 대전 때 독일군의 중전차인 티거의 전차포와 포병의 병기로도 사용되었다.

대공포가 다른 병기로 변신하여 혁혁한 전공을 세운 이런 현상은 연합군도 마찬가지라서 소련은 레닌그라드 포위전 당시 대공포를 대전차포처럼 운용했으며, KS-12 85밀리 대공포는 88밀리처럼 여러 가지 용도로 쓰이다가 SU-85나 T-34/85 전차의 주포로도 개량되었다.

일본군 또한 75밀리 대공포를 지상군 대포로도 사용하였으며, 미군도 90밀리 M1/M2 대공포를 대전차포나 야전포로 대체 사용한 경우가 있었다.

하지만 마구잡이로 화망을 구성해봤자 고고도 요격은 되지 않는다는 결론이 나왔고, 화망을 구성하려면 엄청난 양의 포탄을 허공에 쏴야 하였기에 히틀러는 차라리 다 뜯어서 동부전선에 대전차포로 투입하라는 말을 할 정도였다고 한다.

화망 구성을 위해 얼마나 많은 포탄을 쏘아야 하는가에 대한 예를 들면, 2차 대전 때 독일의 대구경 대공포가 폭격기 1대를 잡기 위해 쓴 포탄은 3,000발 정도였다. 이 정도의 포탄을 구입할 금액이면 Bf-109(머세슈미트: 독일군의 주력 전투기, 35000여 대를 생산함) 전투기 3대를 구입할 수 있었다 한다. 하지만 이것은 숫자의 일면만 보는 것이다.

당시 독일 상공에서 폭격을 퍼붓던 대표적 폭격기인 B-17(미국의 중폭격기)의 폭격 고도가 평균 24,000피트(7,315미터)에서 27,000피트(8,230미터)였던 데 비해 나치 독일이 대표적으로 사용했던 대공포인 88밀리 FLAK 36/37의 유효 사정거리가 26,000피트(7,925미터)였다.

다시 말해 독일 대공포대는 그들이 가진 대공포의 최대 유효사정거리 안에 조금 들거나 그 밖에 있는 폭격기를 상대해야 했다는 의미이니 자연히 격추 율이 떨어질 수밖에 없었다. 또 하나의 요인은 1944년 독일은 보유하고 있는 88밀리 포를 제한 없이 과도하게 사용하였고 이런 무리한 사용으로 포신 마모가 심하여 효율성이 아주 떨어지게 되었다.

한편 기관총이나 기관포는 저고도에 침투하는 항공기를 상대하는 것이 주된 목적이었다. 특성상 한 발 한 발을 정확히 맞추는 것이 아니라, 엄청난 속도로 한꺼번에 많은 총알을 쏟아 부어서 화망을 구성하여 요격을 하는 개념으로 소형 대공포가 만들어졌다.

따라서 총알 낭비가 매우 심하였고, 2차 대전 중에 연합군에 가장 많은 피해를 준 독일군의 기관총 MG42의 연속발사 속도를 올려놓은 이유도 필요시 대공 화기로 전환하려던 의도가 있었기 때문이었다.

이와 같은 취약점을 가진 75밀리 대공포가 수리바치 정상부근 이곳 저곳에 수십여 대 설치되어 있었다. 25밀리 대공포도 사이사이 설치되어 적기가 공습을 할 경우에는 대구경과 소구경의 대공포가 동시에 어울려 상호 취약점을 보완하면서 대응 사격을 하였다.

대응 사격은 대부분 SECTOR(구역) 사격으로 각자 포에 주어진 영역에 사격 탄막을 형성하는 사격법이 사용되었다.

만약 적기의 숫자가 적고 일정한 구역에서 공격이 진행된다면 고정 사격 즉 정밀 조준사격을 할 수가 있게 된다. 하지만 대부분 공격항공기의 최종 공격 방향은 대공포가 적절하게 공격을 하지 못하도록 360도 전 방향에서 들쑥날쑥하게 그리고 고도 또한 다양하게 변화하여 공습을 하게 된다.

때문에 여간해서 목표물 즉 항공기를 정확히 조준하여 사격을 할 수가 없게 된다. 그래서 공습이 집중되는 시간에는 전 가용 대공포는 각자의 사격구역이 주어지고 항공기가 접근할 때마다 무차별 사격하여 탄막을 형성하는 것이다. 이런 방식으로 적기에게 사격을 하여도 대공포로 항공기를 떨어뜨린다는 것은 굉장히 어려운 일이었다.

왜냐하면 허공에서 고속으로 움직이는 항공기를 정확히 적중시킨다는 일은 멀리 떨어진 공간에서 빠르게 이동하는 바늘 같은 한 점을 맞히는 것과 같기에 더욱 가능성이 떨어진다. 더군다나 항공기는 고속으로 움직이면서 직선으로 비행하는 것이 아니라 급하게 곡선, 상승, 하강 기동을 하면서 중력가속도를 2~3배 더하여 비행하게 된다.

그래서 설사 정확히 조준하였다 하더라도 총알이 항공기에 다다를 때에는 항공기의 가속도와 속도 때문에 총알이 휘어져 나가는 현상이 발생하게 되어 직격탄을 맞히기 어려울 뿐만 아니라 맞히었다 하더라도 연료 탱크나 엔진 등 치명적인 부분이 아니면 대부분 계속 비행에 지장이 없는 것이다.

조종사는 목표물을 급강하 공격 후 저고도에서 적의 탄막을 피하기 위하여 급가속, 급상승, 급반전, 급가속을 가하여 대공포 회피 기동을 하거나, 혹은 적의 탄막형성을 피하기 위하여 초저고도로 급강하 선회하여 이탈한다.

이 회피 기동은 부채꼴 모양의 탄막이 형성되었을 때 부채꼴의 최소 횡단구역을 통과하는 비행이기 때문에 대공포에 의한 항공기 격추는 그만큼 어려워진다.

미군의 공습도 이곳 방공포에 집중되어 있었다. 항공기 격추율이 적다고 하더라도 대공포가 제거된 상황에서는 쉽게 다른 목표물을 정밀 공격할 수 있기 때문이었다. 일본군은 대공포 노출을 최소화시키기 위하여 엄폐 및 은폐화 하여 공습에 대비하고 있다.

일본군의 75밀리 대공포

일단 대공포를 360도 회전시키기 위하여 바닥을 콘크리트로 만들어 회전하는 데 걸림이 없도록 하였다. 그리고 대공포를 중심으로 1~2미터 떨어져서 콘크리트 엄체호를 360도 원형으로 만들어 대공포와 사수를 보호할 수 있도록 하였다.

김여택은 75밀리 탄환을 부지런히 날라서 부사수에게 전달하고 부사수는 사수가 방아쇠를 당겨 한 발을 쏘면 탄알 한 발을 재빨리 장전해주면 정사수는 조준발사를 하게 된다. 정사수는 목표물인 항공기 앞쪽을 조준기로 정밀조준을 시도하고 방아쇠를 당긴다.

대부분의 대공포탄은 발사하여 공중 최고점에 도달하면 자체 폭발하여 그 파편이 항공기에 영향을 미치도록 만들어졌다. 때문에 대공포화의 탄환은 공중 최고점에서 폭발하여 검은 연기를 파란 하늘에 검은 자수를 놓는 것처럼 파편과 함께 사방으로 내뿜는다. 폭발하는 검은 연기는 간간이 떠 있는 하얀 구름과 대조를 이루어 아름다운 무늬를 드리운다.

미군 상륙 네 번째 날 아침 김여택은 대공포와 연결된 동굴 속에서 잠깐 용변을 해결하고 있었다. 여느 날과 마찬가지로 아침부터 폭격기와 급강하 전투기가 요란스럽게 공중폭격을 단행하여 김여택이 소속되어 있는 75밀리 대공포에 한 발의 직격탄이 포대 안에 직통으로 떨어졌다. 포대는 직격탄으로 인하여 엉망이 되었고 75밀리 포도 직격탄의 영향으로 주요부품이 박살 나 가동할 수도 없게 되었다.

김여택이 일을 보고 있는 중 "꽝" 하고 벼락 치는 소리가 들려왔다. 김여택은 뭔가 심상치 않은 일이 일어난 것을 직감한다. 일 보는 것도 갑작스럽게 근심하고 긴장이 고조되어서인지 시원하지 않아 도중에 멈출 수밖에 없었다. 그는 자기가 소속된 조(組)의 생사가 염려스러워 급히 동굴을 나와 자기 포대로 가본다.

포대 안은 쑥밭이 되어 있고 여기저기 동료들의 주검이 너부러져 있다. 김여택이 속한 대공포 사격수 6명 중 4명이 즉사하였고 두 명의 전우가 중상을 입고 신음하고 있다. 김여택은 즉시 부상당한 전우를 살펴본다. 배 옆구리에서 피가 낭자하게 흘러나오고 있고 그 전우는 갈비뼈 근처를 두 손으로 움켜쥐고 있다.

김여택은 얼른 그를 눕히고 군복을 들추어 보았다. 옆 갈비뼈 부분에 큰 상처를 입고 선지피가 밀려나오고 있다. 김여택은 그 전우의 군복을 대검으로 잘라 붕대를 만들고 셔츠를 찢어 나오는 피를 멈추도록 거즈 대용으로 대고 손으로 압박하였다. 그런 다음 붕대대용으로 만든 군복조각으로 힘차게 졸라매어 피가 더 이상 나오지 않도록 묶었다.

다른 일본인 전우를 확인하니 그도 힘없이 축 늘어져 신음하고 있다. 그는 다리, 팔, 가슴부위에 파편을 맞아 피가 흐르고 있다. 김여택은 그가 할 수 있는 최선의 응급조치를 하고 급히 동굴 속으로 다시 들어가 의무병을 찾는다.

의무병은 대수롭지 않은 일인 듯 그의 이야기를 듣고 나더니 두 명의 의무병이 들것을 들고 따라왔다. 그들은 두 명의 환자를 차례차례 중환자실에 나르고 응급조치를 다시 하였다. 그리고 이번에는 즉사한 사체를 한 번에 한 구씩 날라 시체실에 버리듯이 내려놓고 다른 환자를 본다고 나가버린다.

김여택은 그렇게 인정사정없이 행동하는 의무병이 참으로 고약하고 야속한 놈들이라고 생각한다. 하지만 이런 상황에서 그들의 행동을 나무랄 수도 없다는 생각이 든다.

왜냐하면 김여택이 중환자실, 사체실을 들어가 보니 한두 건이 아니고 수백 명의 중환자가 신음하고 있고 사체실도 이제는 가득 차 있어 그들의 고충도 조금은 이해가 되었기 때문이다. 김여택의 조가 완전히 풍비박산 되어 그는 다른 조로 이동 편성이 되었다.

그러나 다른 조는 이미 자기가 맡은 임무를 조직적으로 하고 있기 때문에 별다르게 할 일은 없고 다른 병사의 유고시에만 폭탄 나르는 일을 하게 되어 있어 엉거주춤하고 있었다.

미군 상륙 여섯 번째 날, 일본군의 수리바치 진영에서는 내부에 균열이 생기기 시작한다. 그 이유는 단 한 가지였다. 전황이 일본군에 불리해지고 이곳 요새의 방어에도 서서히 한계를 드러내고 있었던 것이다.

수리바치 요새의 장교들 사이에는 두 가지 방안이 팽팽하게 맞서고 있었다. 구리바야시 사령관의 지시대로 별도 사령관의 지시가 있을 때까지는 이곳을 계속 지키고 있어야 한다는 의견과 이제 이곳의 방어는 한계를 드러내고 있으니 개죽음 당하지 말고 반자이 공격을 한 후에 구리바야시 사령관의 본대와 합쳐서 반격해야 한다는 안이었다.

그런데 후자의 근거는 일단 일본군이 믿어왔던 대구경 포가 미군의 폭격에 의하여 완전히 무력화 되어버렸다는 것이다. 그리고 대공포도 거의 제압되어 대응사격도 제한적으로 할 수 밖에 없었다. 이제 남은 것은 얼마간의 곡사포, 박격포, 그리고 기관총이나 개인 소총뿐이었다.

이러한 상황 하에서 미군의 공격은 더 거세어졌고 상륙군은 조직적인 공격을 하고 있다. 상륙군은 인원뿐만 아니라 교두보가 확보된 상황에서 그동안 주춤하였던 각종 새로운 장비와, 대포, 전차가 속속들이 상륙하여 지금까지의 공격양상과는 다른 미군 특유의 물량공세와 장비에 의한 공격을 진행시키고 있었다.

이곳 아츠지 수비대장은 앞으로의 수비에 대하여 여러 직속 장교들의 직언을 들어야만 하였다.

"수비대장님 지금 모든 병사가 미군의 사냥 놀이에 애꿎게 개죽음을 당하고 있습니다. 저희들에게 돌격 명령을 내려주십시오. 적을 정면 돌파하여 사령관 각하가 있는 본대와 합류하여 다시 싸우겠습니다."

"맞습니다. 여기서 이렇게 산 채로 매장당할 수는 없습니다. 이제 여기 수리바치 요새에는 적과 대적할 마땅한 화기도 없습니다. 반면에 적은 저렇게 후속부대를 상륙시키고 이름도 들어보지 못하던 무기와 장비를 동원하여 우리를 압박하고 있습니다. 결단을 내려주십시오 대장님!"

"제 생각도 그렇습니다. 이곳을 포기하고 탈출하면서 적 후방을 기습 공격하여 적을 섬멸하고 본대와 합류하여 다시 전열을 가다듬는 것이 좋다고 생각합니다."

반대 의견도 만만치가 않았다.

"아닙니다. 제 생각에는 이곳에 계속 남아 이 요새를 지키는 것이 좋을 것 같습니다. 사령관님이 이곳에 동굴을 만들고 수천 명을 주둔하게 한 것은 상륙한 적의 후방을 계속 압박하라는 의도입니다. 미군이 그렇게 공격하고도 아직 이곳을 함락 시키지 못하였고 상륙군의 전진도 미미한 직접 원인이 바로 우리 수리바치 요새가 적의 배후를 틀어쥐고 있기 때문입니다. 따라서 우리는 한명의 병사가 살아 있을 때까지 남아서 최후의 소총 한발이라고 쏘아야할 것입니다."

"그렇습니다. 대형무기는 없지만 우리에게는 아직도 얼마간의 곡사포와 기관총 그리고 개인 소총이 있습니다. 이곳을 수성하면 미군의 전력을 분리하여 상륙군의 전진을 최대한 지연시킬 수도 있으니 돌격하는 마음을 가지고 이곳을 계속 지키면 사상자도 줄일 수 있고 큰 효과를 낼 수 있을 것으로 생각합니다."

"이곳에는 식량도 물도 탄약도 그리고 병력도 아직 충분합니다. 그러나 만약 수천 명의 병사가 동시에 본대에 가서 합류한다면 전투보다도 그 외의 전투 보급품과 물과 식량이 문제가 될 수도 있습니다. 따라서 사령관님의 확실한 지침을 받아 행동을 하시는 것이 좋을 것 같습니다."

아츠지 수비대장은 휘하 지휘관과 참모들의 의견을 끝까지 들었으며 양분된 의견을 조정해야만 하였다. 그래서 그는 본대 작전 상황실에 지금 이곳의 현황과 앞으로 전개될 전투에 대하여 상세히 보고하고, "이곳을 계속 수성하느냐?" "반자이 공격을 한 후 본대와 합류하느냐?"에 대하여 "사령관님의 결심을 기다린다."라고 하였고 "지침대로 행동을 하겠다."라고 말하며 통화를 끝냈다.

수비대장은 본인이 결정하지 못하고 전화로 구리바야시 사령관의 지시를 기다린다고 상황실과 통화를 한 후 전장과 전황을 상세히 파악하기 위하여 휘하 참모를 대동하고 유황도 전체를 볼 수 있는 높은 곳의 굴 밖으로 나간다.

그가 쌍안경을 들고 이곳저곳을 살펴보고 있을 때 미군의 셔먼 전차가 발사한 75밀리 포탄이 동굴 입구에 수비대장이 나와서 관찰하고 있는 곳에 직통으로 떨어진다. 수비대장과 휘하 지휘관 참모 대여섯 명이 즉사한다.

여기에 설상가상으로 비슷한 시간대에 몇 명의 미군 병사가 폭탄 분화구에 대피하여 있다가 폭탄구멍 안에 수십 가닥의 꼬인 전화선이 살짝 드러나 있는 것을 발견한다. 일본군은 전화선을 2미터 정도 깊이로 묻었지만 폭탄에 의하여 쉽게 파헤쳐져 깊이 묻었다고 생각된 전화선이 간단히 드러나 있었다.

미군 병사는 전화선이 어디로 연결되는지는 몰랐지만 소지한 대검으로 단칼에 끊어버린다. 이로써 일본군 사령관 본대의 작전상황실과 수리바치 작전상황실로 연결된 유일한 통신수단인 전화가 불통이 된다.

수리바치 수비대는 분열되어 자기들 마음대로 행동을 한다. 본대 합류를 주장하는 참모가 수성하여야 한다는 임시 지휘관의 말을 듣지 아니하고 자기들의 주장에 의거하여 행동하기로 결정한다.

그들은 본대 합류를 원하는 장병들을 모은다. 100여 명이 모였으며 여기에 김여택도 가담한다. 김여택은 다른 조에 편성되었으나 하릴없이 빈둥거리고 있었다. 그는 이대로 앉아 있다간 미군 폭탄에 마냥 당하겠다는 생각이 들어 가담하였다.

총지휘는 요다마시 소좌가 맡았다. 그는 100여 명의 돌격조를 앉혀놓고 현재의 상황과 적의 위치, 금일 밤 탈출로와 돌격작전에 대하여 상세히 설명하였다. 적에게 탈출이 발각되기 전에는 조용히 이탈하도록 하고 발각되었을 경우 반자이 공격을 어떻게 할 것인가에 대하여 보충설명이 곁들여진다.

늦은 밤 김여택이 포함된 100여 명은 조용히 동굴 밖으로 나선다. 그런데 불행하게도 이 날은 상현달이 온 섬을 밝게 비추고 있었기 때문에 밤이라는 기습공격 효과와 탈출시간의 이점은 하나도 없었다.

오히려 이쪽의 행동이 완전히 드러난다. 조심조심 밖으로 나가 거의 300미터 정도를 전진하였을 때 최초의 총성이 미군진영에서 들려온다. 미군 초병이 발사한 총소리가 신호가 되어 미군은 기관총과 소총을 난사한다. 요다마시 소좌는 미군에게 발각되어 총알이 빗발치듯 날아오자

"덴노헤이카 반자이(천황폐하 만세)"

"덴노헤이카 반자이"

그는 고함을 지르며 일명 반자이 공격(만세돌격)을 감행하였으며, 뒤따르는 일본 병사들도 "덴노헤이카 반자이"라고 소리치며 무모하게 미군을 향하여 돌진한다. 소리를 지르며 달빛에 춤을 추듯 달려드는 표적에 미군의 모든 화기는 기쁨의 화음을 내지른다.

미군의 방아쇠 당기는 리듬에 맞추어 총 소리가 춤을 춘다.

“타 타 타타타 타타타타 타타타 타 타타”

김여택은 순간 땅에 바짝 엎드렸다. 그러고는 슬슬 더듬으며 두어 서너 장을 나갔을 때 앞이 푹 꺼져 앞으로 뒹굴며 구덩이에 빠져버렸다. 그가 더듬고 나간 자리 앞에 폭파구가 있었다.

그는 폭파구에 빠지자 에라 모르겠다 하고 한참을 드러누웠다가 다시 일어나 주변을 살피면서 완전히 엎드려 앞으로 나아갔다. 그가 나아간 방향은 미군의 총소리가 들리는 쪽이 아니라 90도를 바꾼 방향이다. 그의 앞에는 폭파구가 수없이 나 있다.

그만큼 미군의 폭격은 온 섬을 곰보처럼 달 분화구와 같은 폭파구를 만들었다. 폭파구는 계속 혹은 드문드문 연결되어 있어 폭파구를 따라 구르며 앞으로 나아갔다. 폭파구가 아닌 지역을 갈 때는 완전 포복을 하며 기어나갔다.

“덴노헤이카 반자이”를 외치며 앞으로 나갔던 병사들은 미군의 총탄에 힘도 못써보고 다 이 세상에서 사라진다. 반자이 공격을 하지 않고 살아남은 병사들은 김여택처럼 기어서 혹은 낮은 포복으로 미군의 경계선을 넘어선다.

일본진영으로 들어와서 인원을 점검해보니 김여택을 포함하여 스물대여섯 명이 탈출에 성공하였다. 그들은 기쁜 마음으로 수리바치 수비대의 실상과 본대 합류 성공을 보고하려고 사령부로 들어갔다. 그러나 이들 탈출자를 마주한 해군 육전대장은 대노한다.

그는 살아온 병사들 중 최고 계급인 해군 육전대 소속 중위를 근무지 이탈 책임을 물어 참수하라고 명령을 내린다. 하지만 주변 참모의 만류에 힘없이 군도를 떨어뜨리고는 눈물을 흘리며 흐느낀다.

해군 중위와 생존자 25명은 다른 참모에 의하여 재빨리 빼돌려졌으며 이 사실은 즉시 구리바야시 사령관에게 보고된다. 이 일이 있기 전에 구리바야시 중장도 수리바치 정상에 성조기가 휘날리는 것을 목격하고 중위가 말한 정확한 상황보고를 전해 듣고 깊은 충격을 받게 된다.

구리바야시 사령관은 수리바치 요새가 현시점에서 2주일 혹은 최소한 열흘은 견디어주기를 바랐었다. 이날 이후 후속으로 많은 병사가 탈출하여 거의 100명 정도가 본대와 합류한다. 후속으로 수십 명씩 간간이 수류탄을 던지면서 미 상륙군의 대대본부를 습격하였다.

기습을 당한 미군은 당황하였지만 이내 반격하여 소탕하였다. 그 이후에도 간헐적으로 기습공격을 하였지만 그때마다 미군은 반격을 하여 일본 병사를 사살하였다. 아침이 되어 일본군의 사체를 점검해보면 수십 구의 사체를 확인할 수 있었다.

사살된 대부분의 사체에서 몸통에 폭약을 두르고 있는 것이 발견되었다. 자폭을 하려 했던 것으로 추측된다. 이처럼 일본 병사들은 인간성이 말살된 맹목적 천황폐하 종교의 광신도로 집단 광란 행동을 하였다. "천황폐하 만세"라고 외치면서.

화염방사기

김동욱은 미군의 공세가 잠시 뜸해짐에 따라 기관총 부사수 보조에서 잠깐 부사수 역할을 담당하게 되었다. 부사수는 적 공격이 소강상태에 있는 틈을 이용해 용변을 해결하였다. 김동욱은 정사수에게 거수경례를 하고 정사수 우측에 섰다. 그리고 그는 밖을 내려다보았다.

전투가 일시 소강상태인지 포와 기관총 소리가 전혀 나지 않았고 항공기 공습도 없었다. 먼지 한 점 일어나지 않는 일시적 평온이 실낱같이 이어지고 있다. 김동욱은 기관총에 연속적으로 총알이 들어가게 하는 연결 탄띠를 살펴본다. 가지런히 정리되어 중단 없이 잘 들어갈 것 같다. 탄약통도 산더미처럼 쌓여있어 당분간 탄약을 더 나르지 않아도 될 것 같다.

이때다. 퉁. 퉁. 퉁. 퉁. 일정한 리듬을 가진 방공포 대구경포 소리가 정적을 깨뜨렸고 온 섬에 메아리치기 시작한다. 이어서 소구경 대공포도 검은 가마솥에서 콩을 볶듯 투투탁탁탁 투투투탁탁... 다급한 소리를 낸다. 대구경 대공포 발사 소리는 전폭기와 전투기가 중고도 이하로 접근하고 있다는 것을 의미한다.

그리고 소구경 대공포가 작렬하는 파열음이 가득한 것은 적기가 지면 가까이 내려와 공격을 하고 있기 때문이다.

이어서 전폭기와 전투기가 투하한 폭탄이 연속적으로 터지면서 엄청난 폭발음이 작은 유황도를 삼켜버렸고 잠시 걷히었던 검은 먼지가 연막탄을 뿌린 것처럼 몇 십 미터 앞을 볼 수 없을 정도로 뿌옇게 변한다.

공중공격은 1파, 2파, 3파까지 15분여 동안 계속된다. 적의 공습이 시작되자 부사수가 다시 돌아와 김동욱은 기관총좌 뒤에 앉아 본연의 임무를 수행한다. 공중공격이 끝나자마자 함포사격이 시작된다. 김동욱이 근무하는 기관총 사격대 바로 앞이나 옆에도 여러 발의 폭탄이 떨어진다.

"꽝" "꽝"

귀청이 떨어지는 소리가 들리더니 폭탄의 후폭풍이 밖으로 연결된 기관총 사격대와 관측구로 몰려들어온다. 모두들 기겁을 하고 사격대에서 물러나 엎드린다. 다행히 유탄이 없어 부상당한 병사는 없다. 4~5미터 후방에 앉아있었던 김동욱도 재빨리 엎드렸다. 먼지가 풀썩 일어난다. 자욱한 먼지가 걷히자 사수와 부사수가 어떤지 궁금하여 물어본다.

"조장님 어디 있습니까? 어디 다친 데는 없습니까?"

"하이 하이 괜찮다. 다친 데는 없다. 너희들은 어떠냐?"

"예 예 간이 약간 떨어진 것 말고는 부상은 없습니다."

"하하하하 다행이다, 모두들 조심해야겠다."

기관총조는 흐트러졌던 기관총 사격대와 기관총과 총알을 정리하고 자세를 다시 잡고 사격준비를 한다. 나카소로 오장 정사수는 갓 대학을 졸업하고 전선에 뛰어든 인텔리 병사다. 자기 말로는 대학에서 경영학을 전공하였다고 한다. 집은 후지산 남서쪽에 있고 부모님이 농사를 지어 그를 동경에 있는 대학에 보냈다는 것이다.

그는 배운 사람답게 이성적이었으며 조선 출신이라고 차별대우를 하지 않는 인간성이 따스한 사람이다. 그와는 대조적으로 부사수는 조장과 달리 상당한 인격차를 보이는 옹졸한 인간형이다.

그래도 조장의 견제 덕분에 이 3인조 기관총 사수들은 그럭저럭 큰 문제없이 지내고 있었다. 그래서 김동욱은 조장에 대하여 평소에 존경심을 표하였다. 나이 또한 형뻘이었고 하급자에 대하여 배려하는 모습을 볼 때 분명 나중에 좋은 인재가 되리라 생각한다.

그래서 근무시간 이외에도 개인적으로 심부름도 해주고 가까이 지내고 있다. 오늘따라 미군의 공세가 더 강해지고 있다. 함포사격이 끝나자 이번에는 전차와 곡사포, 야포의 포격이 이루어진다. 일본 병사 모두들 곧 사단이 나리라 생각한다.

미 상륙군은 서서히 수리바치 산으로 전진하면서 압박하기 시작한다. 미군 사령부는 수리바치 고지대에서 쏘아대는 각종 포와 기관총이 작전에 심대하게 영향을 미치고 있어 먼저 수리바치 요새를 제압하는데 주력하기로 한다.

미군이 한 발자국씩 다가오는 것이 보인다. 기관총이 쉴 사이 없이 난사된다. 기관총의 총열이 뜨겁게 달구어진다.

동굴 속에 장착된 기관총(수리바치 동쪽 해안이 보인다.)

기관총 옆에 쌓아 두었던 그 많던 총알 박스의 절반 이상을 쏴버렸다. 김동욱은 탄약고에 가서 다시 탄약을 인출하여 한 박스씩 날라다가 쌓아놓는다. 그렇게 김동욱은 가끔씩 탄약을 날라다

쌓아놓기도 하고, 사격하고 난 탄피와 탄약통을 치우고 있었다.

김동욱이 빈 탄약통을 들고 굴 뒤쪽으로 일곱 여덟 걸음 쯤 나섰을 때다. 사격대 제일 오른쪽 관측구로 뭔가 떼구르르 굴러 들어온다. 신명나게 사격을 하고 있던 두 사수는 옆에서 구르는 것이 무엇인지 확실하게 보지도 못한다. 수류탄이다. 수류탄은 2~3미터 굴러가더니 사수와 부사수 뒤에서 거의 동시에 두 발이 폭발한다. 사격수 두 사람은 그 자리에서 불귀의 객이 된다.

김동욱은 고막이 파열될 것 같은 소리에 충격을 받으면서 왼쪽 발이 섬뜩해지는 것을 느낀다. 그 자리에서 털썩 앞, 옆으로 쓰러지며 두어 바퀴 회전하면서 얼굴이 천장을 향하여 멈추어진 상태로 패대기쳐진다. 그게 끝이 아니다. 바로 이어서 뜨겁고 격렬한 기운이 몰려 들어온다.

김동욱은 반사적으로 동굴 안쪽 복도 방향으로 몸을 굴리어 직각으로 된 모서리 부분에서 직접 화기가 닿지 않는 곳으로 몸을 피한다.

복도로 피한 김동욱은 검붉은 세찬 불꽃이 사격대 통로를 통하여 복도까지 뻗쳐 오는 것을 본다. 그는 다시 더 몸을 굴리어 안쪽으로 들어간다. 매캐한 휘발성 냄새가 코를 찌르면서 동시에 뜨거운 기운이 몰아쳐온다. 미군의 화염방사기가 불을 뿜은 것이다.

미군은 김동욱이 속하여 있는 기관총조가 상륙군의 진격에 상당한 방해가 된다고 생각하여 제거해버릴 것을 계획하였다. 별도 5인조 특공대를 구성 투입하여 기관총 사격구 가까이까지 은밀히 접근하는 데 성공한다. 특공조 5명은 계곡을 통하여 나무와 구덩이 그리고 폭파구를 이용하면서 몸을 은폐하며 사격에 열중하고 있는 엄폐호까지 다가간다.

기관총 사격이 격렬하게 이루어지고 있는 순간에 두 발의 수류탄을 우측 사격구에 집어넣는다. 수류탄이 터져 사격을 하고 있던 두 기관총 사격수가 제압된다. 이어서 먼지와 충격파가 가라앉은 수십 초 후에 화염방사기를 방사하였다. 화염방사기는 보이지 않는 적을 살상하는 데 최적의 무기이다.

이 화염방사기는 주로 동굴 속이나 정글에 숨어 있는 적을 향하여 사용된다. 그렇기 때문에 동굴 안에서 할거하고 있는 이곳 유황도의 일본군에게 최적의 무기다. 미군이 개발한 화염방사기는 독일제에 비하여 농축된 가솔린을 사용하기 때문에 농축된 기름이 피부에 붙어 떨어지지 않는다.

그래서 열 효과가 더욱 지속되는 한마디로 지독하고 비인도적인 제품이다. 이 화염방사기를 한번 맞게 되면 깊은 화상을 입게 되고 불꽃에 타버려 바로 사망하게 된다. 혹은 치료를 할 수도 없을 정도로 깊은 상처를 안겨주며 병사의 전투력은 완전히 소진된다.

다행히 오늘 김동욱이 세례 받은 화염방사기는 병사의 기동력을 향상시키기 위하여 용량을 줄이고 발사거리도 10미터 정도 밖에 되지 않는 소형방사기여서 그가 쓰러져 있던 곳까지는 미처 다다르지 않았다. 그렇지만 불꽃의 끝은 김동욱의 손과 얼굴에 매우 뜨거움을 느끼게 만들었다.

사거리가 짧아도 김동욱이 넘어진 곳까지 방사기 특유의 가솔린 진액이 도달하여 얼굴에 여러 방울 튀어 묻게 되었다. 김동욱은 열상과 진액에 의하여 얼굴 부분 부분이 2~3도 정도 화상을 입게 되었다.

주변이 잠잠해지자 엎드려 있었던 김동욱은 머리를 세차게 흔들어 본다. 그러고는 몸을 바로 세워 윗몸을 일으켜보니 큰 문제는 없다. 그리고 시큰하였던 왼쪽 발을 들여다보았다. 피가 낭자하여 카키색 군복을 적시고 있다. 찢어진 옷을 들추어보니 주황색 선지가 상처에서 슬슬 밀려나오고 있다. 한군데는 심한 상처가 난 것 같았다. 손으로 만져보니 파편이 박혀 있는 것 같고 좀 더 살펴보니 상처가 여러 군데 깊게 나 있었다. 모두 작거나 큰 파편이 깊게 박혀 있다.

김동욱은 지혈의 필요성을 느끼고 상의 셔츠를 벗어내 죽 찢어서 손으로 빙빙 돌려 밧줄처럼 꼬아 견고히 만들었다. 그런 다음 무릎부위와 종아리 위 아랫부분 세 군데를 심하다 할 정도로 조여서 묶었다. 그러자 확실히 선지피는 줄어들고 피가 멈추는 것을 느꼈다. 김동욱은 오른발도 살펴본다. 특별히 상처 난 곳은 없다. 그래서 빨리 의무대로 가서 치료를 받으려고 오른발을 중심으로 오른쪽 무릎에 손을 얹어 놓고 힘을 가하여 일어나본다.

몸이 육중하게 느끼어진다. 왼발을 떼어보니 힘을 줄 수 없어 복도 벽을 짚고 오른발을 이용하여 벽을 타고 슬슬 걸어 나아간다. 그렇게 벽을 붙잡고 절뚝거리며 걸어가고 있는데 의무병 두 명이 김동욱을 발견한다. 김동욱은 먼저 기관총 사격대를 가보라고 한다. 이때 또다시 여러 장교들과 병사가 몰려온다. 폭발음이 들려오고 화염방사기가 난사된 기총발사대의 상황이 어떻게 되었는지 확인하고 대책을 세우기 위하여 온 것이다.

그들은 벽을 타고 걸어가고 있는 김동욱을 발견하고 들것에 실어 응급실로 옮긴다. 그러면서 김동욱에게 어떻게 된 것인지 물어본다. 김동욱은 자초지종을 이야기하며 아마도 사격수들은 다 사망하였을 것이라고 하였다.

응급실에 실려온 김동욱을 소위 군의관이 진찰한다. 응급실에서 장교 군의관이 진찰을 한다는 것은 김동욱이 살아서 계속 싸울 수 있음을 의미한다. 움직일 수 없는 병사는 이곳에서 분류되어 중환자실에 바로 보내진다.

전투에 다시 참가할 수 있을 병사만 이곳에서 장교 군의관이 직접 상처를 치료한다. 간단한 치료로 며칠 내에 회복되어 다시 작전에 참가할 수 있는 병사만을 장교 군의관이 직접 치료하는 것이다. 조금 전 동여 메었던 셔츠 끈을 풀고 상처를 본 장교 군의관은 의무병에게 메스와 거즈 등 여러 가지 수술도구를 준비하도록 한다.

군의관은 엉덩이에 모르핀 주사를 한 대 놓는다. 그리고 도구가 준비되자 발목과 종아리에 박힌 수류탄 파편 6개를 뽑아낸다. 깊게 박힌 파편은 새끼손가락 한 토막 정도의 큰 파편이었으며 발목뼈까지 깊숙이 파고들어 있었다. 파편을 제거한 뒤에는 실과 바늘을 가지고 수십 바늘을 꿰맨 뒤에 아까징끼(옥도정기)와 약을 발라준다.

그러고는 얼굴의 화상을 본다. 김동욱의 얼굴에는 약간의 진물이 살짝 흐르기 시작한다. 진물은 얼굴 여러 군데가 빨갛게 되어 나오고 있었다. 김동욱은 얼굴이 아리고 욱신거린다고 하였다. 군의관은 대꾸 없이 연고를 발라주더니 계속 하루에 여러 번 발라주라고 몇 개의 작은 알루미늄 통 연고를 머리맡에 남겨둔다.

유황도에서 사용된 미군의 화염방사기

수술을 받은 김동욱은 경환자가 있는 방의 침상에 누워있게 된다. 며칠만 쉬면 다시 전투에 참가할 수 있을 것이라고 군의관이 말하였다. 며칠 만에 몸을 침상에 편안히 눕힌 김동욱은 깊은 잠에 빠져 들었다.

역 상륙작전

구리바야시 사령관이 있는 본대 사령부도 수리바치 요새와 다름없이 난공불락의 마지노선처럼 만들어졌다. 제1, 2 비행장과 동북쪽의 해안에는 거미줄과 같은 통로를 만들어 서로 응원사격도 가능하다.

그리고 곳곳에 사격대를 설치하여 대구경포와 박격포, 곡사포, 대공포 그리고 전차 수십 대를 배치하였다. 그리고 포대 사이사이에 기관총을 설치하여 대구경 화기의 단점을 보완하고 있다.

이 지역은 수리바치산보다 더 난공불락으로 여러 곳에 천연동굴도 있고 계곡이 많아 은폐, 엄폐가 더 잘 되었다. 미군은 수리바치 요새를 집중 공략하여 소정의 성과를 달성하였지만 적의 주력이 있는 마지노선과 같은 적진지를 공략하는 데 어려움을 느끼고 있었다. 하루 종일 진격을 해봐야 몇 십 미터 혹은 후퇴하는 경우도 발생하였다.

이렇듯 전선이 고착화되었을 때 일본군 작전참모가 한 가지 작전을 생각해낸다. 적 배후에 계속 타격을 줄 수리바치 요새가 함락됨에 따라 적 후방 교란의 필요성이 대두되었다. 그래서 세운 계획이 수리바치에서 탈출에 성공하여 합류한 100여명의 병사를 역 상륙시켜 미 상륙군의 배후를 기습공격한다는 것이었고, 실천하기에 이르렀다.

구리바야시 중장도 수리바치 요새가 함락되어 공황상태에 있는 가운데 작전참모의 안을 듣고 보니 그럴듯하여 이 계획을 승인한다.

김여택은 이 역 상륙공격 조에 편성되었다. 상륙하기에 앞서 작전계획에 대하여 작전참모의 상세한 설명을 듣고 배가 동원될 때까지 노 젓는 연습 등 사전훈련을 하였다. 김여택은 제3조에 편성되어 개인 소총만을 몸에 지닌 채 노 젓는 연습을 하였다.

드디어 공격날짜가 잡혔다. 내일 오후부터 구름이 끼어 밝은 보름달을 가려준다는 기상예보가 발표되면서 작전계획 수행에 최적의 날이라고 총지휘자인 소좌가 전하였다. 배는 비밀리에 총 10척이 동원되었고 두 척은 통나무를 파서 만든 배로 준비되었다.

이윽고 밤이 무르익었을 때 출동명령이 떨어진다. 북쪽 해안에서 순번에 의하여 탑승하고 서서히 노를 저어 나갔다. 일단 해변에서 500미터 정도 나아간 다음에 섬을 중심으로 동북쪽으로 가다가 해변을 따라 다시 남서쪽으로 방향을 바꾸어야 한다.

처음에는 노 젓는 것이 호흡이 잘 맞지 않아 배가 마음대로 속도를 못 내고 이리저리 떠돌면서 나아갔다. 하지만 어느 정도 시간이 지나니 장단이 조금씩 맞게 되어 계획된 항해를 할 수 있게 되었다. 오늘이 보름날이라 구름이 깔려 있어도 그믐처럼 칠흑 같지는 않다.

보름달 빛이 엷은 구름을 뚫고 들어와 200~300미터 정도의 앞은 볼 수 있다. 바다에 나오니 섬의 실루엣은 확실히 보여서 항해하기가 훨씬 수월하였다. 서서히 젓는 배라서 그런지 한 시간이 훨씬 지나서야 목표지점에 도달하였고 이제는 해안을 향하여 노를 저어간다.

이때 일본군 진영에서 각종 포가 미군을 향하여 불을 뿜는다. 미군의 모든 시선이 접전 전투에 집중하게 되면 그만큼 역 상륙군의 안전이 보장되고 발각될 가능성을 낮추려 일종의 성동격서의 전술을 사용하는 것이다. 그러나 구리바야시 중장과 그 참모들은 미군 상륙군의 방어태세는 전혀 고려하지 않은 큰 실수를 범하였다.

아예 생각하지도 않았다. 왜냐하면 수리바치에서 온 병사들이 일본군에는 한마디로 미운 오리새끼였기 때문이다. 반면에 미군의 상륙군 후방 보호조치는 철저하였다. 상륙군과는 별도의 후방 방어군을 편성하여 상륙 부대의 후속 안전을 보장하고 보급부대를 보호하고 있었다. 상륙해안에 도착하여 뱃머리가 육지 쪽으로 향하였을 때 갑자기 주변이 대낮보다 더 밝아온다. 조명탄 수십 발이 일본군 무동력 상륙선 위에서 얼굴이 화끈할 정도로 터져 올라온다.

이어서 박격포와 곡사포 탄이 배 주변 이곳저곳에 "팡 팡" 떨어진다. 일본 상륙군 무동력선은 속수무책으로 당하기만 한다. 6척은 박격포와 곡사포에 의하여 완전히 파손되면서 배에 탑승한 병사 대부분이 포탄의 직격탄에 의하여 절명하였다. 일부 병사는 피탄이 되어 부상을 입고 물속으로 떨어지거나 익사하였다. 그 와중에서도 4척은 재빨리 노를 저어 해변에 접근하였다.

역 상륙작전에 사용된 실제 목조 배

그러나 해변에 상륙하기 직전 미군의 중기관총이나 소총에 의하여 배 4대가 벌집이 되도록 집중사격을 받았다. 배에 탑승한 병사들은 물속으로 뛰어들어 잠수하기도 하였으나 계속되는 사격에 태반의 병사가 사망하였다. 나머지 일본군 병사들도 해변에 도달하기 전 모두 총에 맞아 죽음을 맞이하게 된다.

김여택은 배의 뒷부분에서 가능한 한 소리가 나지 않도록 천천히 노를 젓고 있었다. 그때 조명탄이 머리 위에서 올라와 터지더니 배 바로 옆에 포탄이 떨어져 몸이 하늘로 붕 치솟고 바다로 내동댕이쳐졌다.

배는 포탄 파편에 의하여 옆구리가 부서지면서 침몰하기 시작한다. 아열대지방이지만 겨울이라서 그런지 물이 차갑게 느껴진다. 실제 이날 물의 온도는 20도 정도 되었다. 바다로 떨어질 때 벌어졌던 입에 짠물이 들어와 입을 꽉 다물었다.

물속에 몸이 쑤욱 들어가자 발과 손을 내두르고 휘저어 물 밖으로 나왔다. 육지는 200미터 정도에 있으며 수영을 하면 충분히 도달할 수 있을 거리다. 김여택은 헤엄을 치기 시작하였다. 앞에 두 사람이 헤엄쳐 나아가는 것이 보여 그 병사를 따라 헤엄쳐 나아갔다.

그렇게 해변 가까이 다가가자 미군의 기관총과 개인 소총이 세 병사를 향하여 불을 뿜는다. 김여택은 양쪽 어깨에 힘이 쑥 빠지는 것을 느끼었다. 손을 더욱 휘저어 보았지만 상체가 가라앉기 시작한다.

김여택은 이 순간 집 생각이 난다. 어머니, 아버지, 할머니, 할아버지, 형, 동생 등 모든 가족들이 한 컷씩 한 컷씩 영화에서 화면 바꾸는 것처럼 주욱 지나간다. 어머니 아버지를 크게 소리 내어 불러본다. 입술만 움직일 뿐 소리는 나지 않는다.

그리고 그 친구, 노란개나리가 무성한 동네 공터에서 구슬치기를 하다 자신이 다 따먹자 닭똥 같은 눈물을 흘리며 엉엉 울고 집에 간 친구 종윤이가 번개처럼 스쳐지나간다. 종윤이가 지나가자 갑자기 일어난 찬 바람에 공터의 노랑개나리가 우수수 힘없이 떨어진다.

김여택은 자기 운명이 종점에 다다른 것으로 생각되었다. 순간 허망함을 느끼면서 무의식의 세계로 들어간다.

미군 병사는 파도에 떠밀려오는 김여택의 육체를 끌어다가 해변에 올린다. 미군 병사는 죽었는지 살았는지 얼굴에 귀를 대어 숨결을 확인한다. 숨은 아주 미약하나 몸 곳곳에 피탄이 되어 상처에서 피가 여전히 흐르고 있다. 미군 병사들은 김여택이 살아 있으나 더 이상 저항하지 못한다는 것을 알고 다른 곳으로 헤엄쳐 올라오는 일본군을 사살하려고 이동한다.

한참 후 미군들이 다시 돌아와 김여택을 확인해본다. 김여택이 눕혀진 해안 모래에는 붉은 피가 물들어 있다. 미군은 김여택의 맥박을 잡아보고 숨 쉬는 것을 다시 확인해본다. 아까와는 달리 맥박이 전혀 없다. 이때는 역 상륙작전이 완전히 실패로 끝나버렸고 상륙을 시도한 전원이 불귀의 객이 되어버린 뒤였다.

조선 나이 스물한 살 젊은 청춘의 넋은 사불명목, 한이 남아 있어 죽어서도 눈을 편히 감지 못하고 이국 만리 유황도의 귀신이 되어 구천을 떠돌게 되었다.

> 아! 슬프다! 비통하고 원통하도다!
> 약관의 나이로 민족의 장래를
> 짊어져야 할 재목들이 영령이 되어
> 이국의 구중천(九重天)에서 떠돈다.

억울하고 또 억울하도다. 이들은 어이 고향에서
자기 식구를 위하여 지키다가 죽지 못하고
듣지도 알지도 못하는 타국에서
누구를 위하여 싸우다가
어린나이에 눈 감아야 하는가?

신이시여! 그들의 영혼을 평안하고
영원한 안식처로 흔쾌히 받아 주옵소서!
젊은 그들의 죽음이 헛되지 않게
이 민족을 밝혀주는 작은 등불이라도
되게 하소서!

유황도의 최후

김동욱은 2~3일 푹 쉬는 동안 몸이 회복될 것으로 생각하고 있었다. 그러나 좌측 다리의 깊은 상처가 점점 시간이 갈수록 아리고 쑥쑥 쑤시는 정도가 더해간다. 지금 정도면 상처가 아물어 약간 절뚝거리지만 걷는 데는 크게 무리가 없을 것이라 가볍게 생각하였다. 하지만 날이 갈수록 더 아파오기 때문에 문제가 생긴 것으로 판단하고 군의관에게 갔다. 군의관은 밀려오는 환자를 보는 데 급급하여 그 정도의 상처는 아무것도 아니라고 하여 보이지도 못하고 되돌아왔다.

김동욱은 얼굴 또한 낫지 않고 갈수록 화끈거림이 더하여 군의관이 준 연고를 계속해서 발랐지만 진물이 점점 더 나오기 시작한다. 그는 아픈 다리에 힘을 주지 않기 위하여 목발을 구하려 하였으나 구할 수가 없었다. 그래서 손수 나무를 구하여 잘라서 T자 모양으로 만들어 겨드랑이에 끼고 걸어보았다. 걷기가 한결 수월하였다.

그가 이렇게 병실에서 방황하고 있는 시간에 아츠지 수비대장이 비명횡사 하였고 그의 죽음으로 지휘체계가 무너지자 수백 명이 수리바치 요새를 나와 본대를 향하여 탈출하다가 미군의 총탄에 무수히 죽어간다.

중요한 것은 앞서 김동욱의 기관총 사격대가 제압된 것처럼 모든 미군의 역량이 제1, 2 활주로나 고원지대의 사령부와 진지보다도 수리바치 요새 점령을 제일 목표로 잡고 있다는 사실이다.

수리바치에서 발사할 수 있는 대포는 거의 제압을 당하였고 기관총 상당수도 정밀하고 정확한 포격에 맥없이 무너졌다. 난공불락처럼 생각되는 기관총 사격대도 특공대가 투입되어 수류탄과 화염방사기를 방사하는 미군의 공격에 속수무책으로 당할 수밖에 없었다. 더군다나 미군의 곡사포와 해안 가까이 다가와 가하는 정확한 함포사격에 남은 포마저 제대로 기능을 발휘할 수 없었다.

그 이유는 곡사포를 발사하려고 동굴 밖으로 나가면 여지없이 미군의 포화가 정확히 동굴 입구에 날아오곤 하였던 것이다. 이것은 상륙군이 망원경을 이용, 발사제원을 한 치의 오차도 없도록 정확히 산출하고 몇 대의 포를 동시다발적으로 발사하였기 때문이었다. 사격의 정확도는 일본군의 모든 목표물에 직격탄을 선사하게 되었다.

공격을 개시하여 상륙군이 상륙한 지 5일 만에, 그리고 공격포격 시작 9일 만에 미군은 수리바치 정상에 도달한다. 그러나 아직도 정상의 작은 분화구에 연결된 여러 동굴에서 일본군은 강력히 저항한다. 미군은 전투기를 동원하여 동굴에 대한 정밀폭격을 가한다. 그리고 동굴마다 수류탄을 투척하고 화염방사기를 방사한 후에 대규모 폭약을 모든 동굴에 설치하여 동굴 입구를 무너트려 폐쇄해버린다.

이제 산 정상 동굴로 나오려면 무너진 흙더미를 며칠이 걸려 제거한다든가 아니면 제일 밑에 뚫린 출입구로 만든 두 개의 동굴로 나와야만 한다. 미군은 동굴 속까지 들어가 수색하면서 동굴 내에서 전투를 하고 싶지 않았다. 잔여 일본군을 소탕하려고 동굴로 들어가 싸우면 많은 사상자 발생이 예상되니 그럴 필요성이 없었다.

이제는 동굴 안에 남아 있는 일본군이 그다지 심각하게 후방을 교란시킬 수 없다고 판단하였다. 쥐를 잡기 위하여 쥐구멍에 불을 집어넣거나 연기를 피우는 작전으로 나간 것이다. 간접적으로 압박을 가하여 견디다 못해 굴 밖으로 나오도록 하자는 것이고, 여기에는 독가스탄이 제격이었으나 미군은 화학탄은 사용하지 않는다.

김동욱은 죽기 싫었다. 그는 꼭 살아서 집에 돌아가고 싶었다. 일부 일본군과 달리 자신은 '천황폐하'라는 허수아비를 위하여 일본군처럼 개죽음 당하고 싶지 않았다.

김동욱은 미군 상륙 이후로 만나보지 못한 3명의 친구들 근황이 궁금하였으나 어느 누구한테도 그들의 소식을 들을 수는 없었다. 다만 여러 병사들의 이야기를 종합하고 흘러나오는 이야기는 이제 수리바치 요새가 적군에 함락되는 것은 시간문제일 거라는 점이다. 평소에 일본에 대해서도 그 능력에 놀랐던 김동욱은 그러한 일본을 압도하는 상상할 수 없는 미군의 물량공세, 공습, 폭격 그리고 상륙군, 진보된 장비 등등의 능력에 경이로움을 느낀다.

미국은 일본이 전혀 상대할 수 없는 초강대국이라는 것이 입증된 것이라 생각하였다. 또한 일본 군부와 일본 위정자의 돌이킬 수 없는 오판이 죄 없는 수많은 사람들을 영영 돌아올 수 없는 길로 내모는 천인공노할 일이라고 여겨졌다. 그는 요새에서 살아나갈 수 있는 방법이 무엇일까 그 방법에 대하여 궁리하여 보았다.

첫째. 거짓 항복을 하다가 반자이 공격을 하면서 상황이 불리하면 항복하자는 일부 병사들의 주장처럼 항복을 해볼까?

둘째. 반자이 공격을 할 때 같이 나가되 맨 뒤에 처져서 항복을 할까? 그러면 항복을 받아줄까?

셋째. 기회를 엿보아 혼자 나가서 죽은 사람 흉내를 내어 미군을 만나면 항복을 할까? 그런데 미군들은 항복하는 나를 받아줄까?

첫 번째 생각은 이미 일부 병사가 동굴을 뛰쳐나가 손을 번쩍 들고 항복을 하였지만 대부분의 미군은 그들의 항복을 받아들이지 않고 그냥 기관총을 난사하여 사살해버려서 좋은 방법이 아니다. 미군이 그렇게 한 이유는 미군이 이 상황까지 오는 데 너무나 많은 희생을 치렀고 그 과정에서 일본군에 대한 증오심이 발생하여 일본군을 보면 그냥 죽이고 싶은 마음이 지배적이었기 때문이다. 즉 미군의 적개심이 극도에 달하였던 것이다.

또한 항복한 일본군의 처리문제가 복잡하였기 때문이다. 전시에 항복한 병사는 제네바협약에 의하여 포로에 대한 예우를 해주어야 하고 포로법을 지켜야만 하였다. 그런 대상이 되는 일본군이 귀찮아졌다. 무장해제－포로수용－포로심문－포로대접－포로교환 내지 석방으로 이어지는 일련의 과정을 거쳐야 하는 모든 절차가 미군에게는 쓸데없는 행정력의 낭비에 불과하였다.

따라서 그냥 처리해버리는 것이 오히려 속편하였다. 이것은 상부 누구의 지시에 의해서 그렇게 된 것이 아니라 병사의 개인적인 경험, 감정과 판단에 의한 것이다. 이것은 인간에 대한 도덕적인 문제이기도 하였지만 그럴 여유가 어느 누구에게도 없었다.

또한 두 번째 방안은 미군을 더욱 자극하는 것으로 생각되었다. 왜냐하면 극도로 예민해진 미군 병사들에게 돌격하면서 괴물처럼 다가오는 일본군에게 자비를 기대할 수도 없고 뒤처져 나오는 병사들에게는 더 감정어린 응어리를 발산할 것이기 때문이다. 그래서 김동욱은 마지막 방법을 쓰기로 한다. 어차피 이 동굴 속에 생매장될 것이기에 일단 밖으로 나가는 것이 중요하다고 생각하였다.

김동욱은 경·사상자가 가득 차 있는 병실을 나와 1층으로 향한다. 바로 옆방의 중환자실에도 환자가 가득하다. 시체실은 들여다보지도 않고 그냥 지나쳐 나왔다. 그런데 이 시각 전우 오정수가 중상자 병실에서 꼼짝도 못하고 물을 마신 후에 서서히 죽어가고 있는 것을 김동욱은 알 수 없었다.

그가 쓰러져 누워있는 병실 옆을 무심히 지나가게 된다. 그가 나가는 통로방향으로 간간이 병사가 오갈 뿐 동굴 속은 의외로 조용하다. 아마도 잔여 일본군 병사들이 삼삼오오 모여 어떻게 할 것인지 대책을 세우고 있을 것으로 생각된다.

4층에 있었던 그는 계단을 기어가듯 내려가 일단 1층까지 도달하였으며 큰방을 지날 때는 한쪽 구석진 곳으로 천천히 아주 느리게 기면서 입구 쪽으로 다가갔다. 그가 아침을 먹은 후 잠시 쉬었다 내려왔으니 거의 두 시간이 걸렸을 것 같았다. 거리는 몇 백 미터 안 되었지만 그가 밖으로 나가는 것이 다른 일본병사들 눈에 뜨이면 좋지 않을 것이므로 아주 천천히 입구 쪽으로 나아갔다.

한쪽 다리와 머리에 붕대를 감고 앉아서 슬슬 이동하는 김동욱을 어느 누구도 거들떠보지 않고 지나친다. 김동욱은 일부러 밝은 대낮을 택하였다. 그의 모습이 적의를 품지 않고 공격의사가 전혀 없는 한낱 환자에 불과하다는 것을 보여줘야 한다.

그리고 미군 병사들의 적개심을 누그러트리고 동정심을 유발할 수 있어야 한다. 공격이 뜸해지는 것을 느끼고 검은 모래가 가득 쌓인 동굴 밖으로 서서히 기어서 나간다. 그는 조금씩 조금씩 해변 쪽으로 방향을 바꾸어 그렇게 나아갔다. 동굴 입구 좌우 후방에는 미군의 기관총과 화염방사기 그리고 전차까지 대기하여 동굴을 향하여 여차하면 발사할 태세를 유지하고 있었다.

굴곡져 있는 수많은 폭파구 사이를 기어가는 김동욱을 밝은 대낮인데도 미군은 쉽사리 발견하지 못한다. 그런 상태로 50미터 정도 더 나아갔을 때 멀찍이서 입구를 지키고 있던 미군 병사 2명이 그를 발견하고 흠칫 놀라며 무서운 표정을 짓고 총을 겨누며 서서히 다가온다.

미군 병사들은 소총을 겨누면서 여차하면 쏴버리겠다는 동작으로 그들이 발견한 것이 무엇인지 확인하려 한 발 두 발 조심스럽게 접근한다. 미군 병사들이 가까이 다가와 확인하니 거동이 불편한 일개 일본인 환자 병사였다. 그리고 무기를 소지하지 않은 것을 보고 경계심을 풀면서 총을 어깨에 다시 메고 허리를 굽혀 그에게 말을 건넨다.

"Who are you? What are you? (너 누구야? 뭐하는 자야?)
How to come here? (어떻게 여기까지 왔지?)
Are you JAP? (너 애송이 일본 놈이냐?)
Can you speak english?" (영어 할 수 있어?)

김동욱은 그들의 억양으로 미루어 간단하게 뭔가를 물어보는 것 같긴 한데 전혀 알아들을 수가 없다. 중등학교 다닐 때 영어의 기본문장을 배웠건만 생각나는 것이 하나도 없고 알아듣지도 못한다. 다만 이 말만은 생각난다.

"I am a Korean! I am a Korean!" (난 한국 사람이야.)

몇 번을 제법 큰소리로 부르짖듯이 말해보았다.

"Korean? Korean?" (한국사람?)

미군은 Korean, Korean을 몇 번 되뇌더니 다시 뭐라고 말을 한다.

"Korean? I don't know about that." (한국사람? 나는 모르는 나라야.)

"I don't have any idea also." (나도 전혀 알지 못하겠는걸.)

"Is it different from JAP?" (일본 애송이들 하고 다른가?)

김동욱은 무슨 의미인지도 모르고 마지막 말에 고개를 가로저었다. 김동욱의 의도는 나는 당신의 적이 아니라는 의미로 고개를 가로저었던 것이다. 그런데 신통하게도 미군은 고개를 끄덕거리며 그를 일으켜 세우려 한다. 김동욱은 붕대를 감은 자기 왼발을 가리키면서 몸짓을 해 보인다. 한쪽 어깨를 절룩거리는 흉내를 내고 두 손으로 손등이 보이게 죽 펴서 상하로 올렸다 내렸다 하며 걸음을 정상적으로 떼는 흉내를 몇 번 낸 뒤에 그것이 안 된다는 "X" 모양을 해보였다.

한 미군 병사는 옆 동료와 뭐라고 이야기를 하더니 그 자리를 떠났고 병사 한 명만 옆에 서 있다. 차 한 잔정도 마실 시간이 지나자 잠시 떠났던 병사가 들것을 가지고 위생병과 함께 다가온다. 그러고는 김동욱에게 들것에 올라 누우라는 손짓을 한다.

그는 얼른 들것에 대자로 눕듯이 벌렁 드러누웠다. 위생병은 그를 해안 가까이 있는 응급처치실에 실어다주었으며 진찰까지 받게 해주었다. 미군 군의관은 먼저 김동욱이 둘러맨 머리의 붕대를 풀어본다. 수류탄 파편이 스치고 간 자리가 깊게 파였으며 피가 멈춘 상처에서는 허옇게 두개골 뼈가 보이고 있다. 다행스럽게 피는 멈추어 과다출혈로 인한 부작용이 발생하지 않아 생명에는 지장이 없다. 의무장교는 급히 1차 소독을 하더니 약을 바르고 붕대를 새것으로 둘러서 맨다. 그러고 나서는 얼굴의 화상을 살펴보더니 다시 약을 가져와 두툼하게 발라준다.

그런 김동욱의 얼굴에는 진물이 계속 흘렀고 이상하게 변색되면서 부풀어 오르기 시작한다. 이번에는 왼쪽 다리의 붕대를 풀었다. 김동욱도 놀랐다. 깊게 파인 발목의 상처가 검게 변하여 썩어가고 있다. 의무장교는 혀를 끌끌 차면서 약을 발라 주며 김동욱의 상처에 대하여 메모를 남긴다. 김동욱은 행운아가 되었다. 그는 다른 미군 환자와 함께 큰 배로 옮겨진다.

미군은 수리바치 산에서 튀어나오는 일본 병사를 사살하면서 두서너 개만 남겨 놓고 모든 동굴의 입구를 봉쇄해버린다. 일종의 생매장이 된 셈인데 여기서 살아남은 병사의 숫자는 손가락으로 헤아릴 정도였다. 소위 그들이 말하는 자랑스러운 옥쇄라는 것을 택한 병사가 대부분이었다.

그런데 김동욱이나 다른 조선 병사들도 그런 옥쇄를 택하는 일본 병사들의 마음을 도저히 알지 못하였다. 그들이 말하는 대의가 무엇이고 누구를 위한 충절인가 의심스러웠다. 미군 또한 극한 상황에서 자결하거나 반자이 공격을 하는 그들을 이해할 수가 없었다.

인간 말종들의 최후의 발악이라고 치부할 수밖에 없었다. 수리바치를 완전히 정복하는 데에는 수리바치 정상에 성조기를 꽂고도 3주 이상이 걸렸고 유황도 전체를 점령하는 데 한 달 이상이 걸린다. 이 과정에서도 미군은 역시 엄청난 희생자가 발생하였으며 일본 병사 대부분이 죽음을 맞이하였다.

강제 동원되거나 징용된 대부분의 조선인들도 마찬가지로 허무하게 생을 마감하였다. 구리바야시 중장도 최후를 맞이하여 모자를 벗고 일본 본토가 있는 북쪽을 향하여 자칭 "천황폐하"에게 절을 한 뒤에 휘하의 모든 장병들에게 "반자이" 공격을 명하였다. 옥쇄를 선택하였다.

구리바야시와 추종 장병들이 "텐노 헤이카 반자이"를 부르짖으며 적진으로 돌격하는 것을 반자이 공격이라 한다. "텐노 헤이카 반자이"란 직역하면 "천황폐하 만세!"다. 이 공격은 제2차 세계대전에서 일본군이 사용한 전술로 일본제식 소총에 착검을 하고, "텐노 헤이카 반자이!"를 외치면서 돌격하여 백병전으로 적을 물리치는 방법이다. 이 돌격을 처음 시행한 것은 러일전쟁이었다. 러시아군 4,000명을 공격하여 격퇴시키는데 일본군 16,000명이 죽은 무모한 전술이었다.

반자이 공격 수행에는 단지 총칼만을 들고 돌격한 것이 아니고 일본군은 제로 전투기를 포함한 다음과 같은 여러 가지 수단과 장비를 사용하여 자살공격을 감행하였다.

첫째, 오카(櫻花) 자살공격기로 이것은 글라이더의 일종인데 적진을 향하여 활강하다 목표가 정하여지면 엔진을 켜고 급속 낙하하여 목표물에 충돌하는 항공기다. 오카는 앵화라고 하며 벚꽃을 의미한다.

둘째, 바이카(梅花) 자살공격기로 독일의 V1 미사일을 모방하여 자살 항공기에 로켓 엔진을 장착하여 적 항공모함에 돌진하였다. 주목할 것은 일본은 이때 제트와 로켓 엔진을 만들 수 있는 능력을 보유하고 있었다는 것이다. 매화를 의미한다.

셋째, 토카(藤花) 자살공격기로 단발 단좌 1회용 유인 항공기로 태평양전쟁 후반 일본군이 운용한 항공기다. 일본 육군에서는 츠루기(검)로, 일본 해군에서는 토카(藤花, 등나무 꽃)로 불렀다. 폭탄 한 발만 장착하고 출격하였다.

넷째, 카이텐(回天)은 인간어뢰로 잠수함을 개조하여 적 함정에 충돌하여 폭발하도록 만들었다.

다섯째, 가이류(海龍)라는 초소형 자살 잠수함을 만들어 적을 향하여 돌진하게 하였다. 북괴도 이것을 모방하여 자폭잠수정을 만들어 실전에 투입 대기하고 있다.

여섯째, 신요우(震洋)라는 자살 보트를 만들어 수천 대를 해안진지에 은닉하였다. 제주도의 일오동굴에도 이 신요우를 숨기었다.

마지막으로 후쿠류(伏龍)라는 자살 잠수부로 잠수복을 입고 폭탄을 소지하여 적 함정에 가서 자폭하는 인간기뢰가 후쿠류이다.

오카 자살공격기(폭격기 밑에 매달린 오카)

바이카 자살공격기

토카 자살공격기

카이텐 인간어뢰

가이류 자살잠수함

일본군은 위와 같은 항공기, 잠수함, 함정 등을 만들어 인간성이 말살된 자살 공격을 감행하였으나 결국은 패전하게 되었다.

신요우 자살보트

한편, 항공기를 사용하여 자살공격을 한 것을 가미가제라고 불렀다. 가미가제는 한자로 신풍(神風)이라 한다. 제2차 세계대전 말기 전투기에 폭탄을 싣고 적함에 충돌하여 자살공격을 한 일본군국주의의 결사특공대이다.

제주도 일오동굴

'가미'는 일본어로 '신(神)'이라는 뜻이고 '가제'는 '바람(風)'이라는 뜻으로 '가미가제(神風)'는 '신이 일으키는 바람'이라는 의미이다.

훈련 받는 후쿠류 잠수부

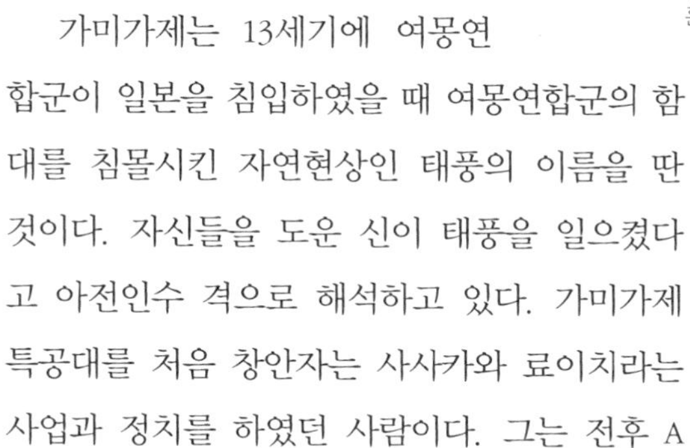

가미가제는 13세기에 여몽연합군이 일본을 침입하였을 때 여몽연합군의 함대를 침몰시킨 자연현상인 태풍의 이름을 딴 것이다. 자신들을 도운 신이 태풍을 일으켰다고 아전인수 격으로 해석하고 있다. 가미가제특공대를 처음 창안자는 사사카와 료이치라는 사업과 정치를 하였던 사람이다. 그는 전후 A

후쿠류 잠수부

급 전범 용의자로 체포됐지만 불기소 처분되었다. 이러한 제안을 실제 적용한 사람은 일본해군의 오니시 다키지로라는 사람이다.

그는 전황이 악화되자 자살공격을 제안하여 '가미가제 특공대, 신풍 특공대의 아버지'라고 불린다. 그는 1944년 제1 항공함대의 사령관이 되어 필리핀에서 미군에 맞서게 된다.

그도 처음에는 자살공격을 반대하였다. 그러나 마리아나 해전의 손실로 전력이 크게 감소되어 정상적인 공격이 불가능해지자, 그는 생각을 바꾸어 부하들에게 자살공격을 명령한다. 일본이 무조건 항복한 후 그는 할복자살 하였다. 할복에 사용한 칼은 현재 야스쿠니 신사에 전시 중이다. 요즈음 일본 극우파가 참배하는 곳은 바로 이러한 전범이 묻힌 곳이다.

천황폐하라는 허울 좋은 살아있는 신을 위하여 최초로 자살공격에 앞장선 사람은 아리마 마사후미라는 자이다. 대만해협 항공전 말기, 제26 항공전대 사령관 시절 아리마는 스스로 1식 육상공격기에 올라 적함에 돌입하는 가미가제 특공대의 선봉에 나선다.

마지막 출격 시 계급장을 떼고, 쌍안경에 새겨진 사령관 이름을 칼로 지우고 출격하여 미군 항공모함을 상대로 공격에 나섰다가 미군의 대공포에 한 점의 이슬이 되어 사라졌다.

일본군과 추앙하는 자들이 미사여구를 사용하여 그를 묘사하고 있지만 그는 한낱 광신도에 불과하였다.

이로써 비뚤어진 사상을 가진 지도자와 위정자는 엉뚱하게 인류사에 큰 죄악을 만들고 저지를 수 있다는 것을 증명하였다. 몇 명의 정신이상 선동정치가에게 자기 영혼을 팔아먹는 국민이 많을 때 상상할 수 없는 재앙을 유발할 수 있음을 우리는 역사적 사실에서 여럿 볼 수 있다.

한편으로는 그런 사람들이 위대한 사람으로 우상화 되고 있다. 그리고 정의가 상황과 시대상에 따라 변질되고 있음을 알 수 있다.

이곳에 강제로 떠밀려온 조선 출신 병사와 노동자 천여 명은 낯선 이국땅에 뼈를 묻지도 못하고 영혼은 섬 모래에 흩어져 떠돌게 되었다. 그들에게 이런 고통과 죽음을 가져다 준 일본이란 나라는 무엇인가?

그 이전에, 유망하고 앞길이 창창한 젊은이들을 징병과 징용을 통하여 사선에 내보내자고 선동하고 회유하였던 자칭 조선의 지식층 그들은 또 누구이던가?

가미가제 특공대의 미군 함정에 대한 자살공격

이치고 작전의 연장

-일본군 사단의 이동-

이치고 작전의 수행으로 일본군은 중국 군대를 양자강 서쪽으로 좀 더 밀어 붙였고 임시 수도 중경을 압박한다. 점령지를 넓힌 일본군은 지금까지 중지나군이 진군한 전선의 공백지역에 북지나군 일부를 이동시키려 계획한다. 따라서 천영화가 속하였던 36사단은 지금까지 낙양 근처에 주둔하였지만 이제는 호북성 양양까지 서남남쪽으로 400여 킬로미터를 이동하여야 한다.

지금 주둔하고 있는 지역은 병참 담당 1개 대대만 남게 하여 보급을 지원하도록 하고 종래의 사단이 담당하였던 후방지역의 치안과 경비를 맡도록 한다. 일본군은 차후 이 지역에 새로운 사단을 편성하여 주둔시킨 다음 차차 서쪽에 있는 공산군을 공격하기로 한다. 물론 이것은 태평양 지역 전투가 호전이 되었을 때 이루어질 것이다.

우선 양자강 중류지역의 전선이 급한 관계로 그쪽 방향으로 이동 주둔하여 점령지를 확보하는 것이 중요하다. 더군다나 새로운 점령지는 광산이 많아 양자강을 통하여 하류로 실어 나르기 최적이다. 그리하여 일본군의 최대 고민인 자원을 일부 확보할 수 있고 군 전력향상에 기여하리라 생각하여 전력배치가 이루어졌다.

한편, 장병 위안소는 이동하지 않고 현재 상태 그대로 유지하면서 주변의 새로운 사단 병력이 이용하도록 한다. 부대이동은 12월 초순에 시작된다. 부대이동 전에 일부 방한복을 지급받지 못한 병사들 그러니까 천영화와 같이 여름에 이곳으로 온 병사들은 동복 내의 두 벌과 개털로 만든 외투 한 벌을 지급받는다.

일본 관동군은 추운 겨울에 가죽이 부족하자 개털로 외투를 만들어 입었다. 개털외투의 단점은 시간이 얼마 경과되면 털이 쉽사리 빠지고 무거우며 비라도 맞게 되면 엄청난 누린내가 진동하는 것이다. 따라서 고급 털을 수급하기 위하여 한반도, 만주, 중국 등 점령지에서 수많은 짐승을 살상하였고 특정 동물이 멸종 단계에 이르고 말았다.

그래도 수요에 비하여 턱없이 부족한 고급 털을 구할 수 없는 일본군으로서는 만주와 중국 북부의 추위를 견뎌야만 하였다. 이런 사정으로 저가로 손쉽게 구할 수 있는 개털로 외투를 만들어 지급하였다. 일본군은 개털을 공급하려고 한반도 내의 진돗개, 풍산개, 삽살개 등 토종개를 무차별로 잡아내어 거의 멸종상태에 이르게 한다.

그동안 조선 출신 병사들은 위안부들의 근황을 소문으로 듣게 된다. 같은 구역에 있더라도 입장할 쿠폰이 없기 때문에 주변에서만 맴돌았을 뿐 위안소에서 흘러나오는 소문으로만 소식을 듣게 된다. 김애자를 비롯한 5명이 탈출에 성공한 후 고무된 위안부 여성들 중 10여 명이 탈출을 시도하였다.

물론 그들 중에는 김애자가 채찍으로 매를 맞는 장면을 본 사람도 있었지만 그것이 그녀들의 탈출 시도에 크게 영향을 미치지는 못했다.

오히려 모든 위안부 여성들에게 이곳을 벗어나야 한다는 강박관념을 더 갖게 만들었다.

시장에서 탈출한 사건 이후에도 위안부 10명이 새벽녘에 몰래 부대의 철조망을 넘다가 발각이 되어 4명이 현장 사살되고 4명이 잡혔으며 2명의 중국 여성만이 탈출에 성공하였다. 붙잡힌 4명은 김애자와 똑같이 죽도록 매질을 당하고, 그중에서 주모자 두 명을 색출하여 김애자처럼 문신을 새겨 넣었다.

그런데 현장에서 사살된 4명 중 3명은 조선 여자들이었고 매질과 문신을 당한 여자 중 한 명은 중국 여자였다. 이 소식을 전해들은 조선 출신 병사들의 마음은 안타깝고 한편으로는 미안하기도 하였다.

괜스레 탈출 바람을 넣어 이 세상을 영영 떠나게 만든 여성들에게 큰 죄를 지은 것 같이 생각되었다. 불행인지 장병 위안소 출입 쿠폰을 다시 받을 즈음에 사단이동 명령이 내려져 여성들을 볼 기회도 없이 그들과 영영 헤어지게 된다. 그런데 소대장의 말에 의하면 그들이 지키는 전선이 소강상태를 이루고 안정이 되면 이 위안소는 다시 사단 주둔지로 이동할 예정이라는 것이다. 그러나 여러 일본 고참 병사들은 그 말을 전혀 믿지 않고 냉소만 한다.

부대 이동은 하나의 큰 작전이다. 단순히 병력만 이동하는 것이 아니라 모든 무기와 병참이 동시에 이동이 되어야 한다. 그리고 이동을 하면서 드러나는 취약점을 최소화하거나 적의 공격에 대비하고 필요시에는 전투를 해야 하는 등 기본 문제를 해결하면서 새로운 지역으로 최단시간 내에 이동하여야 하는 것이다.

군부대 이동은 가용한 모든 수단을 통하여 최단 시간 내에 마치는 것이 제일의 법칙인데 여기에 문제도 많다. 새로운 이동 지역은 지금 주둔하고 있는 낙양에서 남양을 거쳐 양양까지는 거의 400킬로미터나 되는 장거리이다. 또한 길도 비포장도로로서 간신히 트럭이 지날 수 있는 흙길이 있지만 중도에 길이 수백 군데나 무너져 있고 길이 좁아 확장하거나 수리를 하고 이동하여야 한다.

다행인 것은 험악한 산과 천애의 낭떠러지가 없다는 것이다. 또 하나의 문제는 만여 명 이상 되는 사단 병력을 모두 트럭으로 이동할 수 없다는 점이다. 보유 트럭이 많지 않고 창고에 쌓인 무거운 보급품을 싣고 나르기만 하여도 트럭이 모자라 모든 병사는 도보행군을 할 수밖에 없다. 며칠 동안 창고 물품을 정리하고 이틀에 걸쳐서 트럭에 옮겨 실었다. 개인 배낭도 정리하여 출발 준비를 완료하였다. 이번 작전은 양양까지 연대별로 6시간의 시차를 두면서 탱크와 장갑차 기계화 부대를 앞세우고 이동하기로 계획하였다.

처음에는 산뜻하게 출발한 것으로 보였지만 갈수록 행군 속도가 떨어졌다. 한 시간 행군 후 10분 휴식을 반복하는 지루한 이동이다. 우마차와 사람의 걸음걸이로 하루 50킬로미터를 이동하는 것은 강행군에 해당한다.

특히 우마차는 짐을 가득 싣고 중국인들이 몰고 가는 형상이라 원래 늦을 뿐만 아니라 무거운 수레를 끌어야 하는 소가 하루 50킬로미터를 이동한다는 것은 거의 불가능하다. 어떤 소는 출발한 지 얼마 되지 않아 입에 거품을 문 채 더 이상 가기를 거부한다. 짐을 너무 많이 실어서 소가 감당할 수 있는 무게 이상이 되어 빨리 지쳐버린 것이다.

그래서 행군 중간에 우마차에 실린 일부 짐을 트럭에 실어 산더미처럼 쌓아 올린다. 오전부터 힘겹게 느릿느릿 소걸음으로 행군하고서 점심이 되어 모두 강가로 내려가 미리 준비해온 주먹밥을 먹고 휴식을 취한 후 다시 행군을 한다. 오후에 서너 시간 정도 행군을 하였을 때 비행기 두 대가 높은 하늘에서 몇 바퀴를 빙빙 돌고 있다. 비행기는 상당히 높이 떠 있어 국적을 확인할 수 없다. 조짐이 이상하다. 그러다가 그 비행기가 갑자기 강하하여 일본군의 행렬을 향하여 내려온다.

일본군은 급히 분산하여 엄폐물을 찾아 대피하려고 시도했지만 이 지역은 개활지라서 숨을 곳이 별로 없어 지형이 움푹 파인 곳을 찾아 일단 피한다. 기계화 차량들은 행렬을 멈추어 대공사격을 준비한다. 비행기는 저공으로 날아서 윙-잉 굉음을 내며 지상군에 겁을 주면서 죽 지나가버린다.

조종사의 헬멧이 보일 정도로 낮게 날면서 폭격은 하지 않는다. 비행기 기체에는 중국 청천백일기가 선명하게 그려져 있다. 비행기는 두 번이나 그렇게 지나가더니 세 번째부터는 폭탄을 투하하고 기관총을 난사한다. 두 번이나 그냥 지나쳐서 안심하였던 일본 병사는 혼비백산이 되어 도망가거나 아무데나 엎드려서 나름대로 공중폭격을 피한다.

대공포화는 하늘을 향하여 작렬하고 탱크와 장갑차에 탑재된 기관총도 공격하는 비행기에 대응사격을 한다. 그러나 비행기 두 대는 지상에서 발사하는 대공포에 아랑곳하지 않고 유유히 공격하며 하늘 높이 솟구친다.

병사들은 아무 곳이나 몸을 던져 폭탄을 피할 수 있었지만은 기마병은 조금 다르다. 말은 놀라서 펄펄 날뛰고 말 위에 타고 있던 고위 장교와 기마병은 모두 말에서 내려 말을 진정시키는 데 애를 먹고 있다. 어떤 장병은 말에서 떨어지기도 한다. 말과 사람이 동시에 피할 수 있는 공간은 나무숲 밖에 없지만 이곳은 개활지라서 숨을 곳이 마땅치 않아 그냥 그대로 당하고 있을 수밖에 없다.

그런데 몇 번 공격을 하더니 중국 비행기는 그대로 가버린다. 일본군은 안도의 한숨을 내쉬며 속속 모여들더니 장교들의 지시에 의하여 부상자들을 파악하고 군의관 및 위생병을 불러 치료를 한다. 여러 명이 사망하고 서너 명이 중경상을 당하였다. 말 세 마리가 죽고 두 마리가 큰 상처를 입어 해당 장교는 더 이상 말을 타고 다닐 수 없게 되자 권총 수발을 쏘아서 말을 사살한다.

오늘은 더 이상 공습은 없었다. 천만다행이라 생각하며 해가 뚝 떨어질 때까지 길을 계속 가기로 한다. 오늘은 야산과 작은 시내가 연이어져 있는 곳에서 밥을 해먹고 야영을 하기로 한다. 밥을 해먹으면서 조선 출신 병사 몇 명이 모여 탈영을 모의하고 있었다.

지금 이곳은 주변이 개활지 즉 논과 밭 그리고 아주 작은 야산들밖에 없어서 탈출한다고 해도 금방 잡힐 가능성이 있는 지역이라 내일부터 진입 예정인 산이 조금 더 험하고 산들이 계속 이어지는 지역을 행군할 때 탈출하기로 한다.

주먹밥을 만드는 일본 취사병

중국의 청천백일기 비행단

그동안 이치고 전투로 중국군의 항공전력 거의 절반이 격추되거나 지상 폭격에 의하여 항공기를 잃게 되자 미국은 긴급히 히말라야루트(인도→히말라야→중국 서남부, 중국명: 타봉황선)를 통해 C-46 대형수송기를 이용하여 중국에 P-51 항공기 86대를 긴급 공수한다.

미군은 히말라야 공수경로를 개척하면서 돌풍 같은 기상요인과 고공비행에 관한 지식부족으로 많은 조종사가 희생되고 항공기는 추락한다.

미국은 그동안 수십 명의 중국 전투기 조종사를 인도에서 훈련시켜 왔으며 항공기 도입과 동시에 귀국하여 12월 초에 전력화된다. 장개석은 잔여 항공기와 신규로 공수된 총 126대의 항공기를 동원하여 이치고 작전으로 피폐해진 일본군에 선제 공중공격을 시작한다.

이러한 공격을 통해 일본군의 사기를 떨어뜨리고 지상군에 대한 압박을 계속하여 일본군이 더 이상의 공세를 이어갈 수 없도록 공중공격 작전을 계획한다.

이 작전은 중국 사천성의 성도와 난주에 있는 전투비행단에서 이루어진다. 두 비행단에서는 점심식사 후에 비행단별로 전 조종사와 지휘관

참모를 큰 강당에 모아놓고 내일부터 시작하게 될 적 지상군 공격에 대한 전체 브리핑이 동시에 진행 중이다.

정보참모는 적정에 대하여 세부적으로 브리핑한다. 이어서 작전참모의 명일 출격에 대한 계획 브리핑이 있다.

1. 명일 출격 항공기 대수
2. 공격 전력 배당
3. 출격 회수 편차에 대한 항공기 출격 운용
4. 신 공중 전투기동 전술 적용: 이번 공중전투에서는 그동안의 훈련을 통하여 습득한 새로운 전술인 협동공격을 적용하여 요기의 전투위치를 변경 운용한다.

전투비행단 지휘관 참모는 그동안 전투기동 훈련 시 조종사들이 신전술로 훈련해왔기 때문에 실전에서도 문제가 없을 것으로 판단하고 있다. 그래서 작금의 미군 항공 전력으로 공중우세가 유지될 때에 신 전술을 사용하여 많은 적 전투기를 격추할 것으로 기대하고 있다.

"지금까지 우리들의 적기와 교전 전술은 요기(僚機: 보조기)에 대해서는 장기(長機: 선도기)를 따라다니며 단지 후방보호에만 중점을 두었고 유능한 요기만 적을 별도로 추적하는 정도였습니다.

그래서 어떻게 하면 장기와 똑같이 비행기 한 대를 몰고 있는 요기의 전력을 극대화시킬 것인가를 연구하여 훈련을 수행하여 왔습니다. 공식적으로 이번 전투에서는 요기의 위치를 기존 파이팅 포지션(fighting position: 공중전투 위치)에서 그림과 같이 변경하여 운영할 것입니다."

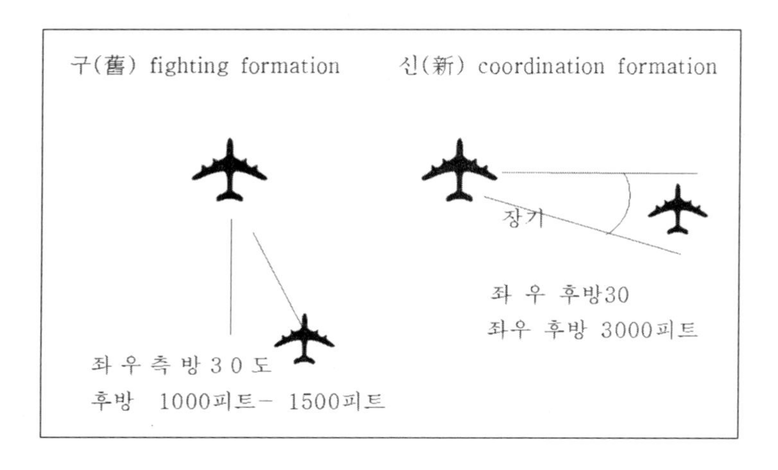

이렇게 요기의 위치를 변경하면 다음과 같은 장점이 있습니다.

(1) 요기도 장기와 동등 위치에서 적과 개별전투 가능
(2) 장기 후방 보호
(3) 장기가 요기 후방 경계 가능
(4) 적기가 요기의 후방 공격 시 장기가 적을 역공격 가능
(5) 적기 2대에 대하여 동시 공격 가능

여러분들이 그동안 땀 흘려 습득한 전투기 전투대형인 코디네이션 포메이션(Coordination formation: 상호 협조위치)을 유지하여 최대한 많이 적기를 격추시키기 바랍니다. 그러면 우리가 대형을 바꾼 상태에서 적기가 접근할 때 어떻게 기동을 할 것인가 그림을 통하여 설명하겠습니다.

1. 적기가 요기의 꼬리를 물고 공격할 경우

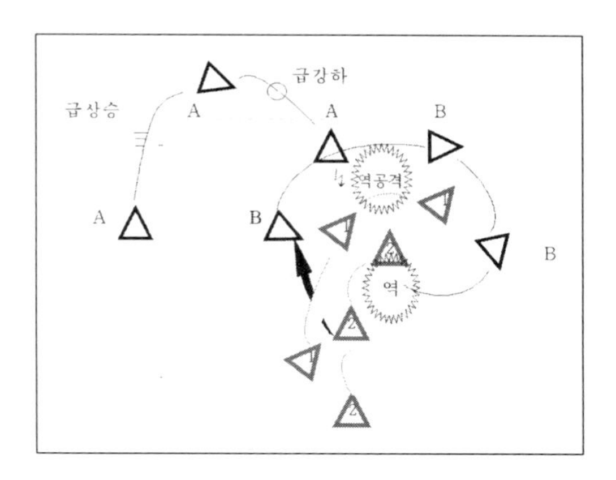

적기가 후방에서 요기를 물고 공격하면 요기는 최대로 선회하고 장기는 상승 선회하여 요기를 물고 있는 적 장기를 공격하고 요기는 최대 선회 후 반전 기동으로 적 요기를 공격합니다.

2. 적기를 후미에서 공격할 경우

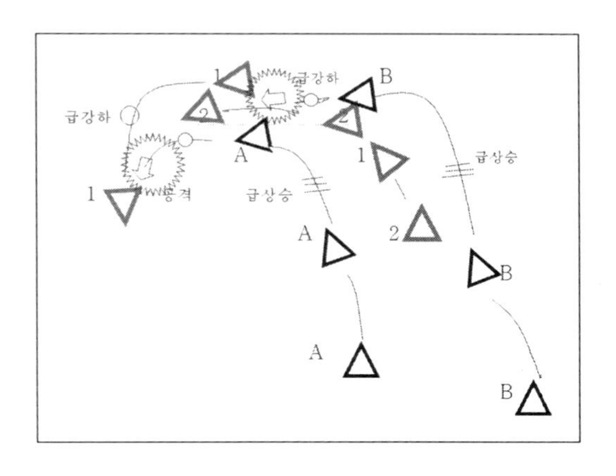

적기 두 대를 전방 앞에서 공격할 경우 선회 외측에 있는 (B)항공기는 급상승 선회하여 적기의 요기를 공격하고 내측의 항공기(A)도 급상승 좌선회하여 접근각을 줄여 적을 공격하는 동시 공격 작전입니다.

3. 적기 2대가 후미에서 동시 공격할 경우

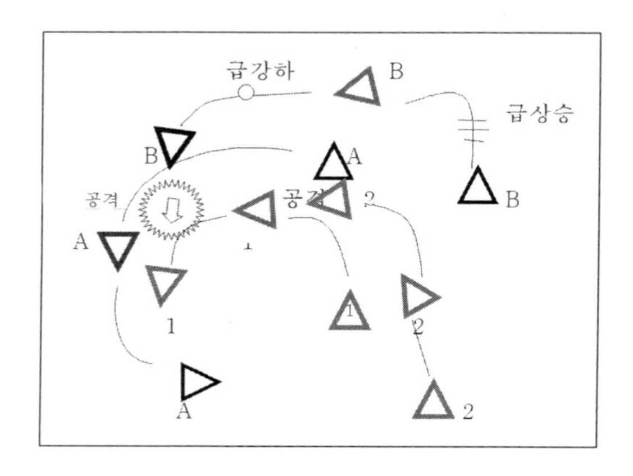

적기가 종래의 대형을 유지하여 공격시(1, 2) 내측에 있는 항공기(A)는 최대 선회하고 외측에 있는 항공기(B)는 최대 상승하여 적기 후방으로 강하 선회하면서 적 장기(1)을 외측에서 내측으로 진입하면서 공격합니다. 적요기(2)는 내측의 항공기(1)이 상승 선회하면서 공격합니다.

"명일의 작전은 지상이동부대에 대한 집중공격이 감행될 예정입니다. 적 요격기 접근에 대비하여 공중엄호(보호)전력은 3개 지역에서 공중전투초계(순찰)비행(CAP)을 수행하고 있다가 두 개 지역에 있는 CAP 전력이 양익을 포위하는 형태의 작전을 구사하기로 하였습니다.

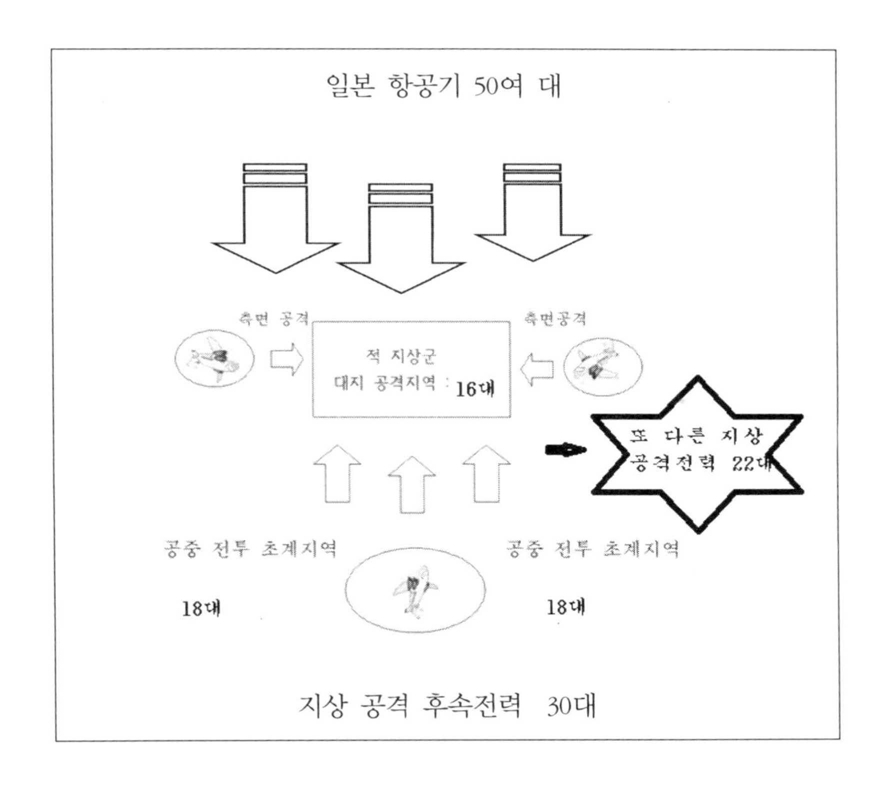

CAP 항공기 운영은 공격기가 지상공격을 하는 동안에 대기하고 있다가 적기가 출현하였을 때 적의 양 측면과 정면 공격을 하는 포위 전술입니다. 편대별로 운용을 하고 요기까지 활용하면 배가된 공격력으로 적을 더 많이 격추시킬 것으로 판단됩니다.

또한 최초 지상공격 감행 후 이탈 항공기는 연료가 허락하는 한 전방 초계지역에 합류하여 전투기의 상대적인 수적 우세를 유지할 것입니다."

브리핑이 끝나고 조종사들의 질문이 이어졌고 각 해당 참모가 답변한다.

"최근 들어 일본은 제로(Zero) 전투기와 폭격기를 새로 개발하여 배치하였는데 파악된 정보가 있으면 항공기의 성능에 대하여 자세히 설명해주시기 바랍니다."

이 질문에 정보장교는 도표와 분석을 통하여 P-51(무스탕)과 제로 전투기의 성능을 비교 설명한다.

제로 전투기

97식 전투기

99식 전투기

"항공기 성능을 비교하자면 P-51 항공기의 상승능력, 즉 힘, 속도에서 전반적으로 우세하나 항속거리가 다소 뒤지지만 무장능력은 좋습니다. 따라서 공중전투기동에서 기동능력이 상대적으로 뛰어나고 지상공격은 더 많아 큰 폭탄을 싣기 때문에 공격효과가 상대 항공기보다 뛰어납니다."

"그렇다면 우리가 일본기와 공중전투할 때 유의할 점은 무엇입니까?"

"혹시 적이 후미를 공격하고 있다면 우리는 수평 선회보다 상승이나 강하비행을 하여야 합니다. 즉 P-51항공기가 상승률과 가속능력에서 우위를 보이고 있기 때문에 이런 점에 착안하여 수직기동을 하시면 우위를 유지할 수 있겠습니다.

그리고 공격할 때에도 수직기동 예를 들어 속도에너지를 고도로 바꾸는 요요 기동이나 수직 반전하는 하프루프 기동 등을 사용하면 금세 유리한 무장 발사 위치에 진입할 수 있으리라 생각합니다."

조종사 전투 출격, 대지공격

다음날 두 개 비행단 조종사들은 아침 일찍 출근하여 각 편대군별로 모여 상세 브리핑을 한다. 공격 편대군장은 세부 목표물에 대하여 지형이 상세하게 나와 있는 2만 5천 분의 1 지도를 보며 적의 위치를 표시하면서 각 편대원들에게 지형지물과 공격목표를 확인하도록 한다.

편대군 조종사들은 브리핑을 통하여 상호협동과 일사불란한 작전수행을 기하고 공대지공격과 공중전투기동에서 최대의 효과를 내도록 상세한 협동작전에 대하여 숙지하도록 한다.

브리핑을 마친 조종사들은 개인 헬멧을 들고 주기되어 있는 항공기에 나가서 무장 점검을 한 후에 비행기에 오른다. 항공기의 무장은 밤사이 정비사들이 비행할 수 있는 104대에 대하여 모두 마쳤고, 아침에는 시동까지 걸어 항공기의 이상 유무를 확인하였다.

조종사들은 각 편대별로 배정된 이륙시간에 맞추어 시동을 걸고 활주로에 나간다. 16대 편대군별로 활주로에 정대하여 순차적으로 두 비행장에서 같은 시간대에 이륙한다.

한 비행장에서 50여 대의 항공기가 이륙하는 시간만 거의 20~30분이 걸린다. 수십 대의 항공기가 활주로를 박차고 이륙하는 장면은 지상에서 보기에 장관이다.

처음과 맨 끝에 이륙하는 항공기의 시차가 많이 나기 때문에 처음 이륙한 항공기는 크게 원을 그리면서 비행장 주변을 한 바퀴 돌고 후속으로 이륙하는 항공기를 편대별로 모이게 하여 임무지역으로 향한다.

항공기 속도는 항속거리와 체공시간을 늘려야 하기 때문에 최대체공속도로 비행을 한다. 목표물이 가까워지자 공격기는 자신의 임무지역으로 그리고 엄호기도 미리 정하여진 지역으로 기수를 돌린다.

해가 막 떠올랐으나 오늘은 상층운이 옅게 끼어 모든 항공기의 이륙 모습이나 비행하는 광경을 지상에서 적나라하게 볼 수 있다. 다른 항공기보다 20분 먼저 이륙한 제일 선두에 선 정찰항공기가 임무지역에 먼저 도착한다. 정찰기는 어제처럼 일본군의 행군 이동경로에 대하여 공중 정찰한다.

정찰기 6대는 총 4군데에서 조밀하게 행군하는 일본군 이동 36사단 병력을 발견한다. 정찰기는 일본군 각 연대병력에 대하여 제일 선두에서서 공격을 감행한다. 일본군이 식사를 한 뒤에 몇 킬로미터 정도 도보 행군하였을 때다. 일본군 장교들이 소리친다.

"적기다. 각자 엄폐물을 찾아 몸을 숨기고 피해라!"

일본군 대공포와 포탑 위에 올려진 자동기관총은 동시에 대응사격을 한다. 어제도 공격을 당하였기 때문에 오늘은 어제보다 신속하게 자리를 잡고 대응사격한다. 처음 공격하는 비행기 2대는 폭탄 한 발씩을 병사들이 숨어있는 부근에 떨어뜨린다. 그러고는 다시 하늘로 솟구친다.

"꽈광 꽈광" "꽈광 꽈광"

폭탄 터지는 소리가 계곡을 뒤흔들고 병사들의 고막을 찢어놓는다. 터지는 소리가 워낙 커서 진동파가 사람의 가슴까지 울렁거리게 만든다. 하늘로 치솟던 비행기가 또다시 내려온다. 이번에도 각기 두 발씩 4발을 투하한다. 일본군 병사들은 혼비백산 된다.

자신들은 숨었다고 생각하였는데 정확하게도 위치를 알고 교묘히 폭탄을 투하하고 있다. 일본군 수 명이 폭탄을 맞고 하늘로 날아올라가면서 산산조각이 난다. 항공기가 이번에는 기관총 소사를 한다.

"뚜 르르르 뚜루루룩 뚜르르 뚜르르"

꼭 박자를 맞추어 발사하는 것처럼 지상에는 기관총알의 흔적이 "파바바박" 소리가 나며 파인다. 두 대가 공격을 마치고 하늘 저편으로 사라지는 듯하여 한 고비를 넘는가 하였더니 또 다시 4대가 날아와서 공격을 감행한다. 이 항공기는 후속으로 발진한 공격항공기이다. 이번에는 4대가 방향도 없이 이곳저곳에서 풍차처럼 공격한다.

일본군 모두가 죽을 맛이다. 두 번째 공격부터는 대공포와 탱크를 집중 공격하고 폭탄을 정교하게 투하하여 이동 사격하는 대공포와 전차를 3대나 파괴해버린다.

국군이 도입하여 한국전쟁에서도 활약한 P-51 머스탱(무스탕) 항공기

그리고 기마병에 폭탄을 던져 말이 여러 두(頭) 그리고 병사들도 수 명이 직격탄에 사망한다. 4대의 비행기는 일본군이 그렇게 수없이 쏘아 대는 대공포에 한 대도 격추되지 않고 하늘 높이 올라가버린다. 그런데 그게 전부가 아니었다.

이어서 또다시 8대가 새롭게 나타나더니 완전히 일본군의 혼을 빼놓는다. 동서남북 방향도 없이 8방향에서 나타나 무장을 투하하고 기관총을 발사한다.

한편 일본 육군과 해상, 항공 전력은 제공권을 상실하였지만 중국군에 최후의 일격을 가하기 위하여 가용한 전 항공기를 출격 대기시키다가 중국 전투기가 출격하여 공격한다는 정보에 의하여 긴급 발진한다. 이 항공기들은 남경과 장사, 항주 등에서 이륙하였다.

중 · 일 전투기의 공중전

중국군이 제1파 공격을 마치고 제2파 공격을 하려 할 때 병사 한 명이 동남쪽 하늘에서 나타나는 수십 개의 점을 보았다. 최초로 본 그 사람은 중국 공군의 거침없고 끊임없는 공격에 낙담을 하고 우리 일본군은 언제나 저런 비행기가 와서 자신들을 보호해줄까 생각하고 있을 때였다.

그동안 지상군을 공격하던 중국군 공격기도 공격을 멈추고 상승하여 하늘 높이 올라간다. 이때 북과 남쪽에서 동시에 수십 대의 전투기가 동남쪽에서 접근하여 점점 커져가는 수십 개의 항공기에 다가가는 것이 보인다.

오늘은 아주 높이 상층운이 끼었기 때문에 모든 하늘에 떠 있는 비행기의 움직임을 잘 볼 수 있다. 동쪽에서 점으로 보였던 항공기는 일본 요격기이고 북쪽과 남쪽에서 날아온 항공기는 공격기를 엄호하는 공중전투초계를 하던 중국 엄호전투기이다.

일본군 사령부는 가용한 모든 비행기 50여 대를 모아서 최후의 반격을 하고 지상군을 엄호하도록 하였다. 이때 또 다시 서쪽에서 수십 대의 항공기가 합류하여 일본 항공기 쪽으로 정면 접근한다.

상공에서 공격 대기하고 있던 항공기는 모든 폭탄을 지상에 투하하여 항공기 무게를 줄이고 급기동할 수 있도록 날렵하게 몸을 만들면서 공중전 준비를 마친 후 접근한다. 한순간 양쪽 전투기가 뒤엉켜 붙는다. 갑자기 행군지역 상공에는 큰 구경거리가 생긴다.

그때까지 포효하였던 일본군의 대공포와 기관총도 사격을 멈추고 모두다 고개를 들어 하늘을 쳐다보고 장관을 구경하는 데 신이 나 있다.

지역주민들도 대량 전투기들의 공중전투 광경을 보느라 집밖으로 몰려나온다. 일본군 병사들도 이제는 전투기가 그들을 공격하지 않을 것으로 생각하고 아예 엄폐물에서 나와 하늘이 잘 보이는 높은 곳으로 몰려가 하늘을 올려다보며 구경한다.

그리고 지켜보는 모든 사람이 자국의 전투기가 싸워서 이기기를 바라고 있다.

태평양 전쟁에서 일본기와 공중전을 하는 광경을 보고 있는 미군 병사들

수십 대의 항공기가 서로 적을 격추시키려 무장발사 위치로 진입하려고 최대출력을 넣고 수직, 상승, 강하 그리고 눈알이 빠지고 목이 부러져라 조종간을 당겨서 최대 G force(중력가속도)를 가한다. 한참을 서로 빙빙 돌면서 엉키는가 하더니 기관총 소리가 천둥소리처럼 하늘에서 울려나오기 시작한다. 그리고 이어서 비행기가 추락한다.

검은 연기를 내며 사선으로 "애 앵" 추락음을 내며 떨어지는 비행기는 어느 나라 비행기일까? 모두다 눈이 뚫어져라 바라본다. 떨어지는 비행기는 욱일승천기가 그려진 제로 전투기이다.

일본 병사들의 눈은 모두 의심의 눈초리가 되며 휘둥그레진다.

"우리의 최정예 욱일승천기가 적기의 총알을 맞고 무참히 떨어져 산산조각이 나다니!" 모두 다 믿지 못할 상황이라 생각한다. 게다가 한 대가 아니다. 공중전투가 지속됨에 따라 10여 대가 떨어지는데 한 대만 청천백일기가 그려진 비행기이다. 누군가 소리친다.

"야! 저기 중국 놈 비행기가 떨어진다!"

모두가 그 방향을 향하여 고개를 돌리고 박수를 친다. 그런데 이 상황은 박수칠 때가 아니다. 수적으로 열세이고 성능상으로도 밀리는 전투기라서 공중전의 결과는 단 30여 분이 지나지 않아 판가름이 난다.

중국 청천백일기가 그려진 고축동 소령이 탄 P-51 편대군 18대는 북쪽 지역에서 전투초계비행을 하고 있었다. 레이더 관제소에서 무전으로 일본 항공기 다수가 동남쪽에서 접근한다는 경보방송을 듣는다.

관제소는 적기의 위치에 관하여 무선주파수를 통하여 맹목방송을 하고 있다.

"敵机(디지=적기), 110/100, 110/95, 110/90, 120/70 120/65"

적기가 대규모로 접근할 경우에는 일일이 한 대씩 적기의 정보를 제공하거나 관제할 수 없기 때문에 적 전체의 위치에 대하여 무선통신으로 알려주는 것이 맹목방송 관제이다. 조종사가 이것을 듣고 적기의 위치를 파악하여 육안으로 확인한 후 적을 공격하는 방식이 요격관제의 한 가지 방식이기도 하다.

18대 편대군기는 대형을 이루어 최대출력으로 증가시키면서 고도를 높이고 증속을 하여 에너지를 최고로 올린다. 요기의 대형은 이미 브리핑한 대로 새로운 편대대형을 이루고 있다. 드디어 전 편대가 일본 항공기를 발견하고 전투돌입 절차를 수행한다. 이제 방아쇠만 당기면 기관총에서 불을 뿜어낼 것이다.

또한 소령 염석산이 지휘하여 남쪽에서 전투초계를 하고 있던 18대의 항공기도 일본 항공기의 좌측방에서 접근한다. 그리고 일본 전투기 전방에서도 20여 대의 항공기가 일본 항공기를 향하여 접근하고 있다.

또 하나 지상공격을 마치고 돌아가던 항공기가 대형을 이루기 시작하였다. 10여 분이면 다시 전장으로 돌아와 공중전투에 합류할 것이다.

1차 공중전투는 고축동이 이끄는 18대와 염석산의 18대가 동시에 일본군의 양측방을 공격한다. 일본군의 전투기 50여 대가 양분되어 대응하기 시작한다.

고축동은 제일 앞 다음에 오는 일본 항공기를 겨냥하여 우측 하방으로 슬라이스(Slice turn: 일그러진 원형 강하선회) 선회 기동을 한다. 이때 좌측에 있던 요기는 슬라이스 선회 기동을 하는 장기의 후방을 방어해주기 위하여 오른쪽으로 서서히 급강하선회를 하면서 적요기를 확인해본다.

적요기는 장기의 후방을 방어해주느라 장기의 후방에 머물면서 고축동 소령의 장기를 향하여 열심히 급선회 하고 있다.

고축동 소령은 적 장기와의 접근이 되지 않고 사격위치 확보가 여의치 않자 장기의 후방에 있는 요기를 겨냥하여 기동한다. 몇 번의 연속된 기동에 의하여 고축동은 일본 요기의 후방에 진입한다. 연이어 기관총 1단계를 당기니 총열이 날개에서 튀어나왔고 2단계를 당기니 둔탁한 소리가 허공에 연속으로 소리파동을 만든다.

마침내 요기는 고축동 소령의 기관총탄에 연료 탱크를 맞고 검은 연기를 내뿜는다. 그리고 서서히 지면을 향하여 떨어지기 시작한다. 이때 고축동의 요기는 적 장기의 꽁무니를 물게 된다. 일본 항공기 장기는 중국 요기를 뒤꽁무니에서 떨어뜨리려 안간힘을 쓴고 있다.

이렇게 요기가 계속 압박하고 있는 가운데 고축동 소령이 외곽에서 내측으로 전환하면서 기관총을 발사한다. 결국 일본군 장기는 연기가 나지 않고 나선형으로 돌면서 추락한다. 아마도 항공기 조타 부분에 총알을 맞아 항공기 조종이 전혀 되지 않는 듯하다. 이 항공기는 거의 기수를 거꾸로 하여 수직으로 떨어져서 지상에 충돌하였고 기체는 산산조각 나면서 불이 붙는다.

오늘 고축동 소령이 사용한 전술은 지연추적(leg pursuit)이라는 기동으로 적기의 급기동이나 사격위치를 잘못 잡아 아주 가까이 많은 각도로 접근할 경우 적기의 선회 외측으로 회전 기동을 하여 사격 위치에 진입하는 기동이다. 고축동 소령의 항공기는 일본 항공기에 대하여 상방에 가까이 있었기 때문에 도저히 꼬리를 물고 기관총을 발사할 수 없다.

그는 후하방으로 기동하려고 일본 항공기가 선회하는 반대편으로 작은 회전을 재빨리 하여 선회 외측으로 나갔다가 다시 선회 내측으로 선도각(lead angle)을 만들어 무장을 발사한 것이다. 고축동 소령의 분대가 두 대의 적기를 떨어트렸을 때에 요기에게 위기의 순간이 다가온다.

고축동 소령이 적기에 대하여 사격을 가하고 있을 때 요기는 장기를 보호하기 위하여 장기 상방으로 고도를 취하여 머물고 있었다. 그런데 이 상황을 보고 있었던 다른 일본 항공기 2대가 요기의 꼬리를 물고 추격하고 있다.

요기는 일본 항공기를 떨어트리려 여러 가지 기동을 하였지만 집요한 일본 조종사는 끝까지 놓치지 않고 따라가고 있다. 기관총 사격 거리 밖이라 사격을 하지 못하고 있는 것이 그나마 다행이었다.

만약 일본 전투기의 총구 직경이 큰 기관총 한방을 맞게 된다면 기체가 크게 부서지거나 연료 탱크에 맞아 불이 붙거나, 조타면이 아주 망가져 조종을 할 수 없게 되고 수직으로 떨어지게 될 것이다.

이런 상황에서 조종사는 불시착을 시도할 수도 없다. 항공기를 더 이상 조종을 할 수 없기 때문이다. 기체는 땅에 부딪쳐 산산조각이 나거나 크게 불이 붙어 조종사는 생존이 불가능하게 된다. 요기는 뒤를 돌아보면서 급선회하였으나 좀처럼 일본기가 떨어지지 않고 항공기의 속도는 줄어들어 최후의 기동을 하기로 한다.

일명 급강하 나선회전(Dive spiral)이라는 기동으로 이 기동은 나사선과 같이 휘어져 급강하하는 기동으로 단순히 급강하를 하는 것이 아니라 동시에 급하게 선회를 하는 기동이다.

이 기동은 자신의 전투기가 적의 전투기에 비해서 더 빠른 선회력을 가지고 있을 때 사용할 수 있는 기동법이다. P-51항공기가 일본의 제로 전투기보다 선회력과 선회 강하율이 훨씬 우수하여 이 기동을 사용할 수 있다.

일본기가 무장을 발사하기 위하여 최대 중력가속도로 선회하여 자신의 측 후방으로 들어오게 될 때 빠르게 최대출력을 이용하여 하강 하면서 최대 운동에너지를 만들고 동시에 선회하면서 선회가 끝날 즈음에 뒤집힌 기체를 회전하여 바로잡는다.

선회 반경이 큰 일본기가 요기를 따라서 급선회 하였지만 요기의 항공기가 선회반경이 더 짧기 때문에 일본기가 오히려 앞으로 나가게 되었고 일본 항공기는 공세에서 오히려 수세의 위치가 된다. 이때 두 항공기의 직 상공에 있었던 고축동 소령이 원통형 회전공격(barrel roll attack)을 하여 일본 항공기의 후방으로 교묘히 들어가서 기관총을 발사한다.

그의 12.7밀리 5대의 기관총구에서 불을 뿜는다. 한 개의 총구에서 초당 20발이 발사되는 고성능 총이라서 1초 정도의 순간만 방아쇠를 당기면 100발의 총탄이 발사되어 탄막이 형성된다. 일본 항공기는 그 탄막에 걸려 불을 뿜고 거꾸로 처박힌다.

고축동이 구사한 기동은 적기와의 교차각이 크고 에너지가 많을 때 크게 둥근 원을 그리면서 속도를 고도로 바꾸면서 무장 발사 접근 위치까지 한 번에 다가가는 기동이었다.

백 이삼십 대가 어우러져 싸우는 광경은 한 편의 파노라마나 그림 같았다. 하늘에는 부지런히 곡선과 수직선을 그리며 움직이는 항공기, 추락하면서 검은 연기를 내는 항공기 그리고 기관총을 발사할 때 나오는 하얀 연기와 총알의 궤적을 조종사들에게 알려주는 붉은 빛의 예광탄이 아름답게 하늘을 수놓고 있다.

2차 대전 기간 중에 항공기 간의 공중전, 즉 공중전투기동은 어떠한 수단이나 방법을 사용하여서라도 적 항공기의 후방으로 기동하여 꼬리를 물고 기관총을 발사하는 과정이었다.

그래서 조종사들은 적의 꼬리를 무는 전술을 개발하고 연습하여 공중전에서 실제로 적용, 사용해서 에이스(Ace)라는 킬러 전문 조종사가 탄생하기도 하였다. 공중전에서 적기를 5대 이상 격추한 조종사를 에이스라고 한다.

이날 공중전에 참가한 지상 공격기들은 공중전투에 앞서 폭탄을 그냥 지상에 떨어뜨리고 사용 완료한 연료 보조 탱크를 투하하여 항공기 무게를 줄이고 날렵하게 만들어 기동을 자유자재로 할 수 있도록 하였다.

투하된 폭탄 즉 항공기에서 조종사가 스위치를 누르지 않고 그냥 떨어뜨린 폭탄은 지상에 떨어져도 폭발되지 않도록 만들어졌다.

항공기의 기관총알은 쇠로 탄창을 만들어 자동 이송되도록 만들어졌다. 연결된 총알에는 5발 중에 한발은 예광탄을 넣어 총알의 궤적을 조종사에게 육안으로 확인이 가능하도록 알려주게 고안되어 있다.

조종사는 예광탄의 방향을 보고 자신이 발사한 총알의 방향과 탄착점을 알고 이것을 수정하여 재발사함으로써 격추율을 높이는 것이다. 기관총을 발사할 때에 목표물이 급선회를 하면 발사된 총알은 중력가속도에 의하여 선회 반대방향으로 휘어져 나가 목표물에 적중하지 못한다.

따라서 휘어지는 만큼 선도하여 발사하여야만 한다. 그래서 적기를 격추하려면 더 많은 기동을 해야 하므로 항공기를 격추시킨다는 것은 그만큼 어려워진다.

일본군 군장기(총 지휘기)는 이런 상황을 목격하면서 자기도 위험하다고 판단하였다. 수적으로도 열세하지만 중국 조종사들이 이제까지 보지도 겪어보지도 않은 전술을 사용하는 것을 목격하자 전 조종사에게 전투지역 이탈을 명령한다. 갑자기 일본 항공기들이 급강하 하면서 기수를 동쪽으로 돌리고 최대 속도로 증속하여 도주하기 시작한다.

중국 비행기가 쫓아가기도 하지만 자신들도 전투를 최대 속도와 출력으로 벌였기 때문에 전투이탈 연료가 가까이 되었다. 항속거리와 체공

가능 시간이 줄어들자 더 이상 추격하지 않고 다음 출격을 위하여 기지로 돌아간다. 일본 전투기는 문득 나타났다 사라지는 홀현홀몰하면서도 20대 이상이 격추당하는 수모를 겪었다.

중국 항공기는 82대 중에 단지 6대만 격추되었고 다른 후방지역을 폭격하였던 22대는 단지 2대만 대공포에 의하여 피격되었을 뿐이다. 따라서 제3차 출격 대수는 고장 난 6대를 제외하고 91대가 다시 무장을 달고 재출동 한다. 제공권을 장악한 중국 항공기는 일본군 도보이동 부대에 대한 공중공격과 후방차단(후방의 주요 보급창고나 산업시설을 공격 차단) 작전을 강화할 수 있었다.

한편 일본군의 잔여 30여 대 항공기는 기지로 돌아와서 재출동 하면서 이번에는 중국 항공기와 공중전투 기동을 피하고 지상공격을 하는 중국 항공기에 대하여 요격하는 전술로 바꾸어버린다. 이날 하루 각기 3번을 출동하여 지상을 공격하는 중국 공격기가 공대지 공격을 마음대로 하지 못하게 견제요격(공격해 오는 대상을 기다리고 있다가 도중에서 맞받아침)을 시도하여 상당한 효과를 거두었다. 이 전투에서도 양국 전투기가 10여 대 격추되었다.

고축동 소령은 평안도 원산 인근 출신으로 일찍이 독립군으로 중국에 들어왔다. 장작림이 운영하는 비행학교를 졸업하고 장작림의 아들 장학량의 항공대 산하에서 조종사로 근무하였다.

그는 서안사건 이후 장개석 군대에 합류하였다. 조종사로서 조종능력이 뛰어나고 맹활약하여 전투 편대장과 항공기 수십 대를 지휘할 수 있는 지휘관이 되었다.

해방이 되어서 국공내전이 일어나자 어느 편에도 가담하기가 거북스러워 비행기 타기를 그만두고 개인자격으로 북한에 귀국한다. 북한에 들어온 그는 김일성을 도와 북한 공군 건설에 힘을 보태고 조종사 양성에 그 능력을 더하였다. 그는 6.25전쟁이 발발하자 YAK-9을 몰고 남한의 곳곳을 공습하였다.

하루해가 지고 일본 항공기들은 생존한 모든 항공기가 귀환하자 자체적으로 패인을 분석한다. 수적으로 열세인 것보다는 항공기 성능과 전술에 대한 난상토론을 벌인 결과 첫째, 공중전의 승리를 위해서는 현 제로 전투기보다 더 강력한 엔진을 가진 전투기 즉 P-51보다 성능이 더 좋은 항공기 개발이 선행되어야 한다.

둘째, 중국군이 오늘 실행한 공중전투 전술이 무엇인지 정보를 수집해달라고 요청한다.

셋째, 향후 일본기의 전술은 적 지상군에 대한 기습적인 공중공격만 수행하고 당분간 공중전투기동은 회피하기로 결론을 맺는다.

이후로 일본 전투기는 몇 번 중국 지상군에 대한 공격출격을 하였지만 공중엄호를 하고 있는 P-51보다 성능의 열세로 번번이 여러 대가 격추되고 출격 횟수도 현저히 감소된다.

중국군은 이후 일본군이 주둔한 비행장을 폭격하여 일본군 전투기는 여러 비행장에서 겨우 10여대 씩 발진하여 반격한다. 하지만 중국군의 계속적인 공격에 비행기 대수는 점점 감소하여 나중에는 반격도 제대로 하지 못하는 소수의 전력으로 전락한다.

조선 출신 병사들의 애통한 죽음

한편 일본 지상군 사단병력은 공중전이 끝나자 오늘은 더 이상 공격이 없을 것이라 생각하고 사체를 모아 현장에 매장하였다. 그리고 부상자는 임시 응급조치를 한 다음 행군을 계속하였다. 그런데 행군을 시작한 지 얼마 되지 않아 또 다시 비행기가 나타나서 공격을 한다. 일본 장교들은 실망하면서도 급히 대피명령을 내린다. 이번 공격은 이전보다 한결 더 치열하다.

일본군 전투기가 적을 견제해야 하지만 공중전에서 많은 항공기가 피해를 입어 더 이상 대규모로 출격할 엄두를 못 내고 있다. 중국 전투기들은 마음 놓고 일본군을 공격하게 된다. 일본 지상군 병사들도 실망이 매우 컸으나 이전보다 더욱 조심해야 한다고 생각하고 행동이 신속해진다. 대공포나 기관총 대응사격도 전보다 더 치열하다.

대공포는 3대가 한 조가 되어 엄폐물에 의지하면서도 가능한 한 가까이 붙어 화력을 최대한 집중시킨다. 그리고 탱크와 장갑차의 기관총도 이전의 사격대형보다 좀 더 집중된 탄막이 형성되게 만든다. 또한 개인 소총도 마냥 허공에만 쏘는 것이 아니고 중대별로 지역을 설정하여 총알이 흩어지지 않게 한다.

중국 청천백일기는 무게가 근 1,000킬로그램이나 나가는 폭탄을 간간이 투하한다. 1,000킬로그램의 큰 폭탄은 너비 10미터, 깊이 2미터 정도의 깊은 폭파구를 형성하면서 폭발력으로 인마를 살상하는 무시무시한 폭탄이다.

이런 폭탄이 주변에서 터질 때에는 파편의 영향을 받지 않았다고 하여도 폭발음에 고막이 파열되기도 한다.

항공기 한 대가 기수를 내리고 강하하면서 일본 병사들이 있는 곳을 향하여 돌진한다. 모든 지상의 총구가 그 비행기를 향하고 일제히 같은 시간에 총을 발사한다. 항공기는 일정한 고도에서 폭탄을 던지고 하늘로 치솟는다. 그런데 상승하는 한 비행기에서 검은 연기가 솟아나오기 시작한다. 항공기의 연료 탱크에 총탄을 맞아 불이 붙은 것이다. 항공기는 서서히 긴 꼬리를 드리우며 산 너머로 사라져간다. 일본 병사들 모두가 환호한다.

공중에 떠서 지상군을 공포로 몰아넣은 적 항공기를 기적같이 맞추어 격추시킬 수 있다는 사실에 모두가 자신감을 가지고 패배의식에서 어나 전투력이 되살아나고 있다. 그러나 한두 대를 격추시켰다고 전세가 역전되는 것은 아니다. 계속 한 편대가 공격하고 떠나면 후속 편대가 진입하여 공격을 한다. 일본군은 막대한 피해를 입게 된다.

전 사단이 자그마한 계곡이나 개활지에 갇혀서 꼼짝 없이 당한다. 이때 서남쪽 하늘에 일본군 전투기가 다시 나타났으며 중국 항공기는 지상 공격을 멈추고 고도를 상승하였고 또다시 공중전이 시작되는가 하였더니 일본기가 갑자기 기수를 남으로 돌려 도주해버린다.

일본 항공기는 중국 전투기를 공격할 것 같이 가장하여 중국 전투기가 무장을 버리고 공중전투를 준비하게 만들어 지상군에 대한 공격을 지연 혹은 방해한다. 일본 항공기는 중국 전투기의 공격 목적을 감소시키려는 교묘한 기만전술을 수행한 후 최대 속도로 전투지역을 이탈해버린 것이다. 중국 전투기는 계속 추적도 할 수 없어 해가 아직 조금 남아 있지만 지상군에 대한 공격을 멈추고 허탈하게 귀환한다.

이때까지 중국 공군은 계획된 4파까지 공격을 모두 끝마쳤으며 총 공격횟수는 예상보다 훨씬 많아서 일본군의 발을 완전히 묶어버린다.

일본군 연대장과 사단 지휘부는 공습이 끝나자 속히 부상자를 치료하고 전사자를 파악하도록 한다. 많은 사상자가 발생하였다. 오늘 공격으로 방공포 12기중 6개 포대가 직격탄에 완전히 파괴되었으며 탱크와 장갑차가 각기 5대, 기타 차량은 절반이 직격탄이나 간접탄을 맞아 더 이상 움직일 수 없게 되었다. 그런데 인원파악을 하고 부상자를 보니 윤형진이 부상자 명단에 포함되어 있다.

천영화는 사실관계 확인을 위하여 부상자를 실은 트럭에 가본다. 모르핀 주사를 한 대 맞고 누워 있는 윤형진을 바라보고 뭔가 말해보려 하였다. 하지만 위생병이 손으로 입을 가리키면서 아무 말도 하지 말라고 하여 얼굴만 보고 나오며 위생병에게 그가 어떻게 어느 정도 부상을 입었느냐고 물어보았다. 위생병은 몇 미터 옆에 서 있는 일본 병사를 가리키며 그에게 물어보라고 한다.

그는 윤형진과 한 팀으로 묶인 멤버였다. 천영화가 그에게 물어본즉 그는 운이 나쁘게도 기관총 한 발이 오른쪽 허벅지를 관통하여 넓적다리뼈가 으스러져버렸다는 것이다. 주변에 있던 병사들이 얼른 지압하였지만 상처가 너무 커서 지혈이 되지 않았다. 천으로 부상부위를 강하게 압박하고 감싸보았지만 피를 너무 많이 흘려 의식이 약해졌다는 것이다. 야전병원도 없고 응급시설도 마땅하지 않은 상황에서 그렇게 중한 환자에 대한 치료는 기대할 수 없었다.

단지 지혈에 이어 양귀비로 만든 모르핀을 놓아주어 고통을 줄여주는 수준의 의료지원밖에 되지 않는다. 일본군 병사에 의하면 총알이 허벅지를 관통하였는데 처음 총알을 맞은 부분은 단순한 상처밖에 없었다. 그러나 관통한 뒷부분에는 두 손바닥을 겹쳐서 놓은 것처럼 큰 구멍이 생겼으며 뼈가 완전히 부러지고 뭉그러져서 그 밑 부분은 만약 살아난다고 하여도 쓰지 못하고 잘라내야 한단다.

중국 항공기에서 발사된 12.7밀리의 총알은 이처럼 엄청난 에너지를 가지고 있다. 만약 윤형진이 소총을 맞았다고 한다면 총알이 뼈에만 박혀 있을 가능성이 크고 뼈를 관통하더라고 그렇게 뭉그러트리지는 못할 것이다. 권총과 소총의 굵기가 6밀리 그리고 무게가 4배 차이라고 가정할 때 12.7밀리의 총알은 6밀리 총알보다 16배 이상의 에너지를 가지게 되어 그처럼 뼈가 으스러지게 되는 것이다.

더구나 항공기의 기관총 발사속도는 더욱 빠르고 위력이 크기 때문에 윤형진은 참으로 운이 없는 사람이 되어버렸다. 윤형진은 끝내 말 한마디 못하고 유명을 달리한다. 피를 너무 많이 흘려서 서서히 죽어간 것이다. 조선 출신 병사들은 모두 모여 그를 위하여 묵념과 기도를 해주고 고이 묻어주는 것만이 그들이 할 수 있는 최대의 예의였다.

그런데 또 하나 비극적인 일이 생겼다. 서울 출신 상병 이성천이 중국군의 공중공격 시 투하한 1,000킬로그램 폭탄의 파편에 맞아 비명횡사를 한 것이다. 아! 참으로 억울한 일이었다. 자의적인 전쟁 참여도 아니고 강제로 끌려와 무엇을 위하여 누구를 위하여 총을 쏘았는지 그리고 싸웠는지?

또한 왜 엉뚱한 제4자는 제3자가 생산하고 던진 폭탄에 의하여 최후를 맞이하게 되었는지! 누구를 위한 전쟁이었는지 생각할수록 분통이 터지고 애절한 일이다. 모든 일을 뒤처리하고 끝내니 아직도 약간의 해가 남아 있다.

일본 지휘부는 이곳에서 머무는 것보다는 좀 더 도보행군을 하여 오늘의 목표지역에 도달하는 것이 좋을 것 같아 계속 행군을 명한다. 도보로 이동하기 전 우마차를 점검하니 거의 절반의 중국인이 도망갔거나 일부는 공중공격에 목숨을 잃었다. 그래서 우마차를 끌고 가는 마부가 모자라서 그냥 농부 출신이면 아무나 말과 소를 몰도록 하였다.

아무래도 병사보다 농부가 나을 것이라고 생각하였기 때문이다.

그런데 좀 더 큰 문제는 우마차 중에 여러 대가 전혀 가려고 하지 않는다. 말과 소가 공중공격에 충격을 받고 놀라서 사람 말을 들으려 하지 않는다. 소는 입가에 하얀 거품을 내어물고 제자리에 주저앉아 버린다.

또한, 말도 더 이상 앞으로 가지 않으려고 두 발을 높이 쳐들고 히이힝－힝 소리치며 제자리에서 헛걸음질만 한다.

이때 한 농부가 흥분한 소와 말을 자신이 진정시키겠다고 자원한다. 검은 얼굴에 깊은 주름이 몇 개 이마에 잡힌 중장년의 사람으로, 그는 우선 소의 등에 얹혀 있는 수레의 끈을 풀어버리고 멍에를 벗긴 채 수레로부터 소를 편안하게 분리한다.

담배 두어 대 피울 시간이 지나자 소 앞으로 다가가 소의 쌍꺼풀 진 큰 눈과 그의 눈을 맞춘 상태에서 소의 머리를 쓰다듬어주며 무어라 주문을 외우듯 소와 대화한다.

약간의 휴식 시간을 소에게 준 그가 소고삐를 잡고 이제 그만 일어나자고 하며 소를 일으켜 세우자 신통하게도 주저앉아 있던 소가 벌떡 일어난다. 노련한 농부는 다른 농부에게 소고삐를 인계해주며 가볍게 주변을 산책하듯 배회해보라고 한다.

농부가 소고삐를 잡고 천천히 이동하자 소도 그를 따라간다. 이것을 본 일본 병사들이 그 농부를 중심으로 몰려들어 신기하다는 듯 농부의 다음 행동을 지켜본다.

농부는 이번에는 주저앉아 있는 말에게 다가가더니 역시 수레와 말의 굴레 그리고 안장을 벗기고 말을 편안히 쉬게 한다. 그는 말 앞으로 가더니 말고삐를 잡고 아까 소에게 하듯이 같은 행동을 한다.

이번에도 신통하게 말은 고개를 푹 숙이고 앞발만 가볍게 들어다 올렸다 한다.

농부는 손수 말을 끌고 이곳저곳으로 가볍게 돌아다니니 말은 조용히 아무 거부반응 없이 따라 다닌다. 그러고는 모든 수레에서 약간의 짐을 내려 전보다 가볍게 하고 내린 짐은 트럭에 더 높이 산처럼 쌓는다. 이번에는 말을 이전에 끌던 수레에 다시 매어 약간 끄니 말은 순순히 따라간다.

구경하던 병사들 모두 박수를 치며 이런 상황을 연대장에게 보고하니 연대장은 농부에게 특전을 주기로 한다.

이번 작전종료 후 징용에서 해제하여 집에 가도록 허락하겠으며 집에 갈 때는 그의 말을 잘 들은 소와 말을 가져가도 좋다고 하였다. 만약 이런 농부가 없었다면 일본군은 당연히 마소를 현장에서 사살하였을 것이다.

해가 넘어가자 연대장은 사단장과 무전으로 연락하여 내일부터 주간에는 행군하지 않고 야간에 도보이동 하기로 한다. 사단장은 연대장들의 보고와 조언을 수용하여 내일부터는 야간에만 행군을 하고 낮에는 휴식을 취하도록 지시를 내렸다.

오늘 밤은 식사 후 한두 시간만 야간 행군을 하고 내일 새벽 3시에 기상하여 아침 해가 뜰 때까지 다시 행군하는 것으로 계획한다. 그리고 해가 뜰 즈음에는 숲 깊은 곳에 숨어 적이 발견하지 못하게 할 예정이다.

조선 출신 병사들의 탈출

-일본군 진영을 떠나다-

일본군 사단은 저녁밥을 해먹고 주먹밥을 만들어놓은 다음 다시 행군을 시작한다. 계획대로 주간에는 수풀 속에 숨어 휴식을 취한 후에 밤에는 본격적으로 행군을 하려는 계획이다. 그렇다면 일본군 진영을 탈영하려면 오늘밖에 기회가 없다고 판단한다.

탈영을 하려는 4명 김장진, 박한설, 이세찬, 조영호는 식사를 하면서 건곤일척의 심정으로 사전계획을 세우고 약속한다. 마침 오늘 밤 11시부터 1시까지 이세찬이 초병을 서도록 되어 있다. 네 사람은 밤 12시 30분에 미리 알아놓은 야영지 부근의 작은 사당에 모이기로 한다.

밤이 깊어지자 다닥다닥 붙은 개인 텐트 안에서는 코고는 소리가 들려오기 시작한다. 탈출 예정 병사들은 처음에는 잠이 오지 않아 엎치락뒤치락 한다. 조영호는 한두 시간만 누웠다가 다시 일어나야 하므로 누워서 시간이 빨리 가기만을 기다린다. 상당한 시간이 흘렀으리라 생각하고 시계를 보면 겨우 30분밖에 지나지 않았다.

이러한 것을 일각여삼추라 하던가! 이대로 깜빡 잠이 들어 시간이 지나면 큰일이다. 일본군 기상시간도 새벽 3시이기 때문에 한번 잠이 들었다 하면 그때까지 못 일어날 수도 있을 것이다. 그런데 문득 자신도 모르게 피곤한 몸이 눈꺼풀을 이기지 못하였다. 깜짝 놀라 얼른 시간을 확인하여 보니 밤 12시가 지나고 있다.

잠 때문에 모든 걸 망칠 뻔하였다고 생각하며 짐을 정돈한다. 물론 개인 텐트는 그대로 놓아두어야지 기상 이후 점호시간까지 탈출한 것을 알지 못할 것이다. 소리가 나지 않게 짐을 정리하고 나서 조영호는 텐트 사이를 슬며시 기다시피 조용히 빠져나와 이세찬이 초병을 서고 있는 방향으로 간다. 오늘은 그믐을 지나 초승달이 있는 날이다. 달이 커지기 전 여인의 눈썹 같이 가는 형태로 달빛은 비록 약하였지만 20~30미터 앞의 물체는 형체를 알아볼 수 있고 멀리 산들의 윤곽이 희미하게 눈에 들어온다.

이세찬은 보초를 서면서 병사들의 텐트가 쳐져 있는 지역에서 한사람이 다가오는 것을 본다. 그는 조영호에게 다가가 아무 소리도 하지 말고 따라오라는 신호를 하며 앞장서서 두 사람이 있는 사당까지 발걸음을 빨리하여 걸어간다. 몇 분을 가니 사당 비석 뒤에 숨어 있던 김장진, 박한설이 나와서 두 사람을 맞이하고 네 사람은 합류하여 미리 계획하였던 방향으로 급히 뛰어가듯 속보로 이탈한다.

네 사람은 지금까지 연대가 행군하였던 방향과는 달리 90도를 돌려 서쪽으로 방향을 잡고 나아간다. 서쪽 방향에는 큰 산들이 가로막혀 있다. 이들이 탈출을 강행하는 지역에 있는 높은 산들은 대별산맥에 인접해 있고, 정식 명칭은 없지만 섬서성, 산서성, 하남성, 호북성, 사천성, 중경시 일대에 고원처럼 자리 잡고 있다.

이 산들의 높이는 대략 400~1,700미터로 일종의 고원지대를 형성하고 있다. 이 고원지대를 넘어야 비로소 북서방향으로 서안이 있고 남서쪽에는 중경과 청도가 나온다. 그리고 이들이 속하였던 36사단이 이동할 최종지역 양양시에는 큰 지류가 있는데, 이 지류는 양자강의 북쪽 지류가 되어 양자강에 합류한다.

또한 탈영자들이 지금 향하는 섬서성 남쪽 지역의 고원지대에서 흘러내리는 물줄기도 양자강의 한 지류를 이루고 있다. 티베트 서쪽 고원에서 발원한 물길이 굽이굽이 흘러 청도와 중경을 통과하여 무한과 남경을 거처 이곳의 지류와 합류하여 상해를 거쳐 흐르다가 서해로 나가는 유수의 강이 양자강이다.

네 명의 탈영자들은 이미 여러 정보를 수집하여 양자강의 중류 서쪽 지역이 일본군에 함락되어 있어 만약 중경으로 가기 위하여 남서쪽으로 간다면 일본군 점령지역에 들어가기 때문에 고원지대를 가로질러 횡단하다가 남쪽 방향으로 가기로 한다.

일본군 사단 이동과 탈출방향

사실 그들은 중국에 대하여 아는 것이 별로 없었다. 안다고 해야 기껏 군에 끌려와서 얻어 들은 것밖에 없다. 특히 중국 내의 산이나 지형 그리고 어떠한 사람이 그 지역에 살고 있는지, 말은 통하는지, 그들이 우호적인지 등 전혀 알 수 없는 생면부지의 땅이었다. 따라서 그들이 일단 일본군 병영을 벗어나기는 하였지만 앞으로 벌어질 자신들의 운명을 전혀 예견할 수 없었다.

다만 그들은 지긋지긋한 일본 놈들하고 떨어져 어떤 간섭도 받지 않고 자유롭게 행동할 수 있어 좋았다. 그들은 말없이 어둠 속에서 부지런히 발걸음을 내딛는다. 두 시간 정도 걸어가니 야산과 개활지가 이어졌다가 점점 개활지는 줄어든다. 야산이 많아지면서 아득한 산들이 첩첩 중첩되어 산수화 속의 산처럼 희미한 달빛에 드러난다. 어둠 속에 가까이 있는 것만 식별이 가능할 뿐 멀리 있는 것은 형체만 인식되고 산등성이나 봉우리의 실루엣만 보인다.

그들은 산과 산 사이 계곡으로 계속 나아간다. 길이 나오면 길을 타고 가다가 길이 다른 방향으로 이어지거나 사라지면 다시 계곡을 따라 점점 깊은 산으로 들어간다. 인가가 보이면 일부러 먼 길을 걸어 돌아서 간다. 이렇게 쉬지 않고 4시간을 계속 속보로 걸어갔다. 주변은 아직도 깜깜하였으나 용의주도하게 일본군 병영을 벗어나서 그런지 일본군이 자신들을 추적하는 기미는 보이지 않는다.

한편 일본군 진영에서는 초병이 보이지 않자 없어졌다고 보고한다. 당직 사관과 하사가 나와서 사태를 확인하였지만 별다른 대책이 없다. 초병이 혹시나 살해당했거나 잠시 화장실을 갔는지 여러 초병을 동원하여 찾아보았지만 전혀 행방을 찾을 수 없다. 당직 장교는 문득 탈영을 염두에 두고 그렇다면 더 이상 수색하거나 찾을 필요가 없다고 판단한다.

그는 즉시 당직 총사령인 중좌에게 상황을 보고한다. 새벽 3시가 되어 전 병사를 기상시키고 도보 이동준비 전에 각 제대별로 점호를 하도록 한다. 점호를 실시한 결과 초병을 포함한 총 4명이 행방불명되었다.

당직 사령은 연대장에게 보고하였고 연대장은 조선 출신 병사 4명의 탈영에 대하여 일절 입 다물 것을 엄명한다. 만약 일본군 병사가 이 사실을 알게 되면 연일 계속되는 적기의 공습과 있을지도 모를 지상군과의 전투에 진저리치고 겁먹은 병사가 탈영할 가능성이 있기 때문이다.

그리고 이런 일을 계기로 일본군 병사들이 조선 출신 병사들에 대하여 일종의 보이지 않는 적개심과 비하심리가 더욱 높아지면 자중지란이 일어날 가능성이 많아진다. 서로 총을 들고 있는 상황에서 자칫 반란으로 불거지면 군 사기와 통솔에 큰 문제점이 될 수 있기에 이번 일은 일어나지 않은 것으로 아예 없었던 일로 한다. 그리고 조선 출신 병사들에게도 압박을 가하지 말 것을 지휘계통에 엄명을 내린다.

모든 병사들에게 새벽 행군 명령이 내려진다. 오늘 행군은 해가 뜨기 전에 최대한도로 이동을 하고, 적기가 출현하는 일출 이후에는 우거진 수풀 속에 들어가 휴식을 취한다. 해지기 직전부터 밥을 지어 먹고 다시 짐을 꾸려 행군하도록 한다. 다행히 중국 농민들에게 농산물을 많이 징발하여 주식과 부식이 충분하였으므로 전투가 벌어지는 상황에서도 병사들이 굶지는 않게 되었다.

중국군 전투 정찰기는 해가 뜨자마자 여지없이 나타나서 행군을 하고 있음직한 지역을 낮게 정찰한다. 상황이 어제와는 다르다. 지금쯤 일어나 도보행군을 해야 할 일본군이 전혀 보이지 않고 흔적조차 찾을 수가 없다. 정찰기는 거의 한 시간이나 일본군 지역 상공을 빙빙 돌더니 되돌아간다. 일본 지상군은 철저히 수풀 속에 숨어 있다.

장갑차, 전차, 대공포, 트럭 등 눈에 직접 띄게 될 큰 물체는 숲이 빽빽한 곳으로 이동하여 숨겼다. 나뭇가지를 꺾고 덮어서 위장하여 공중에서 유심히 보더라도 확인이 불가능하게 만들었다. 병사들도 철모나 옷에 작은 나뭇가지를 꺾어 꽂아 위장하였고 큰 나무 밑에 숨어 수풀 밖으로 일절 나가지 못하게 하였다. 그리고 숲과 나무가 우거진 곳에 아예 텐트를 쳐서 잠을 자도록 하였다.

중국 정찰 항공기가 하루 종일 이따금씩 와서 확인정찰을 하였지만 일본군이 숨어 있는 곳을 알아내지는 못하여 이날의 공격은 제대로 이루어지지 않았다. 중국 공군 수뇌부가 그 원인을 분석한 결과 일본 군사들이 낮에는 수풀에 들어가 쉬고 저녁에만 행군을 한다는 사실을 간파한다. 그리하여 야간 공격 작전을 구상하기로 한다. 중국 지휘부는 한간(첩자)과 유격대로 하여금 적의 위치를 정확하게 파악하여 보고하도록 특별명령을 내린다.

한편, 네 명의 탈영자들은 조심조심 산길을 더듬어 간다. 아직도 이 지역은 일본군 점령지라서 사단이 이동하기는 하였지만 새로운 사단이 이미 접전지역의 경비를 담당하고 있기 때문에 특히 중국군과 전선을 접하고 있는 경계선 부분을 조심해서 통과해야 한다. 일본군은 전 전선에 걸쳐서 점조직 형태로 초소와 검문소를 운영하고 있다.

특히 마을과 마을이 연이어지는 큰길에는 어김없이 소대병력 정도의 이동 초소가 군데군데 산재해 있어 전초기지 역할을 하면서 검문소로 운영하고 있다. 그래서 탈영자들은 작은 길을 가다가도 큰길이 나오면 다시 샛길을 택하여 걸어간다.

얼마나 부지런히 걸었는지 가늠도 할 수 없을 정도가 되었을 때에 제일 앞장선 사람이 길가의 돌에 턱 걸터앉는다. 세 명도 배낭을 벗어 던지고 그것을 깔개로 하여 앉았고 모두 철모를 벗어서 옆에 던지듯이 땅에 놓는다.

"지금 몇 시쯤이나 되었냐?"

"시벽 5시네."

김장진이 시계를 꺼내보며 대답한다.

"그럼 우리가 거의 5시간을 줄곧 걸어온 거네?"

이세찬이 이마에 맺힌 땀을 훔쳐내며 말한다.

"그려! 그렇지? 그렇다면 우리가 일본군하고 얼마나 떨어졌을까? 우리가 얼마나 걸어서 온 것이여?"

박한설이 되묻는다.

"우리가 말이여 쉬지 않고 계속 걸어 왔응께로 산 지역을 감안혀서 한 시간에 십 리를 걸었다고 허면 거의 오십 리는 왔겄네!"

김장진이 자기 짐작을 말하며 군복 상의 맨 윗 단추 하나를 풀고 손으로 부채질한다. 박한설이 대답 겸 물어본다.

"그 정도면 일본군을 떨어뜨렸다고 할 수 있을까?"

"아니다 아이가! 고거 가지고는 어림도 읎제이! 내사마 앞으로 이백 리는 더 걸어야 되지 싶다 아니가?"

옆에 앉아 있던 조영호도 아직 멀었다고 대답한다.

"쪼께 있으면 해가 뜰 것 같은듸, 시방 여그가 어딘지 전혀 감이 잽히지 않네 않여! 깝깝허고만 잉!"

김장진은 자신들의 현 위치가 오리무중이라고 생각한다.

"야! 우리 이제부터 일본 놈 군인이 아닝게로 이 계급장 허고 부대표시를 다 떼어내 버리자."

김장진이 바늘로 꿰매어 단 계급장을 손으로 북 뜯어낸다.

"그래 그래! 이 복장 정말로 지겹다!"

네 사람은 호응하여 좌측 가슴과 오른쪽 어깨 그리고 모자에 부착된 일등병 계급장과 부대 표식을 뜯어낸다. 실로 견고하게 달았기 때문에 떼어내는 데 약간 시간이 걸렸지만 떼어낸 것을 땅바닥에 버리면서

"에이 썅!"

"이런 우라질 새끼들!"

욕을 하면서 군화로 비벼 돌려서 밟고 발을 들어 마구 쾅쾅 짓이겨 밟는다.

"헤이고! 온몸이 다 시원하네그려! 일본 놈의 계급장을 떼어내니 오장육부가 다 트림을 하네그려!"

"맞어! 그놈의 것 늘 껄쩍지근혔는듸 걍 시원허고만 시원혀 이-이!"

"내도 10년 묵은 체증이 쑤욱 넘어간 듯하다 아니가!"

다들 한마디씩 그동안 쌓였던 심리적인 억압감을 털어낸다.

"그런데 시방 여기가 어딘지 아는 사람 있냐?"

"니하고 똑같다 아니가. 우리 매한가지다"

"에-또 그러니깐두루 우리가 말이여! 우리가 머물렀던 곳에서 무작증 북서쪽으로 왔으니께는 뤄양(낙양)에서 난양(남양)으로 가는 길에서 한 사십 리 정도 찍어보면 알 것 같은듸 큰 지도밖에 없응게로 시방 우리가 있는 위치를 정확히 알기는 어렵고만 잉!"

김장진이 말하자 이세찬이 나름대로 안을 내놓는다.

"대략 뤄양 근처 어딘가에 있겄지! 이렇게 헤매다가 다시 뤄양으로 가게 되면 말짱 도루묵이 될지도 몰라! 날이 밝으면 마을에 가서 중경 가는 방향을 알아보더라고!"

"그기야 중경 가는 길을 물어보면 저쪽 우리가 온 방향을 갈켜 주겠지. 그렁게로 우리는 서쪽에 있는 산들을 넘어서 지름길로 가야 허고 중간에 목표지점을 잡아서 가더라고!"

김장진이 갈 길을 가늠하며 목표를 설정한다.

"맞다. 맞다! 장진이 말대로 우리가 중간 목표지점을 몇 개 잡아서 일본군이 없는 곳으로 가야 싶다 아니가!"

조영호와 두 사람도 좋은 생각이라고 동의한다.

"그럼 인가를 찾아서 날이 밝아올 때까지 싸목싸목 걸어가세!"

네 명의 탈영자는 잠시 휴식을 더 취한다. 적당히 쉰 후 다시 배낭을 메고 출발한다. 철모를 벗어던지고 무거운 군장을 없애 몸을 가볍게 하여 큰길을 타고 북서쪽 방향으로 길을 잡는다. 그렇게 한 시간여를 걸어가니 우측 뒤 방향으로부터 밝아오기 시작한다. 어둠이 걷히면서 걸어가고 있는 산야를 그제야 확실히 알 수 있게 된다. 그들은 낮은 야산에 있는 작은 시냇가 옆의 좁은 길을 걷고 있었다.

물이 있는 것으로 보아 마을이 곧 눈에 뜨일 것 같다. 아니나 다를까 얼마를 더 걸어가니 십여 가호의 집이 있다. 반가움에 달리듯 걸어서 마을 입구에 도착하였다. 생각하던 대로 작은 마을이었고 집들이 길 하나를 사이에 두고 좌우로 몇 가옥씩 연이어 있다.

마을이 작아서 혹은 겨울 아침이라서 그런지 사람이 전혀 보이지 않고 아침밥 짓는 연기도 볼 수가 없다.

"야 시간이 너무 이른 것이 아닐까? 사람 사는 기척이 없네."

"글씨 말이여 조금 이상하다!"

이세찬과 박한설이 이상하다고 고개를 갸웃거린다.

"안 있나! 지금은 때가 아닌갑다. 느그들 쪼께만 여그서 쉬고 있거레이 내사마 퍼뜩 갔다 올란다."

조영호가 혼자 간다고 하자 모두 따라 나서려 한다.

"야 야! 영호야 너 혼자 가서 무엇을 하겠다는 거여! 그러다 무슨 일 일어나면 어쩌려고 그려? 나랑 같이 가자."

"아따마 알겄다 알았다. 그럼 니랑 같이 갈꼬마!"

"너그들 둘은 여그에서 숨어 있다가 우리가 무슨 일이 일어나면 도망가라. 아니면 우리를 응원하든지."

이세찬과 박한설은 바윗돌 옆에 앉아 휴식을 취하면서 만약에 어떤 사태가 일어나면 대응할 준비를 하고 기다렸고 조영호와 김장진은 조심스럽게 마을로 들어갔다. 두 사람은 첫 번째 허름한 집으로 가보았다. 대문 한 짝이 떨어져 있고 나머지 한 짝은 휑하니 열려 있다. 방문은 굳게 닫혀있어 가볍게 문을 두드리며 점잖게 조용히 부른다.

"여보세요. 여보세요?"

아무런 대답도 없고 사람도 나오지 않는다. 김장진이 다시 한 번 두드리며 불러보지만 역시 대답이 없어 방문을 살짝 열어본다. 안에서도 인기척이 없어 집안으로 들어가 본다. 응접실로 사용되었으리라 생각되는 방은 물건들이 어지럽게 널려 있다. 다른 방을 살펴보니 사람이 살고 있지 않다.

실망한 두 사람은 다음 집에 가본다. 이 집도 마찬가지다. 두 집을 들어가 보니 다른 집들도 마찬가지일 거라 추측된다. 이 마을에 사람이 살고 있지 않다는 예감이 든다. 이곳까지 일본군의 무주지대 정책의 영향이 미친 것을 알게 되었다. 두 사람은 마을 입구에서 기다리는 두 사람에게 가서 살펴보았던 집들의 상황을 이야기하고 모두 함께 마을로 들어와서 차근차근 나머지 집들을 확인해본다.

몇 집을 확인해보았는데 생각한 대로 집안이 엉망이었고 아예 집의 일부가 헐리어버린 집도 있다. 제일 사람이 살고 있음직한 집 대문을 밀고 들어갔다. 그러면서 사람을 불러본다. 역시 대답이 없다.

"웨이 웨이 짜이찌아리 요메이요우런?" (여보세요. 여보세요. 집에 누구 있어요?)

몇 번을 불렀으나 대답이 없다가 문득 방문이 스르륵 열리면서 허리가 구부러진 노파가 지팡이를 짚고 나온다. 일행은 일면 놀라움 반, 반가움 반 그리고 실망감이 머릿속에 순간적으로 겹쳐 지나간다. 노파에 이어 이번에는 깡마르고 검고 깊은 주름이 파인 노인이 나와서 무슨 일이냐고 묻는 듯한 표정을 짓는다. 조영호가 간단히 인사한다.

"니하오 워먼 스 차오 시엔 런. 게이 워 빤 이 뚠" (우리 조선 사람입니다. 밥 한 그릇 얻어먹으러 왔습니다.)

서투르고 발음도 이상한 중국말에 무슨 뜻인지 얼른 못 알아듣는 노부부는 멍하니 서 있다. 그리고 물어보려는 듯 무슨 말을 하는데 알아듣지 못한다.

"니하오, 워먼 부스 르번쮠 워먼 스 차오시엔 런. 타이 으어러." (우리는 일본군이 아니라 조선 사람입니다. 배가 고파요.)

"메이요우 빤, 메이요우 빤." (밥 없어.)

노인네는 빠르게 중얼거렸다. 그리고 계속 무슨 말인가 하였지만 모두가 알아들을 수 없다. 그리고 네 사람의 옷과 총을 가리키며 아주 불쾌하다는 표정을 짓는다. 난처하였다. 이 상황을 어떻게 해야 할까, 우리의 사정을 어떤 방식으로 표현하고 알릴 수 있을까 생각하다가 이세찬이 배낭에서 종이와 연필을 꺼내 필담을 시도한다.

이세찬은 어릴 때부터 서당에 다녔고 중등학교 때도 한문에 관한 학과 특히 한시를 좋아하였기 때문에 한문에 대해서는 나름대로 자신 있었다. 이세찬이 다음과 같이 종이에 썼다.

"你好 我們 朝鮮人 不 日本軍 請給 飯"
(안녕하세요, 우리는 조선인이고 일본군이 아닙니다. 밥 좀 주세요.)
"我們 脫營 日本軍, 我 不好 日本人"
(우리들은 일본군에서 탈영을 하였고 일본인을 좋아하지 않아요.)

그는 쓴 글을 노인에게 보여준다. 노인은 글을 보더니 고개를 살래살래 흔들며 따라오라고 손짓하며 밥 짓는 부엌으로 들어간다. 그는 솥을 열어 아무것도 없는 것을 보여주고 부엌 한쪽 옆에 곡식을 넣어두는 항아리를 열어 보여준다. 항아리 안에는 아무것도 없고 거미줄만이 몇 가닥 하늘거리고 있다. 기막힌 현실이다.

이것은 일본군이 벌인 무주지대와 집가공작 그리고 삼광작전 때문이라는 것을 단박에 알 수 있었다. 몇 가호 되지 않는 집이라서 불태우지는 않았지만 이곳에서 살던 농부들은 다 쫓겨났고 이주를 거부하였던 몇 명은 일본도에 의하여 참수되었다.

이런 곳에 있는 집을 불태우지 않았던 또 다른 이유는 일본군들이 분대별로 순찰하고 경계를 설 때에 자신들의 숙소로 활용할 수 있어 군사상의 이익이 있기 때문이다.

네 사람은 노인들이 형편없는 밥 한 그릇도 제대로 먹을 수 없다는 것을 알고서 아침을 이 집에서 지어서 먹되 각자 두 홉씩 더 쌀을 내어서 밥을 하여 노인들에게도 주고 하루 먹을 주먹밥을 만들기로 한다.

오래간만에 이집의 굴뚝에서는 연기가 치솟는다. 그런데 사실 이렇게 연기를 뿜어 올리는 것은 접적지역에서 매우 위험하다. 하지만 이미 엎어진 물이라 생각하고 그냥 진행한다. 만약 근처에 일본군이 있어 이 것을 보았다면 큰 문제가 생길 수 있겠다는 것을 뒤늦게 인식한다. 그러나 별 문제없이 밥을 해서 먹을 수 있었고 노인들은 오랜만에 먹는 것인지 게걸스럽게도 먹는다.

이세찬이 두 노인을 바라보며 측은하다는 듯 말한다.

"야! 일본 놈들 참 미친놈들이야! 무엇을 위하여 왜 이렇게 전쟁을 일으켜서 다른 나라 무고한 백성을 이다지도 힘들게 만드는지 정말 알 수가 없네그려. 이 외진 산간까지 와서 죽이고 태우고 파괴하고..."

"글씨 말이여! 그 놈들의 태생이 워낙 침략적인 민족이라서 말이지. 내가 생각허기로 아무래도 그놈들이 거 뭐라고 헐까 못된 피가 뒤섞여서 그런가봐."

박한설이 일본인의 원초적인 문제에 대해 이야기하자

"피가 뒤섞였다는 것이 뭔 말이여?"

김장진이 피에 관하여 물었다.

"으-응 그놈들의 피는 완전히 잡탕이거든. 다른 민족과 다르게 여러 민족의 피가 섞여서 형성된 피라는 거야. 나는 그 잡탕 피가 돌연변이가 되어서 그렇게 전투적이고 남을 침략하여 지배하려는 습성이 강한 민족으로 된 것이 아닌가 생각하고 있지."

박한설이 답변하자 이세찬이 가세한다.

"맞다 맞어! 그들은 그것을 출병이라는 용어로 포장을 하고 있지만 삼국시대부터 우리나라뿐만 아니라 중국 그리고 주변의 나라를 끊임없이 침략하여 괴롭혔지. 역시 마찬가지로 약탈하고 부녀자들을 욕보이고 강제로 뺏어가고... 한마디로 미친 늑대의 습성이 뒤섞인 집단이라 말할 수가 있어!"

"글씨 말이여! 당하는 나라도 당하는 것이지만 순순히 당하지는 않을 거 아녀—어! 그 과정에서 지 나라 사람들도 얼마나 많이 희생이 되었겠어!"

김장진이 아무것도 모르고 못된 위정자에게 휩쓸려 부화뇌동하는 일본 민중들이 불쌍하다는 표정을 지으며 말한다.

"그렇겠지. 애매한 민중들만 피를 흘리고 말겠지. 과실은 소수의 우두머리 독재자들만 따먹고 말이야!"

박한설이 동의하자 이세찬이 설명을 곁들인다.

"그런되 일본 놈들은 이것을 교묘히 종교적인 신념으로 포장을 하여 민중을 현혹시키고 있다는 것이고 민중들은 병신들 같이 그 현혹에 혹해서 따라가고 있다네. 즉 신사를 참배하고 지들 왕을 신격화시켜서 왕에게 절을 하게 만들고 토속신앙을 교묘히 앞세우고 신풍(神風)이랄지 그 뭐 신(神)을 내세워 국민을 죽음의 전선에 끌어내고 있지. 혹세무민이라고나 할까!"

"그런되 말이여 그놈들 지독한 놈들 아니여! 그놈들이 임진왜란을 겪고도 반성은커녕 류큐국(오키나와)을 점령해버리고 청과 러시아와 전쟁을 해서 이기고 나서 1차 대전의 어수선한 과정에서 태평양의 여러 섬을 먹어치웠다네. 이어서 우리나라를 거저 싸움도 하지 않고 집어 삼키더니 다시 전쟁을 일으켜 만주, 중국 그리고 마침내 전 아시아 태평양 지역, 호주, 인도까지 침략하여 전쟁을 일으키니 일본 놈들 왜 이러는지 모르겠어!" 김장진이 말을 받자 박한설이 크게 웃으며 답한다.

"왜는 왜냐. 그들이 말하는 대동아공영권을 만들기 위해서라는데 허허허 허허허..."

"진짜 하하하 허허허다. 지들 아니면 이 지역을 다스릴 수 있는 잘난 민족이 없으니까 그렇지. 자기들이 최고로 잘난 민족이지. 허허허. 미친 개처럼 꼬리는 살짝 내리고 냄새를 슬슬 맡다가 별일 없는 것같이 가만히 있다 와락 달려들어 덜썩 물어버리지 허허허."

김장진이 개처럼 냄새를 맡고 이빨을 드러내며 무는 흉내를 낸다. 이 행동에 일행 모두 가볍게 웃는다.

"안 있나! 그것을 비하만 할 일이 아니다 아니가! 우리도 많이 반성해야 된다. 아닝교!"

조영호가 우리 자신도 책임 있다고 말하자

"그려 그려! 반성을 많이 해야 되겠지! 국론분열이 제일 문제지. 내가 생각하기도 이 중국도 청말(淸末)에 그놈의 군벌이 수십 개로 나누어져 서로 사리사욕을 채우려 군대를 사용하고 이용하면서 일본군에게 일심으로 단결하여 대응하지 못한 결과가 이렇게 일본에게 당하고 있는 것이지. 글씨 만주를 먹은 관동군이 초기에 2개 사단 정도 밖에 안 되었다는 거야."

이세찬이 맞받으며 반성론을 제기한다.

"좌우지간 우리가 왜놈이라고 그리고 쪽발이라고 멸시하던 놈들이 세계를 뒤흔들고 있는 것에 대해서는 우리가 반성해야 될 것이 참으로 많다는 사실은 누구든지 인정해야 될 걸세." 박한설이 남 이야기 하지 말고 우리들 자신이나 정신을 차려야 한다고 말한다.

네 사람은 일본군이 되어 만행을 저지르지는 않았지만 미안한 마음이 앞섰다. 네 사람은 각기 쌀 한줌을 내어 노부부에게 준다. 노인들은 극구 사양하였지만 이 쌀이라도 받아주어야 자신들의 마음이 편할 것 같아 계속 받아달라고 하고 나중에는 부엌에 그냥 놓고 나왔다.

네 명은 탈영 한 달 전부터 하루 매 끼니 때마다 밥 한 숟가락을 햇볕에 말렸다. 하루에 세 숟가락어치의 밥을 말려 모으니 거의 열흘이나 먹을 정도로 식량이 만들어졌다. 밥을 말린 것은 마치 찐쌀처럼 오히려 맛도 좋았고 이미 밥이 되었기 때문에 그냥 입에 넣어 오물오물 씹어 먹어도 한 끼를 충분히 해결할 수 있었다. 도피기간 중 밥을 할 수 없을 때 비상식량으로는 최고라 생각한다.

여기에 일본군이 행군 시 먹을 8일치의 쌀을 별도로 주었으니 먹을 쌀은 걱정하지 않아도 된다. 식사가 끝나면서 그들은 노부부에게 중경을 가려면 어떻게 가느냐고 손짓발짓을 다하여 묻는다.

노부부는 단순히 서쪽에 있는 수십 개의 산을 넘어가야 한다는 말만 하였지 자세한 길은 가르쳐주지 않는다. 사실 그 노부부는 이곳의 토박이로 멀리 여행을 다녀본 사람들이 아니었다. 대대로 마을과 농토를 지키면서 살아온 토박이들이었다. 그러니 자기들로서는 말로만 들어본 먼 지방의 도시를 정확하게 알려줄 수 없었다. 그들은 마을을 떠나기 전 혹시 이 근방에 일본군이 주둔하고 있는지 물어보았다.

"짜이날 요우 르번쥔?" (일본군 어디 있느냐?)

일본군이란 말에 노인은 땅바닥에 그림을 그려서 근방에 있는 일본군 초소를 그려주면서 뭔가 열심히 말한다. 노인들의 말을 대충 풀어보면 중국 거리로 10리(약 7킬로미터)는 떨어져 있는 곳에 초소가 있고 그 초소 북쪽과 서쪽에 연이어 일본군 초소가 있다는 것이다. 이것은 중요한 정보로서 그들은 대략적인 위치를 머릿속에 그려 집어넣는다. 네 사람은 밤새도록 걸어서 극도로 피곤하였다.

그래서 그중에서 가장 크고 깨끗하다고 생각되는 집에서 오전에 자고 오후에 가기로 하였다. 노인들에게는 잘 집을 가리키며 두 손을 포개서 얼굴에 대고 말하였다.

"睡眠"(수면)

"잔다"라는 말을 한자어로 대충 알고 그 단어의 말을 약간 꼬면서 발음을 "쉬멘"이라고 말하자 그 부부는 바로 알아들었고 어서 가서 자라고 손짓한다. 일행은 3시간 정도 단잠을 잤다. 겨울이라 집안이 싸늘하였지만 방한복을 입고 있어 춥지는 않다.

그들은 아까 노부부에게서 들은 일본군의 초소를 피하여 서쪽으로 발걸음을 옮긴다. 막상 발길을 떼었지만 이산이 저산 같고 저산이 이산 같아 계속 가면서 방향을 잡기로 한다.

그들이 현재 헤매고 있는 곳은 낙양 남남서쪽 100킬로미터 지점으로 서쪽으로 가면 섬서성이 나오고 계속 서서북쪽 방향으로 가면 서안이 나오는데, 서안은 일본군이 점령하려고 계속 압박을 가하고 있는 도시로 주변은 이미 일본군이 점령하고 있어 그 쪽 방향으로 가는 것은 위험하였다.

야산을 두어 개 넘고 큰 산을 한 개 넘으니 해가 뚝 떨어진다. 겨울철이라 잡초가 무성하지 않고 넝쿨이 우거져 있지 않아 산을 타는 데는 크게 힘들지 않다. 그들은 방향을 잡는 데 태릉 훈련소에서 시계를 이용한 독도법을 배워서 아주 유용하다. 시계는 시침이 있어야 하고 시침을 태양 방향으로 놓고 보면 시계의 12시와 해 방향과의 각도 절반이 남쪽을 가리키는 것이다. 밤을 보내기 위해서 제일 좋은 곳은 역시 동굴이지만 동굴을 발견할 수 없어 바위가 비교적 많은 곳을 찾는다.

마침 큰 바위가 몇 개 서 있고 그중 하나의 바위가 많이 경사져 있어 서리와 이슬을 막아줄 수가 있을 것 같았다. 부근의 나뭇잎을 긁어모아 푹신하게 만들고 아침에 만든 주먹밥을 먹고 자리에 눕는다.

하늘에는 별이 수를 놓기 시작한다. 초승달은 아직 떠오르지 않아서 깜빡 어두워지는 밤에 별들이 하나둘씩 나타나기 시작한다. 네 사람은 피곤함에 언제 잠이 들었는지 모르게 새벽을 맞이한다. 먼동이 트기 시작한다. 네 사람은 일제히 말린 밥을 꺼내어 수통의 물과 함께 씹는다. 이 지역에 일본군의 초소가 간간이 있어 밥을 한다고 불을 피우다가는 발각되기 쉽다.

식사를 마치고 서쪽을 향하여 산봉우리를 내려갔다. 산이 깊어서 중간 봉우리 하나를 넘자 또 다시 큰 봉우리가 앞을 막는다. 열심히 산을 넘어 다음 봉우리로 넘어가니 저 멀리 아득하게 계곡이 눈에 들어온다. 그런데 계곡 사이로 누런 먼지를 피우면서 달리는 차량이 여러 대 눈에 들어온다. 먼지 때문에 차량의 형태를 완전히 알 수는 없지만 과감히 달리는 것으로 볼 때에 트럭으로 추정된다.

아직도 일본군의 점령지 안이라면 저 차는 일본군의 작전차량이라고 생각된다. 트럭은 구불구불 거리는 산길을 따라 잘도 달리고 있다. 왜 트럭 몇 대가 이 외진 산길을 가고 있을까 생각해본다. 그들의 상식으로는 초소 간의 연락이라고만 생각된다. 즉 한 경비대대 안의 초소에 대한 근무 교대 및 보급이나 기타 연락 업무를 하고 있는 것으로 생각된다.

그렇다면 이 주변에 일본군의 초소가 있고 경비본부가 있다는 판단이 선다. 따라서 주의 깊게 살피면서 산을 타야 한다고 생각한다. 그리고 이곳에 일본군이 있다면 저 앞에 있는 산을 몇 개만 넘으면 중국군이 있는 지역이라고 생각된다. 그들은 조심조심 나무가 우거지고 잡초가 길게 자라 뼈대만 남은 지역을 헤치며 나아간다.

나무와 잡초 때문에 전방 30미터 앞을 내다보기도 어려웠다. 그런데 한 방향으로 나가니 작은 오솔길이 나 있다. 탈영자들은 순간 멈추어 서며 왜 이곳에 작은 길이 나 있는지, 아무래도 이 지역이 위험구역이라고 생각하며 더 이상 내려가지는 않고 방향을 수평으로 잡고 서서히 나아간다. 그런데 이것이 상황을 더 꼬이게 만들었다. 갑자기 일본말로 된 외침이 들려온다.

"쓰이카? 누후쿠나테와게로!" (누구냐? 꼼짝 마, 손들어!)

깜짝 놀란 네 사람은 혼불부신이 되어 소리가 난 반대방향으로 무작정 뛴다. 이어서 서라는 일본말이 나온다.

"도마루, 도마루!" (서라, 서라!)

그러더니 기관총과 소총이 작렬한다.

"타타타타타…타앙. 탕 탕 탕 탕"

네 사람은 놀라서 기겁하며 각기 두 방향으로 나누어 달리기 시작한다. 내려올 때는 제일 앞장섰고 도주할 때는 제일 뒤에 있게 된 강원도 원주 출신 박한설이 다리를 절룩거리더니 한쪽 발로 몸을 간신히 지탱하면서 질질 끌며 걷는다. 일본군의 사격에 재수 없게 한 발이 스쳐 지나간 것 같다. 이세찬은 박한설을 부축하여 걷는다. 일본군은 위장된 초소에서 튀어나와 즉시 그들을 추격한다. 절룩거리고 부축 받으며 걷는 두 사람을 발견하고는 총을 쏘며 접근하면서 또 다시 소리친다.

"도마루 도마루!" 두 사람은 일본군 목소리가 바로 뒤까지 따라온 것을 느끼고는 바위가 있고 나무가 무성한 곳으로 피하여 엎드려 응사한다. 일대 총격전이 벌어진다. 박한설은 총격전을 벌이면서도 상처를 살펴보았다. 총알이 왼쪽 종아리를 스쳐 지나가면서 인대를 두어 개 끊어놓은 것 같다.

관통하지는 않았지만 제법 큰 상처가 나서 힘을 주는 데 영향이 있어 제대로 걷지 못할 것 같다. 그런데 이미 일본군은 사방을 포위하였다.

박한설은 비스듬히 앉아서 이세찬에게 조용히 말한다.

"야 세찬아! 너 이 상처를 보아라. 내가 판단하기로는 이 상처를 가지고 여기서 더 이상 걷고 뛰기는 힘들 것 같구나. 그러니까 너는 나를 그냥 이곳에 내버려두고 빨리 영호와 장진이를 찾아서 가거라. 내가 이곳에서 계속 맹렬히 저항을 계속할 테니 너는 기회 있을 때 일본 놈들이 멈칫할 때 빠져 나가라." 그러자 이세찬은 완강하게 반대한다.

"너를 놔두고 갈 순 없어. 죽어도 여기서 같이 죽자!"

그는 계속 응사한다. 그러나 이 사이에 일본군 초소 병력 1개 분대는 두 명을 완전히 포위하여 다가온다. 두 사람은 자리를 조금씩 이동해가며 소총으로 적극적으로 저항한다. 그러나 중과부적이다. 일본군 분대장 하사가 두 사람이 저항하는 곳에 수류탄 두 발을 던진다. 한참 응사하다가 옆에서 무엇인가 떨어지는 것을 확인하고 몸을 피하기는 하였지만 이미 늦었다.

수류탄이 두 사람 중간에 직격탄으로 터져 두 사람은 파편에 절명하고 만다. 일본군은 확인사살을 한다고 죽은 두 사람의 심장에 다시 소총으로 두 발을 쏘아 영영 저세상 사람으로 만들어버린다. 일본군은 두 사체를 끌어다가 나란히 놓고 어느 나라 소속인지 확인하려고 하였지만 도저히 정체를 파악할 수 없다.

이들이 가지고 있는 총은 분명히 일본군에게 보급된 소총이요, 복장에 계급장은 없으나 분명히 일본군이 지급한 군복이다. 뿐만 아니라 모든 소지품이 정통 일본군의 그것이다. 그렇다면 이들은 탈영병이라고 판단되었고 분대장은 황급히 계통을 통하여 대대장에게, 대대장은 연대장에게 보고를 하였다.

일본 경비연대는 중국과 연이어 있는 소속 부대의 모든 초소에 나머지 탈영병의 긴급경계령과 수색명령을 내린다. 그리고 수색대를 특별히 편성하여 탈영병이 도주한 산을 포위하기로 한다.

한편, 김장진과 조영호는 기겁을 하며 죽어라고 일단 산 정상 쪽으로 향하다가 산의 절반 정도의 능선을 타면서 줄곧 남동쪽으로 내달렸다. 뒤에서는 계속 총소리가 들려왔고 총소리는 조용하던 계곡을 일시적으로 혼란스럽게 만들었다. 얼마 있다가 "꽝– 꽝–" 소리가 나면서 총소리는 일순 멈추었다. 두 사람은 섬뜩해지면서 머리가 쭈뼛해졌다.

마지막 꽝 소리는 그들에게 "안녕"이란 말로 들리었다. 순간 그들은 가던 길을 멈추고 소리 나는 쪽으로 몸을 돌려서 귀를 기울여보았다.

4발의 총소리가 나더니 더 이상 소리가 들리지 않는다. 두 사람은 모든 상황이 눈에 선하게 들어오는 듯하다. 그리고 눈을 감고 그들의 명을 빌고 살아 있기만을 기도한다. 돌다리도 두들기며 가라고 하였는데 이상을 감지하였으면 조심스럽게 앞을 확인하면서 정말 신중하게 한걸음 한걸음을 나갔어야 했다. 혹은 한 사람을 앞으로 나가게 해서 적정을 살폈어야 했다고 가슴을 치며 후회한다.

두 시간 정도를 걷고 나니 해가 저문다. 긴 산의 그림자가 빨리도 주변에 드리워진다. 땅거미가 크고 길게 주변을 검은 색으로 변화시킨다.

두 사람은 주변에서 제일 높은 바위 위에 올라가 주변을 살펴본다. 아직은 주변을 분간할 수 있다. 자신들이 지나온 산봉우리가 우측 멀리 있으니 그 산봉우리 밑으로 죽 따라 내려가면 일본군과 조우하였다고 생각되는 지역을 추정할 수 있다.

멀리 계곡 밑에는 아까 일본군 트럭이 지나간 먼지 난 누런 흙 도로가 보인다. 그러니까 몇 시간을 걸어왔어도 아직 그 산을 멀리 벗어나지 못한 것이다.

두 사람은 뒤에 남기어진 박한설과 이세찬의 생사를 걱정하면서 도로에 가까이 접근한다. 추정하건대 저 도로를 통과하여 앞에 있는 산으로 곧장 가면 중국군 진지가 나올 것만 같다. 그래서 최단시간 내에 도로를 횡단하여 앞산으로 즉각 올라가려는 계획을 세운다.

두 사람은 계곡으로 내려가 몇 백 미터 정도 되는 거리까지 접근하여 동정을 살핀다. 흙 도로 옆에는 계곡물이 굽이쳐서 졸졸졸 흘러가고 있다. 두 사람은 극도로 긴장하고 앞을 살피면서 은밀하고 천천히 계속 내려간다. 그리고 총을 어깨에서 내리어 안전장치를 풀고 여차하면 쏘아 버릴 태세를 견지한다.

지금 내려가고 있는 지역은 아까 일본군과 조우한 지역보다 나무는 적고 갈대가 무성하게 자라있다. 계곡의 시냇가 이십여 미터까지 접근하여 동정을 살핀다. 한참을 몸을 숨겨 살핀 결과 별다른 징후는 포착하지 못하였다. 그런데 이때 굽어진 계곡의 모퉁이에서 일본군 트럭 5대가 먼지를 내고 오면서 군데군데 병사들을 내려놓고 계곡 아래로 내려오고 있다. 두 사람은 난감하다. 빨리 이 자리를 떠나야 하지만 지금 계곡을 횡단하는 것은 발각되기 십상이다.

그들은 일본군이 하는 행동을 지켜본다. 그런데 잠시 후에 트럭 몇 대가 더 오더니 개 짖는 소리가 계곡에 울려 퍼지기 시작한다. 두 사람은 기겁을 하고 산 반대편으로 다시 올라가면서 달리기 시작한다. 일본군은 중국 측 접경지대를 포위하고 수색대를 풀어 달아난 탈영병을 잡아들이기로 결정하고 군견 수십 마리와 수색대 10개 조를 편성하여 수색하기로 한 것이다. 한 시간을 달리자 산 정상이 나와 다시금 남남서쪽 방향으로 산등성이를 타고 밤새 걷는다. 크게 험하지는 않았지만 바위가 많아 밤에 걷는 것이 여간 어려운 일이 아니다.

얼마를 걸었을까. 이제는 개 짖는 소리와 수색대의 낌새는 보이지 않는다. 밤새 걸었으니 적어도 대대나 연대 수색범위는 넘었다고 생각한다. 이번 아침에도 말린 밥쌀을 입에 넣고 찬찬히 여러 번 씹었다. 그리고 배낭에서 말린 고기도 꺼내어 같이 씹었다.

전쟁 중에는 단백질 보충이 쉽지 않으므로 여러 가지 고기를 말려서 배급해준다. 일반적으로 쇠고기, 말고기, 양고기가 주된 말린 고기였으며 개인 식량 보급품으로 배급되었다. 몸은 말도 못하게 피곤하였지만 지금 어디 가서 천연덕스럽게 몸을 눕힐 시간이 아니라서 배낭을 다시 싸서 메고 누가 먼저랄 것 없이 말없이 일어난다.

그들은 이 정도면 포위망에서 벗어난 것으로 생각하고 서쪽 방향으로 시계독도법(시계 시침과 분침을 이용하여 남쪽 방향을 알아내는 방법)을 이용하여 방향을 잡는다. 두 사람은 해가 뚝 떨어질 때까지 산을 넘고 또 넘는다. 그리고 밤이면 유격대 요원이 잠적하는 것과 동일한 방법으로 드러나지 않게 위장하여 몸을 숨기고 잤다.

일주일을 그렇게 꼬박 산을 오르고 내려갔다. 계속 산으로만 일부러 험한 지역을 찾아 어려운 길로 갔다. 때로는 낭떠러지를 만나면 수십 리를 우회하여 내려가고 큰 계곡물을 만나면 옷을 벗어 머리에 이고 건너가기도 하였다. 물은 겨울이라서 차가웠지만 짧은 시간이라 견딜 수 있었다.

건너기 전에 유격체조를 하여 몸을 열나게 만들고 건너간 후 물을 닦아내고 옷을 다시 입으면 견딜 만하다. 그러다가 드디어 그들은 계곡 사이의 자그마한 마을을 발견한다. 지금쯤이면 중국군 영역이라 생각하였다.

왜냐하면 그들은 독도법에 의하여 2주일을 계속 서쪽으로 왔으니까 1주일 정도 걸었으면 300킬로미터 이상 걸었으리라 추정한다. 따라서 지금 보이는 마을은 중국군 진영에 있는 마을이라 생각된다. 두 사람이 마을 입구에 들어가니 지난번 마을과는 달리 젊은 사람 서너 명이 나와 두 사람을 감시하며 빙 둘러싼다.

어떤 청년은 몽둥이 같은 막대기를 들고 있다. 김장진은 얼른 눈치 채고 그들이 메고 있던 총을 어깨에서 풀어내 땅바닥에 내려놓고 두 손을 높이 들었다. 그리고 손을 흔들고 웃으면서 자신들은 조선 출신 병사라는 것을 중국말로 하였다.

"니하오, 워먼 부스 르번쥔 워먼 스 차오시엔런." (안녕하세요, 우리는 일본군이 아니고 조선인입니다.)

발음이 시원찮은지 그들은 눈을 부라리며 아직도 적의에 찬 눈으로 또 무슨 말이 나올까 지켜보고 있다.

"워먼 스 차오시엔런 부스 르번쥔, 시아오차이 르번쥔."

(우리들은 조선 사람입니다. 일본군이 아니고 탈영하였습니다.)

같은 말만 되풀이하니 한 청년이 다가오며 물었다.

"차오시엔런?" (조선인?)

"스 차오시엔런" (예 조선인입니다.)

그는 고개를 끄덕거리며 손짓을 하면서 어느 집의 방으로 두 사람을 안내한다. 한참 앉아 있으니 중국군 중위 계급장을 단 사람이 들어오며 중국말로 묻는다.

"니 후이슈어 한위 마?" (너 중국말 할 줄 아냐?)

두 사람은 그 말의 의미는 알고 있지만 세밀한 답변을 할 수 있는 수준이 되지 않아 그냥 못한다며 "부(否)"라고 대답하였다. 그리고 손으로 글을 쓰는 흉내를 내고 문답이라고 하였다. 중국군 중위는 "하오 하오(좋아 알았다)"하며 필기구를 가져와 문답에 응한다. 조영호와 김장진 역시 한자에 대해서는 상당한 실력이 있었고 일본말 단어에도 기본 한자가 많아 필답을 하는 것은 크게 어려울 것이 없을 것 같다.

먼저 장교는 "姓名(성명)" "年齡(연령)"이라고 쓴다. 두 사람은 자기 이름을 한자어로 써준다. 그는 기본적인 질문사항을 계속 써서 앞에 내민다. 소속(所屬), 계급(階級), 군번(軍番), 고향(故鄕), 가족관계(家族關係) 그리고 이번에는 일본군에 대한 내용을 질문하였다. 입대일자(入隊日字), 기본훈련장소(基本訓練場所) 등 수십 가지 장황한 질문이 이어졌다. 기억을 되살리거나 막힐 때에는 두 사람이 상의하여 대답하였다. 기본적인 심문이 끝나고 심문한 사람이 말하면서 글자를 쓴다.

"니먼 환잉 토우청 용스." (귀순한 그대를 환영한다.)

그러고는 여기에서 며칠 쉬고 있으면 당신들을 인도할 한국인이 올 것이라고 한다. 그리고 다른 한 청년이 다가와 자기 이름을 말하며 앞으로 며칠간 자신이 돌봐줄 것이라고 한다. 깊은 산골이라 석양은 일찍 기울고 산 그림자가 금세 주위를 감싼다. 방 한 칸에서 쉬고 있던 두 사람은 안내인이 불러서 가보니 진수성찬이 차려져 있다.

식탁 위 큰 도자기 밥그릇에 밥이 푸짐하게 담겨있고 몇 가지 채소와 돼지고기를 삶아서 올려놓았다. 정말 오래간만에 보는 풍성한 상차림이다. 그들은 같이 맛있게 먹었다. 그리고 안내인이 술을 한 잔 따라주었다. "빠이깐(白干)"이라고 하는 것으로 우리에게는 빼갈 혹은 백알이라고 알려진 고량주로 독한 술이다.

오래간만에 기분은 좋았지만, 허약해진 몸에 안주가 좋다고 몇 잔을 들이키니 정신이 없어졌고 취한다. 식사 후 인사불성이 되어 그들은 방에 들어가서 그대로 쓰러져 잠들어버린다. 얼마나 시간이 흘렀을까.

김장진이 인기척을 느끼면서 일어난다. 어제 술을 먹고 그대로 잠이 들었으니 지금이 아침이라는 생각이 들면서 방문을 열고 밖을 쳐다보았다. 어둑어둑한 것이 해가 뜨려는가 생각하였다. 그런데 안내원 친구가 다가와서 저녁 식사를 하라고 한다. 김장진이 "츠완빤?"(저녁밥?)이라고 묻는다. 만반(완빤)은 저녁식사를 의미하는데 이 아침에 웬 저녁식사? 의아하여 안내원을 쳐다보니 그는 웃으며 말하였다.

"당신들은 하루를 잤습니다. 힘이 많이 들었나봅니다."

하루를 잔 것이 아니라 까무러졌다고 할 수 있겠다. 주변이 약간 어두운 것으로 보아 이제 해가 뜨기 전이라고 생각했는데 자세히 보니 해가 이미 서쪽으로 넘어가 있는 상태였다. 그동안의 육체적 정신적인 압박감이 이미 한계를 넘어갔으나 그것을 참아 왔기 때문에 일시적으로 모든 피로가 몰려와 거의 하루를 꼼짝하지도 않고 잔 것이다.

기절하고 있었다는 표현이 꼭 맞을 것 같다. 두 사람은 저녁식사를 한 뒤에 또 졸려서 아예 마저 잠을 자는 것이 좋을 것 같아 잠자리에 들었다. 그렇게 잤음에도 불구하고 하룻밤을 더 잤다.

두 사람은 아침 일찍 일어나 방을 나가서 마을을 한번 둘러본다. 10여 가호가 되지 않는 작은 마을이다. 산골짜기에 연하여 있고 경사진 농경지가 있어 이곳에서 수천 년을 대대로 농사를 지어 먹고 사는 일종의 고산족 마을이다. 두 사람이 아침식사를 하고 대기하고 있을 때 한 사람이 들어오면서 조선말로 인사하고 악수도 청하고 포옹까지 하면서 환영한다.

"안녕하세요. 어서 오십시오. 반갑습니다. 나는 조선의용군 소속 안내원입니다. 당신과 같은 분들을 우리 부대로 안내하는 임무를 맡고 있습니다. 두 분은 내일 저와 함께 우리 인민의용군에 합류할 예정입니다.
심문 내역서를 보니 두 분은 별도의 훈련을 받을 필요도 없이 특수 임무를 수행하여도 될 것 같습니다. 지휘부에서 그것을 판단하여 두 분을 긴히 쓰실 것으로 생각됩니다. 오늘은 좀 더 푹 쉬시고 내일 저와 함께 우리 본부로 가시지요."

"아 예 그렇습니까요 잉? 그런디 몇 가지 질문이 있는디 혀도 될랑가 모르겄네요 시방!"

김장진이 조심스럽게 말한다.

"아 예 서슴지 마시고 말씀해보시지요."

"거시기 우리가 인민의용군에 들어 간다는디 그것이 무엇이데요?"

"아 예. 인민의용군은 연변에 본부를 두고 3,500명 정도의 순수 조선 출신 청년들이 조직되어 일본군과 싸우는 독립군 군대입니다."

"아 예-에, 그렇게 많은 조선 사람들이 거그에 있습니까? 그러허면 그 거시기 광복군허고는 어떻게 다른가요?"

"아 예 지금 수많은 조선 사람들과 조선 출신 일본군 병사들이 넘어와서 그렇게 사람 숫자가 불어났고요. 우리 단체는 광복군하고 성질이 똑같습니다. 광복군은 김구 선생을 중심으로 한 임시정부에서 만든 것이고 우리 인민의용군은 공산주의 사상을 믿고 좋아하는 사람들이 별도로 만든 독립군 단체입니다. 국제적인 코민테른의 지시를 받고 이곳의 중공군에게서 원조를 받지만 중공군하고는 별도로 조직을 하여 일본군과 싸우고 있습니다."

"아 예 예 그 그 그렇군요."

"아- 하, 쩌그 그라문 연안이란 곳이 어디에 있능교?"

이번에는 조영호가 질문한다.

"에— 연안은 서안 북쪽으로 300킬로미터 이상 가야 하는 섬서성 북쪽지역 중간 부분에 있는 작은 도시입니다. 우리는 그곳에 본부를 두고 일본군과 싸우고 있지요."

"그럼 지금 이곳 이 마을은 어디쯤에 있능교?"

"예, 이곳은 서안의 남서쪽 200리 정도 떨어진 곳이지요. 이렇게 이야기하면 어딘지 잘 이해를 못할 것 같은데 대략 당신들이 출발한 낙양과 그리고 서안과 중경의 삼각점 한가운데라고 생각하시면 도움이 되겠지요. 그럼 저는 다른 일이 있어 가보겠습니다. 내일 두 분을 안내해드리기로 하였으니 쉬고 계십시오. 내일 바로 갈 수 있도록 짐을 정리해주시기 바랍니다."

안내원을 칭하는 조선인 청년은 빠른 걸음으로 사라진다. 두 사람은 잠시 멍하고 있더니 갑자기 뭔가가 생각난 듯이

"야 영호야 우리가 조선의용군에 가담한다는구나!"

"안있나! 장진아! 그기 뭐 중한깅가! 내사마. 그냥 일본군하고 싸우면 아무거나 무관테이. 내가 학교 댕길 때 마, 공산주의에 관해서 쪼께 얻어 들은 적이 있다 아닌교! 뭐 들어봉께로 공산당이론이 크게 나쁘지는 않다 아니가! 그냥 아무 거면 어떠고? 오히려 약자편이라고 생각되기도 했다 아닝교!"

"사실 나도 그것들이 다 똑같다 생각허는듸 공산주의면 어떻고 민주주의면 어떤가? 일본 놈들하고 싸워서 이기기만 하면 되지 안 그려?"

"맞다 맞어! 다 잘 먹고 잘 살자는 것이 아닝교!"

이들처럼 대부분의 사람들은 공산주의와 민주주의에 대한 개념이 희박하였다. 공산주의라는 이론은 아직 체계를 잡지 못한 미완성의 이론에 불과하였다. 민주주의라는 것도 마찬가지였다. 그리고 이러한 논리를 이

해하기 위한 자료도 전무하였다. 교묘히 약자 편을 들고 있는 것 같은 느낌이 들도록 대중의 약점을 파고든 공산주의는 이렇게 우후죽순처럼 중국에 있는 조선인들에게도 퍼져 나갔다. 상당수의 중국 주민들은 공산당을 더 좋아하였다.

장개석 군대는 식량을 현지에서 조달하는 일이 많았다. 대부분의 국민 정부군은 으레 주민들의 식량을 나누어 먹는 것을 다반사로 알고 때로는 약탈이 자행되기도 하였다. 그러나 모택동이 이끄는 공산당의 군대는 민중을 절대 약탈하지 않고 돈을 주고 식량을 샀다.

오히려 시중의 가격보다 더 쳐주니 모두다 공산군을 좋아하였다. 민중에게 해를 끼치는 병사는 발각되면 공개적으로 최고 사형까지 시켰다. 이러하니 감히 농부나 민중을 약탈할 수 없었으며 공산당은 민중의 지지를 받게 되었다.

두 사람은 다음날 길을 가기 위하여 짐을 싸두었고, 신발이 다 해어져서 예비로 가지고 다니는 훈련화를 신었다. 어제 그 청년이 다시 돌아와서 길을 떠나자고 하여 며칠 동안 푹 쉬었던 마을을 나오며 주민들에게 손을 흔들고 그들과 헤어졌다. 지금부터는 서안까지 도보로 가고 서안에서부터는 차량을 이용한다고 하였다. 이틀만 걸어가면 된다기에 힘이 더 났고 발걸음도 그만큼 가벼워졌다.

독립군이 되다

-두 명의 탈영자-

송금섭과 이남제는 원래 한 달 정도 있다가 탈출하려고 하였지만 정보 파악이 늦어지고 주변 여건이 좋지 않아 주춤주춤 거리다가 석 달이 금방 지나가 버렸다. 어느덧 11월이 되었으며 고산지역의 기온도 떨어지기 시작하였다. 두 사람은 시장에서 여러 가지 탈출에 필요한 물건들을 구입하였다.

이제 모든 것이 완벽하다고 생각할 즈음 경계가 풀어지는 아침 7시 30분 위장복에 배낭을 메고 탄광을 떠나 북쪽 산길을 더듬어 올라갔다. 이미 일본군의 위치를 알고 있어 산의 6부 능선을 올라갈 때까지는 아무 일 없이 순조롭게 나아갈 수가 있었다. 두 사람은 낮은 포복을 하듯 조심스럽게 나무 사이를 헤집고 나아간다.

그런데 나무가 빽빽한 한 지역을 통과할 때 뒤쪽에서 일본말이 들려온다.

"누구냐? 멈춰라!"

"아뿔사!"

두 사람은 아차 하며 일단 앞만 보고 뛴다.

"땅 땅 땅 땅"

일본군이 총을 쏜다. 총알이 그들의 뒤편과 옆 나무에 날아와 박히는 소리가 핑－핑 들려온다. 일본군이 추격하면서 계속 총을 쏘기 때문에 두 사람은 갈지자로 달리면서 서로 갈라져 계속 산 정상으로 뛰어 달아난다. 총소리는 멀어지지 않고 계속 들려온다. 몇 번의 사선을 넘어온 두 사람에게 이 정도는 자그마한 난관에 불과하다.

두 사람은 죽을힘을 다하여 도망쳐서 벌써 산 정상을 넘어서고 있다. 이제 총소리는 들리지 않는다. 이 과정에서 두 사람은 각기 방향을 달리하여 뛰었기 때문에 서로 길이 엇갈려버렸다. 정상을 지나 7부 능선까지 힘차게 계속 뛰다가 잠시 숨을 돌리려고 바위 틈바구니에 숨어 앉아 원인을 곰곰이 생각해본다. 자신들이 가진 일본군 초소에 대한 정보가 잘못된 것이라고 판단하였는데 이것은 일본군이 최근에 초소를 옮겨버렸기 때문이라고 추측하였다.

두 사람은 방향을 달리 잡아 각기 서쪽과 북쪽으로 달리게 되었고 이미 상당히 거리가 떨어져 서로 찾을 수 없게 되었다. 이렇게 험하고 드넓은 산악지역에서 서로를 찾는 것은 불가능하다고 생각하고 그냥 나름대로 길을 가기로 결심한다. 두 사람은 이럴 때 어떻게 행동하여야 한다는 방향이 전혀 설정되어 있지 않았다.

송금섭은 서북쪽으로 가다가 서쪽으로, 이남제는 북쪽으로 가다가 서북쪽을 향하였고 다시 서쪽으로 나아간다. 그들은 낮에는 계속 산길을 걸어갔고 밤에는 동굴 같은 이슬이나 서리를 피할 수 있는 장소를 골라 잡아 잠을 잤다. 미리 준비한 생쌀을 그냥 씹어 먹었고 물은 산속이라 문제가 되지 않았다.

이남제가 그렇게 열흘을 걸었을 때 멀리 계곡 밑에 집이 몇 가호 있는 것을 발견한다. 민가를 발견한 그는 기뻐서 발걸음을 빨리하여 마을로 들어간다. 마을에는 노인들 몇 명이 정자 같은 곳에서 햇볕을 쬐고 앉아 있다. 이남제는 깊게 허리를 숙여 인사한 후 아는 중국어로 간단히 자기를 소개한다.

"나는 조선 사람입니다. 일본군 지역에 있는 탄광에서 탈출을 하였습니다. 나는 일본군과 싸우고 있습니다."

그러자 마을 사람 중 한 명이 반갑게 맞는다.

"환영합니다."

이어서 옆에 있는 다른 한 사람이 연신 무슨 말인가를 계속한다. 이남제는 무슨 뜻인지 모르고 멍하니 서 있으니 손짓을 하여 따라오라고 한다. 그를 따라가보니 한 집의 방 안에 젊은 사람 두 명이 있었는데 일본군에서 탈출한 조선 출신이라고 한다. 서로 반갑게 인사를 하고 자신들의 출신에 대하여 이야기하였다.

두 사람은 평양에서 입대하여 북지나군에 소속된 상병이었고 이름은 정형성, 이인호였다. 그런데 이남제가 도착한 마을은 중국 공산군의 세력 영향권에 있었다. 원래 장개석 국민군의 영향 아래 있었지만 이치고 작전의 결과로 일본군에 이 지역을 포함한 상당한 지역을 내주고 말았다.

일본군은 남방에 대한 군사력을 강화하고자 중국 내의 사단 수를 줄이고 남방으로 병력을 돌렸다. 이에 따라, 이곳 벽지까지는 일본군의 영향력이 미치지 못하고 힘의 공백이 생겼다. 공산당은 약해진 장개석 군을 대신하여 일본군과 싸우지 않고 이 지역을 차지해버렸다. 그래서 이 지역이 모택동 공산당의 세력권으로 들어가게 된 것이다.

며칠간 이곳에서 머물고 있을 때 조선인민군이란 사람이 찾아와서 이들에 대한 사전조사와 심문을 한다. 그는 세 사람에 대하여 여러 가지를 물어보며 심문서류를 작성하고는 기다리고 있으라며 사라진다.

"본부에 가서 여러분들의 상황을 이야기할 테니 당분간 여기서 숙식을 하고 있어라."

그가 일주일 후에 다시 와서 말한다.

"여러분들은 이제 우리 인민의용군의 일원이 되었으니 나를 따라 가면 정식으로 의용군이 될 것입니다. 우리는 서안을 거쳐 연안까지 가게 될 것입니다. 연안에 우리들의 본부가 있습니다."

1944년 말 12월 세 사람은 조선 출신 연락책에 의하여 서안을 거쳐서 연안까지 간 다음에 정식으로 조선인민의용군이 된다. 연안 외곽의 조선의용군 본부에 도착하니 많은 조선 출신 병사들이 이들을 환영해준다.

"야 동지 잘 왔다."

"그대들의 노고와 용기를 진정으로 높게 산다."

"일본군 진영을 탈출하여 그 험난한 산길을 넘어 이곳까지 오다니 그대들은 진정 영웅이로다!"

주변에서 칭찬이 쏟아진다. 세 사람은 그동안 쌓였던 모든 피로가 일시에 날아가 버리는 것을 느낀다.

조선의용군이 된 이들은 소정의 훈련을 받아야 한다. 이남제는 군사훈련을 받은 경험이 없기 때문에 3개월간의 기초군사교육을 받기로 한다. 두 명의 일본군 출신은 1개월의 훈련을 받고 전투현장에 투입하기로 한다. 이남제는 다른 동료 20명과 함께 정식으로 아주 기초적인 훈련부터 고등훈련까지 받았다. 3개월을 열심히 받은 결과 이제는 겸인지용의 날렵한 군인이 되었다.

자신이 생각하기에도 예전의 이남제가 아닌 모든 면에서 어떤 무엇을 하더라도 완벽하게 해낼 것 같은 한마디로 겁 없는 사람이 되었다. 그런데 이 3개월 과정 중에는 정신교육이 40시간이나 배정되었는데 주로 공산주의 이론을 배우고 자본주의의 맹점에 대하여 비판하는 시간이었다.

이남제는 생전 처음 겪어보지 못한 두 체제에 대하여 단순하지만 상당한 지식을 가지게 되었다. 교육을 받으면서 자신의 과거를 대입하여보니 공산주의 이론이 그럴듯하여 이론에 심취하게 되고 자신도 모르게 신봉자가 된다.

다만 이제까지 공산주의가 본격적으로 실행된 전례가 없기 때문에 공산주의의 장점만 배우고 단점에 대해서는 전혀 알 수도 없고 알려고 하지도 않았다.

한편 송금섭은 고립무원의 신세가 되어 거의 열흘을 걸어 서쪽 방향으로 가서 중국군이 주둔하는 지역에 접근하게 된다. 서쪽 방향으로 이 정도 가면 중국군을 만날 수 있으련만 어찌된 영문인지 한 명도 만나지 못했다. 주둔지에 가까이 다가가서야 한 중국 군인이 그를 수화한다. 송금섭은 두 손을 번쩍 들고 항복 의사를 표시하였고 아무런 무기도 없는 그를 보자 중국군 병사는 총을 내리고 몇 마디 묻는다.

"너는 어디에서 무엇하러 온 사람이냐?"

"나는 일본군 점령지에서 탈출하여온 조선인이다."

"일본군 점령지에서 무엇을 하였느냐?"

"예 나는 탄광에서 석탄을 생산하였다."

"여기는 왜 왔는가?"

"조선광복군에 가담하러 왔다."

"알았다. 관련 부서에 연락할 테니 부대 내에서 대기하고 있어라."

송금섭은 중국군과 같이 반 시간 정도 걸어서 달주시(사천성 북동부에 있는 도시) 외곽에 있는 중국군 부대에 들어갔다. 중국군은 송금섭을 유치장에 집어넣고 문을 닫고 밖에서 열쇠를 채워버렸다. 수만 리 이국땅에서 위험을 무릅쓰고 광복군을 찾아왔건만 이런 경우가 있을까! 송금섭은 기가 막혔다. 그러나 그로서는 별다른 수가 없어 그냥 하릴없이 꼼짝 않고 그렇게 이틀을 감옥에 갇혀 있었다.

밥은 제 끼니에 주어서 오래간만에 제대로 된 밥을 맛있게 먹었다. 3일째 되는 날 두 사람이 들어와서는 조선말로 인사를 하며 감옥에서 그를 꺼내어 한 사무실로 데려가 의자에 앉힌다.

"여! 동지 어서 오세요, 환영합니다. 초면에 대단히 실례가 많았습니다. 그동안 고생 많았습니다그려! 나는 광복군에서 훈련을 담당하고 있는 조교 겸 정보활동을 하고 동지와 같은 사람을 영접하는 임무를 맡고 있는 이승기라고 합니다."

"그래도 그렇게 다짜고짜 감옥에 가두는 처사는 다시 한번 고려하여야겠습니다. 솔직히 말씀드리자면 서운하였습니다."

"여기 중국군의 규칙이 그러하니 너그럽게 용서를 하시지요. 그리고 앞으로 수정하도록 노력하겠습니다. 에- 지금부터 내가 몇 가지 질문을 하겠으니 귀찮으시더라도 답변을 해주셨으면 좋겠습니다."

그는 마치 포로를 심문하듯 꼬치꼬치 수십 가지 사항을 두 시간에 걸쳐서 물어본다. 송금섭은 하나하나 성의를 다하여 대답하고 심문관은 만족해하면서 심문을 마친다.

그러더니 자기들이 이렇게 여러 가지를 물어보고 심문하는 것은 그동안 일본군 프락치들이 거짓 귀순하여 광복군이 된 후 여러 비밀 사항을 수집한 후 다시 일본군으로 돌아가 정보를 넘겨주는 일이 번번이 발생하기 때문이라 말한다. 따라서 첩자들 때문에 새로운 병사를 받게 될 때에는 여러 가지를 시험하고 알아보고 적당하다고 생각되는 사람만 신중하게 광복군으로 받는다고 한다. 이 사실을 들은 송금섭은 섭섭하던 마음이 어느 정도 풀어지게 된다.

그는 자기 몸 깊숙이 간직하였던 상해의 정필석 선생이 써준 추천장을 꺼내어 안내원 이승기에게 주었다. 이것을 받아본 이승기는 그동안 여러 가지로 실례가 많았으며 진작 말씀해주시면 모든 것이 생략되었을 것이라고 말한다. 그는 추천장을 본부에 제출해야 한다고 하였다. 그리고 이틀 후에 다시 교통편을 마련하여 올 것이니 이 부대에서 계속 기다리라고 말하고는 떠나버린다.

이틀이 지나자 과연 약속한 대로 지프차를 한 대 몰고 오더니 송금섭을 태웠다. 지프차 안에는 이미 세 사람이 타고 있었다. 그들도 송금섭과 같이 일본 점령지에서 탈출하거나 탈영한 병사들이라고 소개한다. 네 사람은 서로 인사하였다. 지프는 마지막 한 부대를 더 돌아 총 5명의 새로운 광복군 병사를 맞게 되었다.

이들이 오후에 간 곳은 안강시(섬서성에 있음)라는 곳으로 송금섭이 원하였던 중경이 아니라 달주시와 서안 사이에 있는 자그마한 시골 마을이다. 안내원이 말하기를 내일은 200여 킬로미터를 걸어서 임시 광복군 훈련장이 있는 종남산 밑의 훈련소로 갈 것이니 오늘하루 푹 쉬라고 하였다. 송금섭은 광복군이 중경에 있다고 들었는데 왜 종남산으로 가냐고 물어보니 안내원 이승기가 대답한다.

"중경은 연일 일본군 폭격으로 이미 엄청난 피해를 입어 거주가 어려웠습니다. 그리고 광복군이 시가지에서 있을 필요가 없을뿐더러 광복군을 훈련시킬 훈련소가 필요하게 되었죠. 또한 화북지방에 우리 동포들이 많이 살아 광복군 모집에 유리하기 때문에 서안 가까이에 훈련소를 마련한 것입니다."

송금섭은 임시정부의 김구 선생님을 한번 뵈어야겠다는 생각이었으나 언젠가는 이루어질 것으로 생각하고 단념하였다. 일단은 훈련을 잘 받고 광복군이 되어 일본군과 싸우는 것이 급선무라 생각하고 마음을 돌린다.

다음날 일행 5명은 서안에서 동남쪽으로 60킬로미터 정도 떨어진 종남산 훈련장을 찾아 도보로 이동한다. 그동안 숱하게 걸었기 때문에 200킬로미터의 거리는 며칠 걸리지 않아 도착한다.

산악행군에는 이골이 날 정도로 날렵한 장정들이라 하루나 빨리 도착한다. 이들은 하루를 더 푹 쉬면서 여러 가지 이야기를 듣고 앞으로 있을 훈련에 대하여 심적인 준비도 한다. 이곳에는 절이 하나 있고 광복군 훈련병들이 이곳의 빈터에서 비밀리에 훈련을 받고 있었다.

사열하는 광복군

훈련 중인 광복군

송금섭은 훈련소장을 찾아가서 공주 송 노인에게서 받은 500원을 전달한다. 그리고 이 돈이 어떻게 마련된 돈인가를 설명하고 송 노인의 참뜻을 알려준다. 훈련소장은 송 노인을 칭송하고 끝까지 어려움을 물리치고 여기까지 무사히 와서 전해준 송금섭에 대하여 극찬해주었다. 그리고 광복군의 훈련비용에 긴히 쓰겠다고 하였다. 송금섭은 드디어 한숨을 놓게 된다. 그 돈을 간직하려 얼마나 정성을 기울였던가! 이제 마음이 홀가분하다.

한 달 후 1945년 3월 총 30명의 병사들이 훈련을 받게 된다. 송금섭과 같이 군 경험이 없는 장정은 3개월 기초 군사훈련을 받게 되었다. 이미 일본군에서 훈련을 받은 병사는 기본교육은 생략하고 전투지휘와 생존 등 고급과정 훈련을 받을 예정이다.

한편 이들이 훈련받고 있을 때 광복군은 동일한 훈련장에서 OSS (Office of Strategic Services: 전략첩보기구)라는 특수임무부대 창설을 계획하고 있으며 신병 훈련이 끝나는 1945년 6월부터는 한미합동으로 OSS 요원의 특수훈련을 시킬 예정이었다.

탈영, 탈출자들의 중국 내 활약

일본군 진영을 탈출하여 천신만고 끝에 안내원의 인도 하에 연안에 도착한 김장진과 조영호는 길을 걷는 중간에 안내원에게 전우들의 소식을 묻는다.

"저기 예? 혹시 박한설 그리고 이세찬이라는 이름을 들어보았능교?"

"누구요? 이름이 뭐라고 하였소?"

"예, 박. 한. 설. 그라고 이. 세. 찬. 입니더."

"허... 생각나는 것이 없는데 어떻게 된 사연이요?"

"에-에- 갸들은 말입니더. 예! 우리와 같이 일본군 진영을 탈출한 용기 있는 동지 아닙니꺼? 우리끼리 도망쳐 오다가 중간에 일본군헌티 쫓겨 갖고 서로 헤어져서 맹 생사를 모른다 아닙니꺼!"

"어디로 가든 살아있을 테니 너무 걱정하지 마시오."

"그러면 억수로 좋은 일이고 예! 어찌하든 만약 그들을 만나면 좀 우리에게 기별을 해달라 아닝교?"

"예 그렇게 하지요."

두 사람은 연안에서 반 달 정도 대기하고 있다가 계획된 사람 수가 채워지자 조선의용군에 정식으로 입단하여 2개월의 특수훈련을 받게 된다. 특수훈련은 주로 유격훈련으로 2주일은 기본훈련을 받고 나머지는 폭파, 침투, 사격, 요인암살, 무전훈련 및 암호 해독법, 독도법, 첩보 수집 및 분석, 민사작전, 유격훈련, 도피 및 탈출, 야간습격 등으로 전형적인 비정규전 훈련을 받게 되었다.

조선의용군은 가능한 한 모든 병사의 유격 요원화를 목표로 하여 소수 정예군를 만드는 데 주력하고 있었다.

이미 일본군의 혹독한 기본훈련을 경험하였고 실제 작전에 투입되었으며 산악탈출이란 최악의 상황까지 겪어온 두 사람인지라 기본훈련은 전혀 문제가 되지 않는다. 오히려 특수유격훈련은 재미있다.

특히 그들이 처음 겪어보는 독도법과 암호 해독법은 호기심이 많은 사람들이라 열성적으로 배운다. 훈련이 종료되자 단독작전을 할 정도로 명실공히 강인한 육체와 투지, 격투능력 그리고 교묘한 침투타격, 도피능력이 갖추어진 일당백의 전사가 된다.

훈련이 종료되고 몇 주가 지났을 때 드디어 두 사람에게 특수임무가 주어진다. 김장진에게는 장안과 낙양 사이에 있는 철도 파괴공작 및 병참선 차단작전을 하도록 명령이 떨어진다. 장안과 낙양 그리고 정주로 이어지는 철도는 서쪽에 있는 서안지방과 중국 동쪽의 대평원을 잇는 유일한 철로이다.

일본군은 이 철도를 이용하여 중국 국민군과 공산군이 터전으로 삼고 웅거하고 있는 연안지방을 공격하기 위하여 모든 군수물자를 실어나르고 있었다. 일본군은 이 철로를 이용하여 중국군을 공략하고 성공하여 서안 가까이 장안까지 육박하였다.

서안이 점령되면 서쪽의 섬서성과 감숙성 전체가 위험에 빠지고 중경과 사천성을 우회하는 길이 터져 산악지역을 제외한 전 지역이 위험지역으로 들어가게 된다. 이렇게 되면 중국의 주요지역은 전부 다 일본군이 점령하여 중국이란 존재여부가 불확실하게 될 가능성이 있다.

따라서 중국군은 전략요충지 방어에 사력을 다하고 있었고 그것 때문에 일본군은 장안에서 멈출 수밖에 없었다.

중공군도 서안이 일본군에 점령당하면 자기들의 근거지인 연안이 위협받게 되어 중공군의 존폐까지 달려 있기에 세만 불리고 있을 수만은 없었다. 지금까지 한단전투(중공군과 일본군이 싸운 최초의 대규모 전투)를 제외하고는 전투는 일절 하지 않았다. 일본군과의 전투를 가급적이면 최대한 회피하면서 자신들의 세력만 불렸던 중공군도 이제는 간접적인 작전이라도 해야 할 필요성을 인식하게 되었다.

작전은 주로 유격대 활동으로서 후방교란 작전인 삐라 살포, 병참기지 공격과 주 병참선인 철로를 공격하는 철도파괴 공작, 화물차 폭파작전 등 비정규전을 위주로 한 작전이다. 그런데 일본군은 무엇보다도 철로 우선정책을 펴 철도수비대를 구성하고 애로촌(愛路村) 제도를 만들어 강력하게 철로를 보호하고 있었다.

따라서 이렇게 철통같은 경비를 하고 있는 철로를 파괴하고 화물차를 공격한다는 것은 공격하는 측의 희생도 감수하여야 하는 힘든 작전이다. 이 작전에는 총 2개 분대 병력 20명의 병사가 선정되었는데, 여기에는 중공군 6명도 포함되어 있어 조 · 중 합동작전이 된 셈이다. 작전계획은 종래의 개념과 정반대로 행군 침투경로와 공격지점이 선정된다.

이번 작전은 일본군의 경계가 잘되고 있는 도시근교나 산간지역보다 평야와 야산이 연이어 있는 곳을 목표로 택한다.

침투경로도 산악지역으로 가다가 접적지역으로 가서는 수렁, 개울 등 몸을 숨길 수 있는 엄폐 은폐물이 산재한 평지를 택한다. 특수유격훈련을 받은 그들인지라 하루에 거의 200리를 행군할 수 있는 능력이 있어 잠입 3일 만에 목표지점 가까이 접근한다. 침투 팀은 철도 밑 자갈을 헤친 뒤 폭발물을 순식간에 설치하고 전선을 연결하여 숲 속에서 스위치를 누르면 폭파되도록 준비를 마친다.

화물차의 통과시간과 일정은 사전에 첩보를 획득하여 그 첩보를 정밀 분석하여 화물차가 통과하는 시간을 정확하게 파악하였다. 낙양방면에서 장안 쪽으로 아침 일찍 오는 화물차가 폭파대상이 되었다. 30여 분이 지나자 구배가진 곳에 잠복하고 있던 병사가 깃발을 들어 기차가 다가온다고 신호한다.

설치한 폭발물 위를 화물기관차가 막 지나가자 유격대는 두 군데의 스위치를 가볍게 누른다. 화물차가 줄줄이 탈선하면서 전복되고 두 칸에서 불이 붙는다. 유격대 요원은 탈선한 화물차에 접근하여 다이너마이트에 불을 붙여 화물차 한 칸에 2개씩 던져 넣는다. 순식간에 20칸이나 되는 모든 화물칸에 불이 붙고 타오르기 시작한다.

유격대 요원 20명은 신속히 야산과 농로, 도랑, 둑을 타고 각 팀별로 미리 계획된 도피경로를 따라 신속히 이탈한다. 일본군 수비대가 화물기차의 연락을 받고 긴급수비대를 출동시켰다. 그러나 유격대는 이미 수 킬로미터를 달아나 농부로 위장을 하고 일본군이 없는 지역으로 행군하여 4일 후에 무사히 귀대한다. 김장진은 생애 처음 일본군을 쓰러뜨리고 병참선을 파괴시키는 작전에 참가하여 성공리에 마치고 돌아왔다. 그는 독립군으로서 자신의 존재가 부각된 것에 대하여 매우 뿌듯하고 자랑스럽게 생각하였다.

한편 조영호도 개인 임무를 부여 받았는데 그는 조선 출신 병사들이 일본군 병영을 탈영하거나 혹은 일본군에 노역을 제공하다 탈출한 사람을 인도해주는 역할이 주어졌다. 즉 안내원이다. 그가 임무 활동을 위하여 배치된 지역은 중국군과 중공군의 세력이 중첩되는 산간지역으로 서안과 낙양-이창-한중을 연결하는 삼각구도의 방대한 산악지역이다.

이 지역은 자신과 김장진이 넘어왔고 많은 조선인들도 이곳을 통하여 중국 측으로 넘어오고 있다. 산악지역이라서 병사들이나 장정들이 탈영, 탈출하다가 식량이 떨어져 아사 직전에 있기도 하고 부상을 당하여 찾아들어오기도 한다.

조선의용군의 세력을 키우기 위하여 가능한 한 많은 장병을 확보해야 하므로 광복군보다 앞서서 그들을 보살펴주고 감싸주어 그들을 자기편으로 만들어 세력 확대를 기하는 아주 중요한 임무이다.

그를 포함한 20여 명의 조선 출신 병사가 배치되어 역시 조·중 합동으로 탈영 및 탈출자가 있다는 소식이 오면 최대한 빨리 가서 그들을 환영해주고 인도하였다. 광복군도 병사를 확보하기 위하여 중국군 병영에 오면 광복군 병사가 전담이 되어 신병을 인도받아 송금섭처럼 광복군에 들어가게 하였다.

하지만 공산진영의 활동보다 소극적인데다 장개석 군(軍)이 과도하게 심문하고 유치장에 가두는 처사는 암암리에 소문이 나서 일부 장병은 공산군 쪽으로 들어가는 자도 있었다.

물론 일본군 탈영자들에게는 선택의 여지가 별로 없었지만 적극적인 영입작전을 벌이고 있는 조선의용군이 일시적으로 성과가 좀 더 가시화되고 있었다. 그렇지만 대세는 광복군이었다. 전체적으로는 광복군에 가담하는 인원이 훨씬 많았다.

그리고 산간지역의 대부분 주민들은 장개석의 국민군보다 모택동 군대를 더 선호하였으므로 만약 조선 출신 병사가 마을에 들어오면 공산군 측에 먼저 연락을 하여 그들이 탈출·탈영자를 선점하도록 해주었다. 그래서 조영호는 몇 개월이 지나지 않아 벌써 30여 명의 병사와 장정을 인도하였다. 그는 이 작전을 통하여 평소에 관심이 많았던 공산주의 이론과 행동을 실제 접하게 된다.

그는 훈련을 받을 때 먼저 공산주의에 관한 여러 가지 이론 교육을 받았으며 특히 모택동의 십육자 전법에 지대한 관심을 가지고 이것을 스스로 연구하였다. 그리고 그동안 막연하게만 들었던 공산주의 이론을 전문가에게 장시간 듣게 된다. 그는 이러한 강의를 통하여 작금 일본에 점령된 한반도에서 공산주의가 실행되면 만민(萬民)이 잘살 수 있을 것으로 생각한다.

그러나 이곳에서 강의한 여러 이론은 일방적으로 장점만 크게 부각된 교육이지 자기부정이나 단점, 부작용, 문제점에 대해서는 일절 강의나 토의가 없었고 있을 수도 없었다. 사실 공산주의 이론은 아시아에서는 막 소개되어 실행단계 정도에 있었다. 그리고 그 이론의 태동도 얼마 되지 않아서 그러한 문제점이니 단점 등이 나왔을 까닭이 없다. 나왔다고 하더라도 자신들의 취약점을 스스로 드러낼 이유가 없었다.

또한 그들은 소련의 공산주의화에 따른 엄청난 부작용에 주의를 기울이지도 않고 알려고도 하지 않았으며 단지 코민테른의 지시를 받아 공산주의를 퍼뜨리기만 하였다. 만약 그때 레닌과 스탈린의 일당독재와 피의 숙청 그리고 볼셰비키혁명 과정 등에서 나타난 모순점이 상세히 알려지게 되었다면 상황이 달라졌을 것이다.

하지만 이들의 움직임은 따지고 보면 공산주의를 내세워서 개인의 영달과 권력 장악을 위한 술수에 지나지 않았다. 결과적으로 공산주의 혁명의 종말은 김일성, 레닌, 스탈린, 모택동이 저지른 피의 숙청과 독재로 끝을 맺게 된다.

한편 모택동과 그를 추종하는 주요 공산당 간부들은 모택동의 공산주의 이론을 점령지 주민들에게 실천해본다. 이에 감동한 주민들이 많은 호응을 하고 따르게 된다. 공산당원들은 병사들이 절대로 양민에게 해를 끼치지 않도록 한다. 전쟁이 장기화되고 병참선이 길어지면서 일본군들은 점령지 내에서 모든 물자를 자급자족하는 지침까지 내려 식량을 해결하고 있었기에 중국 민중은 지독한 강제징발에 시달리고 있었다.

이러한 상황에서 장개석의 국민군도 재정에 어려움을 겪고 있고 세금도 원활히 걷을 수 없게 되자 양민, 특히 농민에 대한 일부 수탈은 눈감아주고 있었다.

예를 들면 어떠한 생필품이 필요하여 농민에게서 사거나 징발할 때 장개석 국민군은 "우리가 당신들을 보호해주고 있으므로 우리에게 필요한 물품을 값싸게 주거나 아니면 거저주어야 한다."고 생각하여 많은 농부들의 미움을 받게 된다. 일부 병사는 아예 농민들의 재산을 약탈하거나 턱없는 가격으로 강제로 빼앗다시피 하여 농민들로부터 원성이 자자하였다.

반면에 공산군은 시중에 형성된 가격보다 더 후한 값을 쳐주고 일절 약탈하지 못하게 하였다. 만약 그러한 병사가 있어 발각되면 최고 사형에 처하였기 때문에 병사들이 그런 행패를 저지르지 않았다. 그래서 오히려 공산군이 환영받고 있는 실정이었다.

조영호는 안내를 하면서 이러한 광경을 종종 목격하였다. 그는 공산군이 장악한 마을에서 대기하고 있다가 첩보망에 의하여 조선 사람이 탈출해오면 그들을 안내하고 인도하였는데, 대기하고 있는 기간과 인도해주는 과정에서 농민들을 극진하게 대하고 보호하는 모습을 자주 보게 되었다.

이런 공산군과 국민군과의 차이 나는 행동을 목격한 조영호는 공산주의 이론을 잘만 실천하면 정말 살기 좋은 세상이 될 것이라고 생각하게 된다. 그래서 그는 인민의용군 내에 돌고 있는 한글로 번역된 공산주의 이론서를 구해서 읽고 연구도 하여 나름대로 체계적인 이론을 쌓아가고 빠져들게 된다.

한편, 이남제도 다른 동료와 함께 3개월의 기본군사훈련을 받게 된다. 그도 여기서 공산주의 이론을 교육받고 이에 솔깃해진다. 그는 교육을 받는 내내 어린 시절에 겪은 부친의 어이없는 사망, 일제의 악랄한 수탈 그리고 일본 놈과 한통속이 되어 남의 재산을 빼앗아간 탐관오리가 떠올랐다.

그것도 같은 동포 같은 지역의 농민들을 기만하고 사리사욕을 채우고 일제에 협력하는 사람들이 눈앞에 계속 어른거린다.

그는 공산주의 이론을 자신이 살았던 고향 농민들의 상황에 대입해본다. 그는 일본인 지주와 세력가에 빌붙어 치부한 부자들의 논과 밭을 모두 몰수하여 농민들에게 공평하게 다시 나누어주어야 한다고 생각한다. 그가 커가면서 목격한 것은 수많은 농민들이 소작농으로 죽도록 일만 하고 그 노동력의 대가도 못 받으며 하루 두 끼도 제대로 먹지 못하고 굶거나 아니면 해마다 빚만 늘어 쌓여가는 사람들을 숱하게 보아왔다. 그들은 정말 약을 먹고 죽으려고 해도 약 살 돈이 없어 죽지 못한다는 사람들의 부류였다.

죽도록 일하였는데도 형편없는 제도 때문에 오히려 먹고 사는 데 부채만 늘어가는 이런 세상은 반드시 없어져야만 한다고 생각하였다. 그는 4가지 문제 즉 일제 강점으로부터의 해방, 일본인 지주, 간신배 지주, 농지 소유와 분배의 문제 등을 우선 해결하여야 할 당면과제로 생각하였다. 그는 만약에 일제로부터 해방이 되면 위의 나머지 세 가지 문제가 농촌에서 우선적으로 해결하여야 할 과제라고 생각한다.

또한 사람이 이 세상에 태어날 때 모두가 평등하게 태어났고 똑같이 먹고 살아갈 권리가 있다고 생각한다. 그리고 반드시 동등하게 일을 하여야 하고 그 과실은 똑같이 나누어져야 하며 일하지 않는 자는 먹지도 말아야 한다고 생각한다. 평소에 그가 생각한 사회에 대한 문제점과 해결 방법이 마치 공산주의 이론 속에 있는 것 같은 착각이 들어 조영호처럼 나름대로 이론에 심취하게 된다.

그는 최우선 과제이고 전제인 일본의 지배를 벗어나야 한다고 생각하여 나름대로 열심히 훈련받는다. 그런데 그가 받는 임무는 다른 동료와 같은 전투임무가 아니고 군수물자를 수급하는 분야였다. 가장 말단이라고 생각되는 말을 키우고 돌보는 말지기였다.

처음에는 마음속으로 대단히 실망하였지만 경험이 많은 선배들의 환영과 격려 그리고 기마의 중요성에 대하여 들어보니 실망한 것에 대하여 속으로 뜨끔하였으며 자신이 부끄러워진다.

그는 그러면서 한신(韓信)이란 한(漢)나라의 장군이 처음에 군수분야의 초급 군관으로 임명되었음에도 실망하지 않고 열심히 근무하여 완벽한 창고지기가 되었고, 그것을 알아본 사람에게 발탁이 되어 결국은 한나라 건국의 기초를 만들었다는 것을 상기한다. 훌륭한 사람은 아무리 미천한 자리라 할지라도 최선을 다하여야 한다는 사실을 깨닫고는 열심히 마구간을 청소하고 말을 보살폈다.

그는 대(大)를 위해서 치욕을 참는다는 과하지욕이라는 말이 떠올랐다. 자신을 한신과 비교한다는 것은 말도 되지 않지만 이 고사성어의 의미를 생각하면서 실망하지 않고 어떠한 일도 하겠다는 각오를 새롭게 다진다. 이곳 중국의 드넓은 땅에서 기동성을 갖춘 것은 탱크나 장갑차 그리고 여러 기계화된 장비지만 산악지역과 도로가 발달되지 않은 지역이나 택지에서는 말이 최고의 기동성을 보유하고 있다는 사실을 아무도 부정하지 못한다.

비록 말단 병으로 말을 먹이고 있지만 자신이 보살피는 말이 힘차게 달리면서 일본군을 무찌르게 된다는 사실에 오히려 힘이 나서 최선을 다한다. 시골 출신인 이남제가 말을 사육하는 일은 그다지 어렵지 않다. 그의 집에는 말이 없었지만 소를 먹인 경험이 있어 동물에 대한 기본적인 사항을 잘 알고 있었다.

그의 어머니는 혼자 농사를 지으면서 힘이 드는 일은 소를 부리면서 해결하였다. 따라서 그는 시간이 나면 소꼴도 베고 소를 몰고 들판에 나가 소를 먹이고 항시 뒤따라 다니는 개와 놀기도 하였다. 한번은 그가 소를 몰고 들녘에 나가 소를 자유스럽게 먹도록 놔두고 다른 친구와 함께 주변에서 흙장난을 하고 있었다. 한참 재미있게 놀고 있는데 이웃집 아저씨가 큰소리를 치며 달려온다.

"저놈의 소 봐라 저놈의 소!"

이남제는 그 소리에 깜짝 놀라 소를 쳐다보니 소는 저만치 떨어져서 남의 밭에 우거져 있는 콩잎을 우적우적 뜯어 씹어 먹고 있다. 그가 얼른 뛰어 가보니 콩밭의 1/3 정도가 뭉개져버렸다. 먹기도 무진장이 먹었다고 생각되었다. 그는 얼른 소고삐를 잡고 소를 제어하였지만 콩밭주인이 다가와서 그의 뺨을 여러 대 때리며 심하게 꾸짖었다.

이남제의 눈에는 눈물이 핑 돌았다. 뺨을 맞아서 그런 것이 아니었다. 그 이웃집 아저씨가 이남제에게 한 말이 백배 천배나 더 어린 남제의 심장을 쥐어뜯었다.

"이런 싸가지 읎넌 놈, 애비 없는 놈이라 역시 틀리고만 잉!"

이남제의 어린 마음의 깊은 상처를 건드린 것이다. 그래서 그는 소를 끌고 집에 와서는 혼자 방안에 처박혀 계속 울었고 어머니가 웬일이냐고 물었지만 끝까지 대답하지 않았다. 그때 그가 어머니에게 말을 안 한 것은 아버지에 관련된 일을 어머니에게 말씀드리면 어머니의 마음을 짓밟게 되리라는, 어리지만 어머니를 배려한 깊은 생각에서였다.

어릴 때부터 그는 이처럼 동물의 기본 성질을 남보다 잘 알았기 때문에 말을 돌보는 것도 다른 병사보다 뛰어나게 일을 잘하였다. 이남제는 일본이 항복할 때까지 이 일을 계속하였고 여러 의용군에게 인정받게 된다.

한편 송금섭도 3개월간의 기본군사훈련을 열심히 받았고 동료와 함께 수료의 영광을 안았다. 이들이 수료를 할 때 광복군의 여러 간부가 와서 함께 축하해주며 광복군의 앞날은 창창할 것이라고 하였다. 훈련이 끝나자 뒤를 이어 OSS 특수임무부대의 훈련이 시작되었고 중국과 미국의 지원에 힘입어 병사들의 훈련장과 숙소를 짓기로 하였다.

광복군 모두가 매우 기뻐하였고 숙소를 짓는 데 모든 병사들의 힘을 모으기로 하였다. 송금섭은 처음에는 나무를 베어서 나르는 임무를 맡게 된다. 이런 모든 일이 광복군 주석 김구와 장개석 그리고 미군 사이에서 합의문이 체결되어 실행하고 있는 것이다.

장개석이 별도로 훈련장을 마련하고 건물을 지어 그 시설물을 이용하도록 배려한 덕택이다. 송금섭은 이곳에서 드디어 김구 주석을 가까이서 볼 수 있었다. 광복군 숙소를 짓는 현장을 김구 주석이 방문하여 여러 장병들의 노고를 치하하는 자리였다. 송금섭에게 다가온 김구 주석은 악수를 청하면서 격려해준다.

"고생 많이 하고 있구만!"

이제는 주름살이 많아진 김구 주석을 똑바로 쳐다보면서 말한다.

"하나도 힘들지 않습니다. 최선을 다하여 숙소를 짓는 데 견마지로하여 일조를 하겠습니다."

김구 주석은 만족스럽다는 듯 고개를 끄덕거리며 다음 병사에게도 치하해준다.

송금섭이 맡은 작업은 종남산 깊은 산 속에서 나무를 베어 그 나무를 연병장까지 나르고 켜서 기둥과 판자를 만드는 일이다. 약 3개월에 걸쳐 벌목을 하고 베어낸 나무를 다듬으며 송판과 기둥을 만들었다. 이 일이 상당히 진척되자 이번에는 흙벽돌을 만들어 가마에 굽는 작업을 수행하였다.

많은 광복군 동지가 정성스럽게 훈련소 짓는 작업을 진행하고 있을 때 광복군으로서는 뜻하지 않게 어정쩡한 소식이 날아들어 온다. 일본군이 항복했다는 소식이 전 중국에 전해진 것이다. 해방이 되었다는 것을 모두가 즐거워하고 만세를 불렀지만 광복군 병사와 송금섭은 속으로 착잡한 마음이 든다.

이제는 일본으로부터 해방이 되어 더 이상 싸울 필요도 없는데 왜 그렇게 허전하고 꼭 뭔가를 잃어버린 마음이 드는지 콕 집어 말할 수는 없지만 모두가 같은 심정이다.

이 당시 일본군 항복소식을 들은 광복군과 주석 김구의 심정이 왜 그렇게 허탈감이 들었는지는 『백범일지』에 잘 나와 있다.

> "아! 왜놈이 항복했다고? 이것은 나에게 기쁜 소식이라기보다는 하늘이 무너지는 듯한 일이었다. 천신만고 끝에 수년 동안 애를 써서 참전할 준비를 한 것도 모두 허사로 끝난다. 서안과 부양에서 훈련을 받은 우리 청년들에게 각종 비밀 무기를 주어 산동에서 미국 잠수함에 태워 조국으로 들여보내 국내의 요소를 파괴하거나 점령한 후에 미국 비행기로 무기를 운반할 계획까지 미국 육군성과 다 약속이 되었다.(OSS 부대의 주 임무) 그런데 한번 실행해보지도 못하고 왜놈이 항복을 하였으니 그동안에 기울인 노력이 아깝기도 하려니와 그보다도 걱정되는 것은 우리가 이번 전쟁에 한 일이 없기 때문에 장래에 국제적인 발언권이 약해지지 않을까 하는 것이었다. 나는 더 이상 머물러 있을 마음이 없어서 곧 축 선생 댁을 나왔다. 내가 탄 차가 큰길에 나섰을 때에는 벌써 거리는 인산인해를 이루고 만세 소리가 진동을 하였다. 나는 서안에서 준비되고 있던 나를 위한 모든 환영회를 사양하고 즉시 두곡으로 돌아왔다. 그랬더니 우리 광복군은 제 임무를 수행하지 못하고 전쟁이 끝난 것에 실망하여 침울한 분위기에 잠겨 있는데 미국 교관들과 군인들은 질서를 잊을 만큼 기뻐하고 날뛰고 있었다. 미국은 우리 광복군 수천 명을 수용할 막사를 건축하려고 종남산에서 재목을 운반하고 벽돌 가마에서 벽돌을 실어 나르던 것도 이날부터 일제히 중지하고 말았다."

그렇지만 광복군은 이후로도 실망하지 않고 중국 내의 한국인을 모아 10만 명을 양성하기 위하여 받아들이고 증편한다. 송금섭은 광복군이 해체될 때까지 10여 개월 동안 인원을 모아 훈련을 시키는 데 일조하였으며 이 일은 1946년 5월에 종료된다.

실제 백범 김구 주석의 예언처럼 미국, 소련 등 강대국의 강한 입김으로 남북이 갈라지면서 국민의 염원이 외면되어버렸다. 또한 새로운 민족 비극의 시작인 6.25전쟁이 발발하였으며 분단화는 고착화되어 오늘에 이르고 있다.

중국 내에서 대한민국의 정통성을 지닌 당시 10만 명 규모의 광복군이 만약 한반도에 그대로 들어와 일본군의 무장을 해제시키고 치안질서를 유지하며 여타의 정치활동을 보장하면서 국가를 재건하였다면, 그리고 그 수준의 국군을 가지고 있었다면 6.25라는 동족상잔의 치욕적인 민족적 오류가 발생하지 않았을 뿐더러 자유를 심히 억압하였던 후진국형 독재가 남, 북에서 모두 발생하지 않았을 것이다.

그리하여 통일된 남북은 외세의 간섭 없이 국가를 부흥시키고 미국, 중국, 소련, 일본과 대등한 입장에서 국제사회를 이끌어갈 수 있었을 것이다.

OSS 훈련을 마친 제3지대 광복군 요원들

새로운 전장으로

-천영화의 남방 전출-

36사단 각 연대는 야간행군을 한 후에는 힘들지 않게 부대이동 목적지에 접근하였다. 중국 공군의 공격이 거의 없어져 행군하는 데 아무런 문제가 없었다. 다만 낮에 자고 밤에 행군을 한다는 것이 그리 쉬운 일은 아니다. 전 사단이 목적지에 도달하는 데에는 열이틀이라는 시간이 걸렸다.

왜냐하면 중국 공군의 주간 공격으로 행군이 더디었고 여단별로 시차를 두어 출발하여 처음과 끝의 도착 시간 차이가 그만큼 더 걸렸기 때문이다. 그렇다고 중국 공군의 야간 공격이 전혀 없었던 것은 아니다.

세 차례의 야간 공격이 있었다. 하루는 여단 병력이 작은 야산을 행군할 때에 4대의 비행기가 상공에 나타나서는 행군대열의 머리에 조명탄을 터트렸다.

일본 병사들은 지금까지의 공습으로부터 몸을 보호하는 방법을 터득해서 재빨리 대피를 하고, 나뭇가지로 위장한 여러 전차와 장갑차 그리고 대공포도 나무 사이로 숨겨버린다.

전투기 두 대는 앞서 쏜 조명탄이 꺼질 즈음이면 조명탄을 다시 발사하여 계속 주변을 밝혀준다. 그러다가 간간이 공격기가 낮게 날아들면서 무장을 발사하지도 않고 그대로 상공으로 다시 올라가버린다. 몇 번을 그러다가 나중에는 아무 곳에나 조명탄이 떠 있는 지역에 무장을 발사하고 가버린다.

이것은 전투기가 목표물을 정확하게 탐지하지 못한 까닭이다. 즉, 조명탄은 협소한 지역만 밝히고 공중에서 볼 때에는 어두워서 목표물이 인지되지 못하여 그렇게 된 것이다. 그래도 일본군이 이동하는 지역을 어떻게 알아내었는지 신통할 정도라고 할 수 있다. 사실 이것은 중국군의 폭넓은 정보력 덕택이다. 중국군은 모든 주민들을 활용하여 일본군의 동태를 파악하고 있었다.

주민들은 일본군의 행적에 대하여 목격한 사실을 촌로나 마을에 침투하여 있던 유격대, 정보요원에게 첩보를 주었고 유격대원은 이러한 사항을 신속하게 중국군 지휘부에 보고하였다. 지휘부는 모든 첩보를 취합하여 최신 정보를 만들어 예하 전투부대에 제공하였다. 이러하니 아무리 신속하게 행군하고 공중에서 발견할 수 없는 장소에 숨어 있다고 하더라도 일본군의 동정은 주민들에게 뜨이게 되며 곧바로 위치나 군사적인 의도가 보고되었다.

이것은 표면상 일본군에게 협조하는 척 하면서 낮과 밤에 따라 다르게 행동하는 이중첩자들과 기 파견된 정보원에 의거, 일본군의 행적이 적나라하게 노출되었기 때문이다.

그리고 중국 공군은 야간 항공 공격 작전능력을 향상시키기 위한 대책을 수립 실행하고 있었다. 그 방법 중의 하나가 공중에서 조명탄을 밝히고 그 조명탄을 중심으로 목표물을 찾아내어 공격하는 것으로, 방법을 고안해내어 실험하는 중이다. 그런데 이 공격방법은 미군이나 일본군은 이미 개발하여 사용하고 있지만, 중국 공군에서는 처음 시도하는 야간 공격기법이라 여러 문제점이 발생하였다.

첫째는 전투기가 목표물을 식별하기에는 조명이 너무나 어두웠다. 조명탄의 밝기가 겨우 목표물 반경 100미터도 되지 않아서 공격기가 목표물을 쉽사리 파악할 수 없었다. 그리고 목표물 상공에 정확히 조명탄을 떨어뜨려야 하나 조명탄 투하 지역 자체가 정확하지 않으니 목표물 식별에 문제가 발생하였다. 또 하나, 바람의 영향을 간과한 것이다.

조명탄은 상공에 떠 있는 동안 바람에 의하여 상당한 거리로 이동된다. 그래서 목표물 상공에 정확히 투하해도 공격기가 기동하여 목표물을 쏘려고 접근하는 단계에서 목표물이 사라지는 경우가 많았다.

그리고 마지막으로, 공격 목표물이 수풀이나 나무에 숨어버리면 공중에서 목표물을 발견하기란 굉장히 어려운 일이었다. 앞서 말한 조명탄의 밝기가 충분하지 못하고 목표물이 숲이나 나무에 가려 보이지 않거나 혹은 나무 그늘 밑에 들어가 있는 경우 보이지 않기 때문이다.

따라서 야간에 몇 번의 공중공격을 해본 중국 공군은 결과를 분석하여 조명탄을 개선하고 조명탄 투하방법을 연구하기로 하였다. 그리고 공격기가 조명탄 아래에서 목표물을 계속 육안으로 확인할 수 있는 방법을 모색하도록 하였다. 그리고 미국 공군에 야간 공격 전술에 대한 기술 전수와 조언을 의뢰하였다.

일본군은 이번 사단부대가 이동하는 동안 상당수의 병사가 죽거나 부상을 입었다. 또한 여러 대의 장갑차량이 파괴되고 야포와 보급품도 꽤 타격을 입었다. 하지만 36사단의 근본적인 전력에는 큰 문제없이 목표지역인 양양에 도착하였다. 이미 이곳에는 다른 사단이 주둔하다가 이치고 작전을 수행하기 위하여 양자강 방향으로 이동한 상태였다. 따라서 이전 사단의 주둔지는 비어 있어 그 주둔지로 들어갔다.

전 병사들은 충분히 휴식을 취한 다음 제일 먼저 참호와 엄폐물을 재수선하고 각종 포와 대공포, 전차, 장갑차를 새롭게 배치한다. 그리고 각 여단별로 경계구역을 설정 운영한다.

지금까지는 완전한 전방도 아니고 후방도 아닌 지역에서 주둔하고 있었지만 이제는 중국군과 완전하게 접전되어 있는 전투지역에 주둔하여 적의 기습공격에 대비해야 한다. 그러다 일본군 사령부의 작전이 하달되면 그것을 직접 수행하여야 한다. 부대가 안정이 되자 사단장은 대비태세 점검을 위하여 순시하였다. 그런데 점검일 아침부터 중국군의 공습이 있었다.

모든 장병은 대공사격 자세를 취하고 개인 참호나 방공호에 들어가 대피하였다. 대공포와 여러 자동기관총은 공중을 향하여 대응사격을 하였다. 4대의 전투기가 공격하였지만 일본군의 피해는 전무하다. 그만큼 엄폐 은폐를 위한 방공호나 개인 참호가 완벽하게 마련되었기 때문이다.

사단장은 검열 대신 피해현황과 피해 없음의 결과를 보고받고는 검열은 생략하고 무너진 참호나 시설을 보수하라는 지시를 내린다. 중공군의 공격도 이 시간 이후로 간간이 있었지만 전체적으로 뜸하여져서 전선은 교착된다.

1945년 2월 중순 양양시 외곽으로 부대가 이동한 지 2개월여가 지났다. 그동안 양 군은 별다른 전투 없이 중국군만 간간이 항공기를 동원하여 일본군 진지를 공습했을 뿐이다. 중국군도 일본의 이치고 작전 영향으로 지쳐 있었다. 그동안 수없이 많은 사상자가 나고 수십 개 사단이 괴멸되었다.

이에 따라 새롭게 사단을 편성하고 무기를 수급하여 또 다른 일전을 감행하기 위한 휴식 기간과 전열을 가다듬기 위한 준비기간도 필요하였다. 그래서 당분간 전 중국 전선은 소강상태를 유지하게 된다. 그러던 어느 날 일본 지나군 본부로부터 전 사단에 인사명령이 발령된다.

인사명령의 요지는 다음과 같다. 〈현재 복부 중인 사단의 장병 30퍼센트를 차출하여 남방으로 보내고 10퍼센트의 새로운 장병을 보충한다.〉 즉 전투 경험이 많은 30퍼센트의 병력을 차출하여서 필리핀 전투에 투입하기로 한 것이다.

작금의 전황은 미군이 유황도를 공격하여 거의 함락시키고 있는 상황으로 일본으로서는 매우 위태한 지경에 처하여 있었다. 미군은 필리핀에서도 함정과 항공기를 동원하여 공격하면서 상륙군을 동시 침투시키는 방식으로 공격하기 시작한다. 일본으로서는 본토 바로 외곽인 최후의 보루 필리핀에서 전투가 벌어지고 있으니 이 전투에서는 반드시 승리해야 할 필요성이 있었다.

왜냐하면 필리핀이 함락되면 미군이 곧바로 일본 본토에 대한 공격을 하리라 판단하였기 때문이다. 따라서 지나 방면군의 각 사단에서 30퍼센트 수준인 3,000여 명을 차출하면 전투경험이 탁월한 병사로 최소 총 10~15개 사단 정도를 구성할 수 있었다. 그래서 훨씬 더 강력한 사단을 구성하여 미군과의 전투에 투입하여 미군을 압박할 수 있다고 판단한 것이다.

그리고 차출한 사단에는 신병을 10퍼센트 수준에서만 보충하여 사실상 정체에 가까운 중국 전선에서 병력을 빼내어 급한 필리핀 전역에 투입하려는 작전이다. 그러니까 실상은 중국 전역(戰域)에서 20퍼센트의 병력을 감축하는 불가피한 긴급조치이다. 일본 대본영은 미국의 공세에 밀려서 자기들이 최정예라고 자부하고 있는 관동군의 일부를 빼내어 벌써 남방에 투입하였는데도 미군의 공세를 막기는 어렵다고 판단하였다. 그래서 전선이 고착된 중국에서 병력을 빼내어 필리핀 전투에 투입할 작정이었다.

말단 소대까지 차출명령이 내려오니 각 소대별로 30퍼센트를 차출하여야 한다. 그러니까 소대장을 포함하여 41명 가운데서 12명을 차출하려는데 어느 누구도 감히 자원하여 가겠다는 병사가 없다. 사실 어느 소대는 그동안의 사상으로 보통 5~6명 정도가 결원이고 30여 명 수준인 경우가 태반이었다. 분대장인 하사관들조차도 반응이 싸늘하다. 여기에는 나름대로 이유가 있었다.

가장 주된 이유는 남방 전투에 참가하면 거의가 옥쇄를 한다는 소문이 병사들에게 이미 파다하게 퍼져 있기 때문이다. 병사들은 사이판, 괌, 유황도 전투 등에서 일본 병사들이 거의 다 죽었다는 소식을 암암리에 듣고 있었다. 그래서 어느 누구도 가겠다고 전면에 나타나는 병사나 하사관이 없고 심지어 장교들까지 외면하였다.

그리고 또 한 가지 중요한 이유는 이곳 중국 전선이 정체 상태에 있고 비록 수성(守成) 상태에 있다고 하지만 중국에 대하여 오랫동안 공세를 취하고 우세한 상황을 유지하고 있어 전사의 위험이 그만큼 줄어들었다는 사실이다. 그리고 전쟁이 끝나면 곧 집에 갈 수 있다는 희망이 있기 때문이다. 또 한 가지 그들은 이곳의 식량사정이 훨씬 좋다는 것도 알고 있었다.

식량확보 작전에 의하여 가을이나 봄이면 그들이 원하는 만큼 수탈하여 확보할 수 있어 굶지 않게 되고 가축도 많아 양질의 식사를 할 수 있다는 장점이 있었다.

그들은 섬이나 정글에서 굶주리고 싸운다는 소식도 이미 알고 있었다. 마지막으로 그들은 배를 타고 싶지 않았다. 군 항공모함의 위용에 대하여 소식을 들어서 익히 알고 있었다. 항공모함에서 발진한 항공기들의 위력과 전함과 순양함, 잠수함의 공격력도 인지하고 있어 바다에 떠 있는 함정에 승선하였다가는 항공기나 함정의 공격으로 물고기 밥이 될 것이 뻔했다. 이런 이유로 그들은 배를 타고 필리핀 지역으로 가기 싫어하였다.

따라서 일본 고참 병사들이 기피하여 일단은 조선 출신 병사와 계급 서열 순으로 선발이 되었다. 천영화를 비롯한 사단에 배치되었던 조선 출신 250여 명이 우선 선발되었다. 그들은 불평도 할 수 없이 순순히 따라야만 하였다.

차출된 병사들은 청도의 해군기지에서 군함을 타고 이동하도록 계획되어 있다. 상해에서 갈 수도 있었지만 보안상의 이유로 가능한 한 미군의 첩보활동 밖에 있는 기지를 이용하여 이동하는 것이 미군의 함재기 공격을 피할 수 있는 가능성이 있기 때문이다.

미군은 이미 남지나 해상과 제주도와 일본을 잇는 태평양상의 바다에서 잠수함이 맹렬하게 활동하여 일본 함정들의 작전이나 행선지 등을 파악하고 때로는 공격하였다. 이러한 정보는 항공모함과 전함에 전달되어 함재기들의 표적이 되기도 한다. 차출된 병사들은 모든 개인 짐을 싸서 배낭에 넣고 트럭에 올라탔다.

여단마다 트럭을 이용하여 양양을 거쳐 무한에 모여서 기차로 청도에 가게 된다. 무한까지 가는 길은 전투 중에 많은 폭파구가 형성되어 엉망이 되어 있었다. 이런 곳을 통과할 때는 트럭에서 내려 차를 밀기까지 하였으며 3일이나 걸려 기차역에 도착하였다.

무한역에서 청도까지는 정주를 거쳐서 북으로 올라갔다가 다시 남으로 제남 그리고 산동성 청도항까지 가는 먼 여정이다. 그런데 탑승한 기차는 작년에 만주에서 올 때와 같은 의자가 있는 객실형이 아니고 그냥 일반화물을 싣는 좌우 옆에 출입구가 두 개만 있는 화물차이다. 일본 병사들은 입이 삐뚤어질 정도로 불평을 늘어놓는다.

"어떻게 이런 고물 화차로 며칠을 어떻게 갈 수가 있느냐?"

"계획을 입안한 놈이 어떤 놈이냐? 죽일 놈이다."

"칙쇼 칙쇼!" (빌어먹을!)

일본 병사들은 소리까지 높여가며 불평을 늘어놓는다. 어떤 화차 바닥에는 더러운 이물질이 떨어져 있다. 그러나 선택의 여지가 없다. 각 화물차마다 가득 가득 병사들로 만원이 되어 있다. 근본적으로 수송차량이 부족하기 때문이다. 그렇다고 걸어갈 수도 없는 노릇이고 화차의 더러운 부분에는 조선 출신 병사가 앉아가게 한다. 한 조선 병사는 잠깐만 기다리라고 소리치며 더러운 이물질을 손수 치우고 앉기도 한다.

일본군의 형편상 차출된 사단을 수송하려면 많은 열차가 필요하지만, 중국군의 공중공격이나 유격대의 타격으로 철도 운송이 원활하지 못하여 화물차까지 동원할 수밖에 없다. 그렇다고 모두 화물차만 탑승한 것은 아니었고 운이 나쁜 부대만 화물칸이 배당되었고 일부는 인원 수송 객실 칸에도 배당되었다.

기차는 한 시간마다 정차하고 휴식을 취하면서 갔다. 화장실이 없는 화물차라서 병사들의 개인적인 용무를 해결하기 위해서 자주 정차를 하였고 화차가 석탄과 물을 실을 때는 한 시간 이상 서 있기도 하였다. 기차는 느릿느릿 황소걸음으로 북쪽으로 올라간다. 느리기도 하였지만 간간이 전투기의 공중공격이 있고 중국 유격대들의 철로 폭파 구간도 발견되어 청도항까지 도착하는 데 일주일이나 소요된다.

청도항은 원래는 작은 어촌이었으나 1897년 독일군이 교주만(청도에 연해있는 만)을 침입한 후 1898년 교주만의 조차권을 얻어 청도 조계지가 설치된다. 독일군은 청도를 상항(商港) 및 군항(軍港)으로 삼고 시가지와 청도-제남 간 교제철도를 건설하였으며 청도는 중국의 주요무역항으로 부상하게 된다. 제1차 세계대전 당시 1914년 일본은 구축국인 독일에 선전포고를 하면서 독일군이 조차한 지역을 대신 점령하였다. 1922년에야 중국정부에서 조차권을 회수한다.

그러나 중일전쟁을 일으키면서 일본이 다시 점령하였고 중국의 북쪽 지방을 점령하고자 군사기지 겸 군항으로 활용하고 있었다. 청도항에 가까이 있는 위해항은 청일전쟁 때 패배한 북양함대가 주둔하였던 곳이다.

천영화가 소속된 36사단 병력 2,500여 명은 열흘을 더 기다리다가 다른 사단병력까지 합하여 4,000여 명이 군함과 수송함에 승선한다. 1차로 집결된 이 병력을 수송하기 위하여 인원 수송함 2척과 군함 2척이 동원된다. 작금 일본 해군의 배 동원능력이 이 정도밖에 되지 못하므로 여러 번 수송할 계획을 수립한다. 일본으로서는 2대의 군함을 인원 수송으로 할당하는 것도 힘든 상황이었다.

원래는 인원 수송함만 운용하여 한꺼번에 많은 병력을 싣고 가야 하지만 지금 사방에서 적 함정과 잠수함의 출몰이 예상되므로 인원 수송함 단독으로 항해할 상황이 아니다. 단지 인원 수송함만이 항해하는 것은 그야말로 풍전등화 신세가 되기 때문이다.

설사 군함을 타고 가더라도 제공권이 장악된 지금 일본군으로서는 어떠한 형태의 공격도 피할 수는 없는 상황이다. 천영화는 수송함이 아닌 군함을 타게 되었고 두 척의 군함은 인원 수송도 하고 인원 수송함을 호위하는 역할도 하는 임무가 주어졌다. 배는 저녁 깜깜해져서나 출발한다. 원래 군함은 인원 수송을 목적으로 하고 있지 않아 500여 명이 탄 군함의 각 방은 병사들로 가득 찼다.

병사들의 방이 부족하여 복도까지 담요를 깔고 앉아 있거나 자도록 하였다. 인원 수송함도 예외는 아니다. 1,500명이란 많은 인원이 꽉 들어차서 대부분의 병사들은 가만히 앉아 있는 것이 최선이었고 답답함을 못 이겨 바람을 쐬러 자주 갑판 위로 나갔다 들어오는 병사들로 줄을 잇는다.

배는 하룻밤을 순탄하게 남쪽을 향하여 나아간다. 함정 4대는 일렬로 맨 앞에 군함 그리고 두 대의 수송선, 마지막에 또 다른 함정으로 선단을 이루어 나아간다. 파도가 있어 배가 흔들거렸지만 이 정도는 아주 잔잔한 바다에 해당한다는 것이 해군 수병의 설명이다.

제일 앞에 가는 천영화가 탄 군함은 구축함으로 중간 정도 크기이며 오래된 낡은 군함이었다. 일본은 몇 년 전에 이미 세계에서 최대로 크다는 전함 야마도와 무사시를 진수하여 남지나 해역에서 작전을 하고 있다. 그렇지만 해전이 계속됨에 따라 침몰선이 많고 함정이 부족하게 되자 오래되고 낡은 폐기 직전의 군함을 단순한 임무에 투입하기도 하였다.

겨우 2척의 군함의 호위에 의지하여 위험을 알면서도 미군의 잠수함과 함정이 득시글거리는 해상에 수천 명의 장병을 태운 채 무모하게 필리핀으로 가고 있는 것이다. 배가 제주도 해상에서 나침반을 필리핀으로 변침하려고 할 때에 해군 사령부에서 긴급전문이 하달된다. 배의 진로를 필리핀으로 하지 말고 오키나와로 돌려서 오키나와 섬에 병사들을 상륙시키라는 대본영의 명령이다.

일본 대본영이 필리핀 전선에 전력을 보강하여 미군의 공격을 막아 보려던 계획은 무산되었다. 이미 필리핀은 미군의 공격이 시작되어 병력을 증파해봐야 필리핀을 에워싼 850여 척의 엄청난 미 해군력을 뚫고 들어갈 수도 없어 남방지역 최후의 보루라고 생각되는 오키나와 섬에 병력을 증파하여 방어하기로 결정을 내린다.

후송 선단이 제주 남해상을 지나갈 때 바람이 서서히 일어나기 시작한다. 그리고 구름이 몰려오면서 날씨가 나빠질 것 같다. 아니나 다를까 몇 시간이 더 경과하니 갑자기 풍랑이 몰아친다. 갑판에 나와 있던 모든 병사들이 다 선실 안으로 들어간다. 바다에서 쏟아지는 비는 육지에서 내리는 비바람보다 비교할 수 없을 정도로 더 거세다.

국지성 저기압이 바다에서 발생할 경우에는 상승기류가 육지보다 거세서 한여름 육지에서 내리는 소나기에 비하여 양동이로 계속 물을 퍼붓는 정도로 내린다. 이것은 바다에서 수증기가 끊임없이 공급되기 때문이다.

육지에서만 살았던 병사들은 배가 흔들리기 시작하자 걱정이 앞선다. 그들은 배에 대하여 익히 들은 바 있어 멀미만 하지 않기만을 속으로 기원하였다. 그러나 그들의 바람은 이루어지지 않는다. 배는 갈수록 좌우상하로 요동을 치면서 배 안에 있는 모든 것을 뒤집어 놓을 듯하다. 배의 요동이 저녁식사 전에 시작한지라 모든 병사들이 식사도 마다하고 그냥 죽은 듯이 앉아 있거나 누워 있다.

천영화는 바닥에 누워서 천장만 바라보며 배가 흔들리는 것을 즐기기로 한다. 배의 흔들림에 거슬리거나 역으로 행동하면 오히려 멀미가 더욱 심하여져 나중에는 견딜 수 없다.

그는 흔들리는 배에 몸을 맡기어 파도가 잠자기만을 기다리기로 한다. 하얀 페인트칠을 한 철판으로 된 천장이 스크린처럼 되어 무엇인가 나타나 보이기 시작한다. 겨우 머리가 닿을 듯 말듯 한 낮은 천장에 여러 환상이 잡히기 시작한다.

제일 먼저 혼자 계실 어머니가 보이기 시작한다. 작은 체구에 궂은일을 마다 않고 일하시는 어머니의 인자한 모습이 지나간다. 1943년 하반기 이후로 아버지가 가끔씩 보내주시던 생활비가 끊겨서 어머니는 남의 집 품팔이를 하고 계셨다. 어머니는 새아버지와도 이미 몇 년 전에 사별하였다.

천영화가 취직이 되어 더 이상 신세를 질 필요가 없었기 때문이다. 어머니는 항시 여자는 내조지공을 하여야 한다고 말씀하신다. 이때는 할아버지와 아버지가 대마도로 피신한 이후라서 나중에는 서울에 피신한 시어머니와 작은 도련님의 생활비까지 챙겨야 할 상황이었다. 아버지는 대마도에 들어가시기 전에 딱 한 번 집에 와서 안부만 물었다. 그러고는 시어머니와 시동생이 서울에 와서 살고 있다고 주소만 알려주고 행방불명이 되듯 사라졌다.

그동안 생활비는 천영화의 할아버지가 남겨두고 떠난 얼마간의 돈으로 근근이 버티었다. 하지만 이제는 그 돈도 바닥이 나서 며느리인 어머니가 두 사람을 먹여 살려야 살 상황에 처하여 있다. 천영화의 누이동생까지 합하면 모두 5명의 식구가 며느리의 바느질삯에 매달리어 살게 된 것이다.

어머니는 바느질 솜씨가 좋아 한복을 직접 지어주고 얼마씩 돈이나 식량을 받아서 그것으로 먹고 살았다. 다행히 천영화는 중등학교를 졸업하기도 전에 취직이 되어 어머니의 한시름을 덜어드리게 되었다. 어머니와 집안 식구들은 매우 기뻐하며 모두 좋아하였다.

그러나 천영화가 1944년 일제의 강제 징병에 끌려나오게 되어 더 이상 보살필 수 없게 되자 집안은 다시 궁해지기 시작하였고 그로서는 항상 마음속에 걱정거리로 남아 있게 되었다.

그동안 몇 번 편지를 보냈지만 아직 답장을 받아보지 못하였다. 처음 부대에 배치되어 안부편지를 보내었는데 가는 데 몇 개월 오는 데 몇 개월이 걸리는 우편이라서 지금쯤은 답장을 받아볼 수 있는 시기였다. 하지만 부대가 이동하고 남방으로 차출되어 부대를 떠났으니 답장을 받지 못한 것으로 생각된다.

그리고 함경도 광산을 그만두고 서울 회현동에 할아버지와 아버지가 오셨을 때 그 두 분은 식구 누구에게도 행선지를 말하지 않고 어디론가 훌쩍 떠나버리셨다. 만일 집안 식구가 알고 있다가 고문이라도 당하여서 그 내용을 실토하게 되면 일본 경찰이 두 사람을 추적하게 될 것이다.

그래서 결국은 일경에 체포되어 최소한 무기징역이나 사형에 처해질 것이 분명하다. 때문에 절대 두 사람만 아는 비밀로 하고 중국으로 떠난다고 말하고서는 오히려 그 반대 방향으로 가셨던 것이다.

천영화도 이 사실을 나중에야 알게 되었다. 천영화는 어머니가 가여웠다. 나라의 독립을 위하여 힘을 보태고 있는 할아버지와 아버지가 물론 자랑스럽기도 하였지만 한 푼이라도 아껴서 독립운동에 보태야 한다고 아버지에게 일절 손을 내밀지 않고 자신이 직접 벌어서 두 남매를 키우시는 어머니가 불쌍하게 보였다.

그럴 때마다 작은 체구에 힘이 들어 보통 사람으로서는 자포자기할 만도 하였다. 하지만 어머니는 굳은 신념으로 기독교인으로서 하느님에게 간절히 기도하고 또 기도하면서 참아내셨다. 그리고 남들은 아버지가 능력이 있어 가정형편이 넉넉한 중등학교 친구들도 많았지만 천영화는 그들이 하나도 부럽지 않았다.

나에게도 독립군 할아버지와 아버지가 뒤에 버티고 있다는 믿음 때문이었다. 그는 이것을 마음속으로 자랑스럽게 생각하고 학교에서 친구와 대화 때에도 자부심을 갖고 이야기하였다.

"야 영화야, 네 아버지 무슨 일을 하시냐?"

"어! 난 잘 몰라. 아주 대단한 일을 하신다고 들었어!"

"대단한 일이 뭔데?"

"글쎄 잘 모르겠고 할머니가 애국열사라고만 하셨어."

"애국열사가 뭔데?"

"엉 그건 특급비밀이야! 사실 나도 잘 몰라."

천영화는 비밀로 부치며 미소만을 띠었다. 친구들은 너무나 당당한 천영화가 이상하여 개인적으로 물어보기도 하였지만 비밀이라고 하며 끝내 입을 다물어버리곤 하였다. 그렇다고 천영화가 할아버지와 아버지의 생활과 행적을 다 아는 것은 아니었다. 어느 날 그가 어머니에게 물었다.

"왜 할아버지와 아버지는 집에 오지 않고 맨 날 저 멀리 함경도에서 계실까요?"

그런 질문을 하면 어머니는 이렇게 대답하시곤 하였다.

"나중에 크면 알게 된다. 그 두 분은 국가를 위하여 아주 큰일을 하시니 지금 일본 경찰이 알게 되면 잡혀가서 큰일이 난단다. 너는 그 분들이 큰일을 하고 계시다는 것만 알고 만약에 어느 누구든 물어본다면 전혀 아무것도 모르는 체하고 있어라. 설사 네 가까운 친구라 하여도 비밀로 부쳐라."

평소 어머니의 특명이 있었기에 지금도 모르는 체하고 자신은 일제에 순종하면서 살고 있다는 것을 보여줘야 한다고 생각하였다. 윤형진, 조영호, 김장진이 탈영하자고 할 때 그는 어머니 생각이 났고 어찌되었든 내가 살아서 집에 가야겠다는 생각에 단념하였다. 또한 탈영하다가 사살될 가능성도 많고 혹은 잡히어 고문을 당하면 집안에 대하여 입을 열지 않을 수가 없으니 할아버지를 비롯한 모든 가족에게까지 화가 미칠 것이 분명하다.

따라서 그런 기회를 줄이고 어떻게 되었든 살아서 집에 가겠다는 일념 하에 탈영을 하지 않았던 것이다. 천영화도 탈영하여 자유스러운 삶이 살고 싶었지만 이러한 말 못할 사연이 있기에 그냥 남기로 한 것이다. 그러나 태평양전투에서 수많은 조선 출신 병사들이 죽음을 당한 것을 생각하면 탈영을 하지 않은 것도 좋은 결과를 가져오지는 않았다.

벌떼의 공격, 구사일생

배는 자정 무렵에 절정을 이루어 몹시도 흔들거렸다. 두 시간 정도 극치에 달한다. 작은 배 같으면 벌써 뒤집어 질 것인데 군함이라 복원력이 아주 뛰어나서 배가 뒤집어 지려다가도 다시 돌아왔다. 이런 롤링(Rolling: 좌우 흔들림)과 요잉(Yawing: 양 옆으로 흔들림), 피칭(Pitching: 상하의 흔들림, 즉 공간 3축에 대한 흔들림)이 아주 심해서 결국 약한 병사들은 화장실에 가서 구토하기 시작한다.

몸이 강한 병사들도 속이 메스꺼워서 이리저리 몸을 뒤틀기 시작한다. 천영화는 구토는 하지 않았지만 몸이 회전그네를 타고 나서 땅에 내려 온 것 같은 느낌이 든다. 온 천장이 빙빙 돌기 시작한다. 아마도 세반고리관의 방향을 잡는 돌기가 완전히 미쳐버린 것으로 생각된다.

세 시간 정도 지나니 흔들리는 강도가 줄어들었고 병사들은 마치 식물인간이라도 된 것처럼 눈이 휑하니 서로 멀뚱멀뚱 쳐다보기만 하고 있다. 구토한 냄새가 함정 자체의 냄새와 합쳐 역겹게 진동한다.

풍랑이 멈추자 외부의 신선한 공기를 마시기 위하여 갑판 밖으로 일제히 나간다. 바람은 여전히 불어 왔지만 비는 그쳐서 마음껏 바깥 공기를 마실 수 있다. 헌병들도 이때는 저지하지 않는다.

멀리 좌측 동쪽에서 해가 오르기 시작한다. 아직도 구름이 꽉 끼어 명확히 보이지는 않았지만 그래도 해가 나오는 지역부터 밝아오기 시작한다. 주변 일부 구름은 주황색으로 변색되어 간다. 오른쪽 서쪽 방향은 아직도 어둠의 그림자가 검은 폭풍우를 머금고 있다.

그러니까 이 폭풍은 남동쪽에서 서북쪽으로 몰려간 것이다. 찬바람을 쐬니 머리가 시원하여지고 몸이 회복되는 것 같다. 한참 후 선실로 내려가니 지저분한 것도 다 치워지고 일부 환기도 되자 병사들은 아침도 먹으려 하지 않고 잠부터 청한다.

오키나와까지는 배로 3일을 가면 된다. 이틀 밤이 지났으니 두 저녁이 지난 아침에는 오키나와 근처에 도달할 것으로 추정된다. 폭풍이 지난 다음날 언제 그랬느냐는 듯 잿빛구름만이 넘실대는 하늘을 만들어 놓는다. 오후 서너 시에 들어서야 푸른 하늘이 보이고 햇살이 내려쬐기 시작한다. 북반구 한반도 이북은 아직도 겨울이지만 지금 이곳의 태양은 무척이나 따뜻하다.

하루가 순간처럼 지나가고 태양이 서쪽으로 기울기 시작한다. 오늘밤만은 큰 풍랑이 없이 잠을 잘 수 있도록 모두 기원한다. 그 기도 덕분인가 파도가 잠잠해지면서 배가 출렁이지 않는다. 움직임이 작아지자 몸의 평형기관이 제대로 작동을 하는지 두 발을 편히 뻗고 잠을 잘 수 있다.

이렇게 수천 명이 탄 배 4척은 남쪽으로 계속 항해하였고 이제 반나절만 더 달리면 목적지 오키나와 섬에 도착하게 될 것이다. 점심을 먹고 모두 갑판에 올라 시원한 바람을 쐬고 있을 때 한 병사가 소리친다.

"야 저기 봐라 저기!"

"뭐! 어디 어디?"

그는 수평선 멀리 한 점의 구름을 가리킨다. 모두들 그가 가리키는 곳으로 눈이 따라간다. 이때에 함정 마스트에서 공습경보가 울린다.

"왜에액 왜에엑... 왜애엑 왜에액 왜에엑... 왜애엑"

공습경보음이 육지에서 들은 소리와는 전혀 다르다. 파도와 바람 부는 소리 때문에 마치 괴물이 울부짖는 소리처럼 가슴을 철렁하게 만든다. 갑판에 올라와 있던 모든 병사는 재빨리 선실로 들어가고 선내에서도 계속 비상공습경고가 울려 나오며 전투태세를 유지하라는 함장의 지시가 나온다.

순식간에 수십 대의 전투기가 수송선단을 에워싸면서 공격을 가해온다. 함정의 모든 대공포는 부르르 떨면서 쇠로 된 몸뚱이를 벌겋게 달군다. 그리고 함정이 좌우로 급기동하기 시작한다. 미군 항공기가 던지는 직격탄을 맞지 않기 위해서 갈 지(之)자로 지그재그 기동하기 시작한다. 뒤에 따라오던 3대의 함정도 같은 상황이다.

중간에 있던 두 척의 인원 수송전문함은 대공포도 구비되지 않은 함정이어서 속절없이 미군의 폭격을 맞이하여야만 한다. 단순히 회피기동으로 겨우 직격탄을 맞고 있지 않을 뿐이고 배의 침몰은 시간문제라는 생각이 든다.

제일 앞의 함정에 승선하고 있는 천영화의 몸이 배의 기동에 따라 같이 춤을 추고 있다. 그가 할 수 있는 일이란 아무것도 없다. 그는 조용히 운명을 기다리고 있다. 천영화는 중등학교 시절에 많이 불렀던 유행가를 흥얼거려본다. 〈목포의 눈물〉 〈애수의 소야곡〉 〈눈물 젖은 두만강〉 〈황성 옛터〉 등을 속으로 불러본다.

천영화는 평소에 노래를 따라 부르기 좋아하였다. 종로에 레코드 점포가 있지만 레코드판 살 돈도 없었고 사봐야 노래를 들을 수 있는 축음기가 너무나 비싸 살 엄두도 못 내었다. 그래서 그는 가끔 종로거리에 나가면 레코드 가게에 들러 축음기에서 흘러나오는 노래를 즐겨 듣고 따라해 보았다.

그렇게 당시에 유행하던 여러 노래를 배웠다. 배가 계속 요동을 쳤지만 노래를 부르고 나니 정신적으로 안정이 되는 것 같다. 그때 "꽝" 소리가 나며 배에 엄청난 진동이 온다. 그러면서 한쪽으로 배가 기우는 것을 감지한다. 천영화는 이상한 예감을 느끼면서 조선 출신 병사 몇 명에게 갑판으로 나가자고 하였다.

"야! 이거 이상하다. 배가 기우는 것 같은데! 아까 났던 '꽝' 소리는 아마도 큰 폭탄을 맞아서 그런 것 같다. 이대로 배가 기울면 침몰하게 되고 여기 선실에 계속 남아 있으면 아무래도 배와 같이 가라앉을지도 몰라. 모두 갑판으로 나가서 상황을 살펴보자!"

같이 있던 서너 명의 조선 출신 병사가 천영화의 말에 동의하고 같이 갑판에 나가기로 한다. 배가 아직은 조금 밖에 기울지 않아 나가는 데는 큰 지장이 없다. 갑판에 나가보니 밖은 그야말로 미군 전투기와 미군 함정의 세상이다. 말이 전투지 쥐구멍을 나와 평지를 허둥대는 들쥐 신세라고 해야 현재의 상황에 딱 맞는 표현이었다.

천영화가 타고 있는 함정을 중심으로 십여 척의 군함이 둘러싸고 있다. 그리고 수십 대의 항공기가 연신 교대로 4척의 일본 함정에 급강하 폭격을 가하고 있다. 대략 거리가 1킬로미터 정도 떨어진 곳에 인원 수송선 2대가 500미터 정도 이격이 되어 미군의 폭격에 맞아 직각으로 기울어져 침몰하고 있다. 멀리서 보니 개미 만하게 보이는 수백 명의 병사들이 바다로 뛰어드는 것이 보인다. 이때 미군의 한 함정이 어뢰 두 발을 발사한다.

"꽝 꽝"

어뢰 2발은 천영화가 탄 기울어져가는 함정의 옆구리에 정통으로 맞는다. 일본 군함은 순간 서있지 못할 정도의 충격을 받는다. 그중 한 발의 어뢰는 연료를 실은 부분을 타격하여 연료통이 터지면서 기름이 바다에 흩어 퍼지며 불이 붙는다. 침몰하는 함정의 주변은 불바다가 되어 마치 염라대왕이 지켜보고 있는 지옥의 심판장과 같다.

천영화를 비롯하여 갑판에 나와 있던 병사들은 기울어져 가는 배의 갑판에 더 이상 서 있을 수 없어 구명정도 없이 바다에 뛰어 들어갈 수밖에 없었다. 불길이 치솟아 오르는 바다인지라 숨을 크게 한번 몰아쉬고 들어간다. 짭짤한 바닷물이 몸 아무 곳이나 가득 들어찬다.

입은 옷 사이로 들어오기도 하고 코와 귀로 걷잡을 수 없이 들어온다. 천영화는 배가 침몰할 때에는 배에서 가능한 한 멀리 떨어져 나가야 한다는 이야기를 들은 적이 있었다. 왜냐하면 배가 침몰할 때에 발생하는 소용돌이에 휩싸일 경우에 바닷속으로 계속 빨려 들어가 익사하기 때문이다.

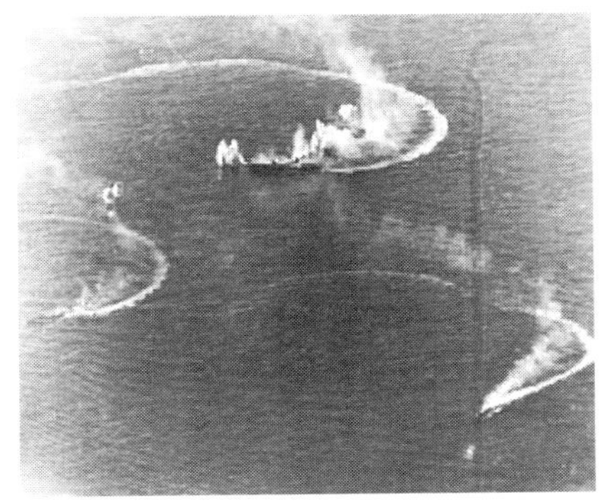
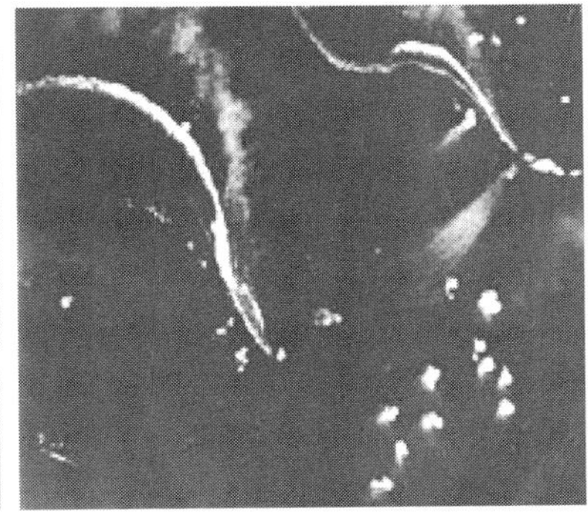

항공기의 공격을 회피하면서 좌우로 급기동하는 일본군 군함

천영화는 숨을 꼭 참고 숨을 못 쉬어 거의 다 죽을 지경이 될 때까지 바다 밑으로 계속 헤엄친다. 한참을 헤엄쳐서 도저히 숨이 막혀 참을 수가 없어 물 밖으로 나온다. 그는 물 밖으로 나올 때 팔을 크게 휘저으며 주변에 널려 있을 불붙어 타오르는 기름을 멀리 밀어내었다.

그러나 바다에 짙고 두껍게 깔린 벙커시유를 완전히 그의 곁에서 제거할 수는 없다. 한 덩어리의 불 기름덩이가 오른쪽 어깨의 옷에 달라붙는다. 그는 얼른 왼손으로 털어냈지만 이미 옷에 벙커시유의 칙칙한 기름이 스며들어 버렸기 때문에 아무리 손으로 털어도 불이 꺼지지 않는다.

뜨거운 열기를 느낀 그는 다시 물 속에 들어가서 오른쪽 어깨의 옷을 벗어 버리고 두 손으로 기름불을 짜낸다. 그리고 머리를 내어 숨을 크게 쉬니 살 것만 같았으나 오른쪽 어깨와 팔이 화끈거리기 시작한다. 주변은 온통 기름 불바다가 되어 타오르고 기름불의 검붉은 연기가 낮게 깔리며 바다를 수놓고 있다. 일본 함정 4척은 마지막 안간힘을 쓰다가 뒤집어지면서 꼬리를 내밀어 흔들며 물고기처럼 물 속으로 사라지고 있다.

밀어낸 기름불이 바람에 밀려 다시 다가온다. 천영화는 깊은 숨을 몰아 쉬어 물 밑으로 들어가면서 배가 없는 방향으로 잠영한다. 그가 어릴 때 두만강에서 몸에 익힌 수영 실력이 크게 도움이 된다. 두만강 물가에서 여름이면 물장구를 치고 계모의 학대도 수영으로 거뜬히 이겨낸 그인지라 지금 상황에서 적어도 몇 시간은 떠있을 수 있다.

그는 숨을 쉬고자 다시 수면 위로 올라와서 헤엄칠 때 수영에 방해가 되고 무거운 짐이 되는 군화를 벗어던져 버린다. 그리고 다시 배에서 가장 멀리 잠영을 한다.

거의 200미터를 헤엄쳐 나가자 불붙어 타오르는 기름은 없고 언뜻 그의 옆에 흘러 떠내려 온 자신의 몸길이보다 2~3배 큰 나무 판자가 눈에 뜨인다. 옳지 되었다고 생각하고 나무판자에 올라 엎드려 중심을 잡는다. 나무판자에 오르는 것이 생각보다는 쉽지 않다. 그는 여유가 생겨서 다시 주변을 살펴본다.

보여야 할 병사들이 많이 보이지 않는다. 어떤 병사는 수영을 하지 못하여 허우적거리며 그대로 가라앉았고, 어떤 병사는 쏟아진 기름을 뒤집어쓰고 그 기름에 불이 붙어 온몸이 불덩이가 된 상태로 죽어가는 병사도 보인다. 가까이 있다면 구해주고 싶지만 저만치 멀리 떨어져 있어 보고만 있을 수밖에 없다.

한번 옷에 기름이 범벅이 되면 물속이라도 불이 잘 꺼지지 않고 꺼졌다고 생각되어 숨을 쉬러 올라오면 다시 불길이 살아나기도 한다. 4척의 함정은 뒤집어져 가라앉으며 더 이상 잔인한 인간 살육현장을 보기 싫다고 하는 양 깊은 바닷속으로 사라지고 있다.

전투가 얼마 동안이나 진행되었을까? 함정이 공격받기 시작한 지 몇 시간이 지났는데도 해가 아직은 서쪽 중간에 머물러 있다. 점심 식사를 한 후 적기가 내습하였으니 지금 시각이 오후 3~4시 정도 되었으리라 추정하고 미군의 공격은 2~3시간 정도 지속된 것으로 생각한다. 다시 주변을 훑어보니 나무토막이나 판자 그리고 부유물 등을 잡거나 타고 앉아 있는 병사도 간간이 보인다.

그 사이 미군 전투기와 함정은 썰물 빠지듯 사라졌다. 전투 후의 전장에는 바람소리와 철썩거리는 파도소리만이 고요함을 깨트리고 있다. 천영화가 지금 이 상태에서 할 수 있는 것이라고는 아무것도 없다. 만경창파 대양에서 그저 떠돌아다니는 한 조각 나무판자에 운명을 맡길 수

밖에 없다. 다행히 폭풍우는 없었다. 만약 이 상황에서 폭풍우가 몰아친다면 그의 운명은 이미 끝났을 것이다.

어느덧 석양에 노을은 지고 주변은 까맣게 변하여 간다. 천영화는 바닷물에 빠졌을 때 가장 중요한 것이 두 가지라는 말을 들었다. 첫째는 체온이고 두 번째는 마실 물이다. 체온이 떨어져 어느 일정한 온도 이하가 되고 시간이 경과하면 어떤 사람도 생존할 수 없게 된다. 수온 27도일 경우 생존 시간은 불과 몇 시간이 되지 않는다.

그렇지만 지금은 물속에서 나와 있고 기온도 거의 30도여서 이 체온으로 하루 이상은 살 가능성이 있다. 그래서 그는 체온이 떨어질 것을 대비하여 옷을 하나씩 벗어서 바닷물을 꽉 짜내어 입는다. 그리고 마침 옆구리에 차고 뛰어든 수통에 물이 있어서 귀중한 물은 간간이 먹을 수 있다.

시간이 얼마나 지났을까? 깜짝 놀라서 그는 잠에서 깨었다. 나뭇조각 위에 엎드려 있던 그가 깜빡 졸았는데, 다시 물속에 떨어지지 않은 것이 다행이었다. 그는 그렇게 계속 표류하였고, 방향도 시간도 아무것도 모르는 공간의 한 점 속에 갇혀 있게 되었다.

그러다가 지구에게는 신의 존재나 마찬가지인 태양이 한 점의 공간 속에서 그를 꺼내놓는다. 그때야 그는 오른쪽이 동쪽임을 알아냈고 자신이 계속 북쪽 방향으로 표류한 것으로 추정할 수 있었다. 그러나 그것이 중요한 것이 아니다. 이렇게 며칠만 지나면 아무리 파도가 없다고 하더라도 먹지 못하고 마시지 못하면 죽는 것은 당연할 것이다.

지난번 같은 풍랑이라도 만나면 더 이상 버틸 수도 없고 살아날 가능성은 도저히 없다. 그래서 모든 것을 하늘에 맡길 수밖에 없다는 생각이 들어 신에게 기도를 한다. 그리고 비스듬히 옆으로 누워서 최소한의

에너지만 소모되도록 하였다. 그런데 기적은 천영화에게 일어났다. 신이 그의 목숨을 거두어가지도 저버리지도 않았다.

어제 전투에 참가하였던 미군 군함 선단이 근처를 순시하던 중 여러 가지 부유물이 너부러져 있는 바다를 보고 혹시나 뭔가가 있을까? 망원경으로 살피고 있다가 부유물에 올라 떠돌아다니는 생존자가 아직도 있는 것을 발견하여 구조하기 시작한 것이다.

군함은 작은 보트를 여러 척 내리어 해군 구조대가 조난자를 건어 태우고 인원이 차면 다시 군함으로 가서 올려 보낸다. 천영화도 그중에 한 명이 되어 보트에 오르고 군함으로 옮겨진다. 희망을 버리지 않은 것이 이런 결과가 일어난 것으로 생각되었으며, 미군이 적으로서 일본 병사를 생사의 갈림길에 빠트렸지만 구조를 해주니 정말 고마웠다.

그런데 도대체 왜 자신이 이런 사람들과 적이 되어 싸워야 하였던가 곰곰이 생각해봐도 적당한 사유를 찾기가 어렵고 혼란스러웠다. 미군은 영어로 뭔가를 막 떠들어댄다. 천영화가 아는 것은 중등학교 때 배운 간단한 단어와 문장이 전부이다. 그래서 그는 한국인이라고 영어로 더듬거리며 말해보았다.

"I am a korean. I am not a japanese."

(저는 한국 사람입니다. 일본인이 아니에요.)

그 말을 들은 미군은 반색하며 말한다.

"Oh! really? you are a korean aren't you?"

(오, 그래요? 당신은 한국 사람이죠?)

"……"

빠르게 웅얼거리는 미군의 말에 미소만 띠면서 그냥 머리를 끄덕 끄덕 해보였다. 잠시 후 동양인의 얼굴을 하고 미군의 유니폼을 입은 갈매

기가 그려진 계급장을 단, 미군인지 어떤지 구분이 잘 안 가는 사람이 다가와서 조선말로 물어본다. 그의 조선말은 자주 써먹지 못하고 영어만 오랫동안 해서 그런지 말이 많이 꼬여 있다.

"아암! 나도 쪼선 싸람입네다! 나는 쪼선 싸람 미국에서 났어요. 내 아버지 어머니 쪼선싸람입네다. 나 미군 지원했어요."

"아 예 그렇습니까? 바-반갑습니다. 내 이름은 천영화라고 합니다. 이렇게 구해주시고 도와주셔서 감사합니다."

"오 노! 너무 고마워하지 말아요! 당신들은 이제 미군 포로로 됩네다. 아! 지금부터 포로가 됩네다. 당신은 그것으로 지내야 합네다."

"아 예 그 그렇습니까?"

"지금부터 일이 있으면 나를 찾고 나하고만 말해요!

다른 미국 싸람 쪼선말 몰라요. 오케이?"

"예 예, 그렇게 하지요 감사합니다. 그런데 성함이?"

"예 서전 리챠드 빡이라고 합네다. 서전 리차아드 빡."

"아 예 예 리챠드 박, 리챠드 박"

천영화는 몇 번을 속으로 암기해본다. 생소한 영어 이름이라 얼른 입으로 나오지 않기 때문이다.

미군은 물에서 건져낸 모든 일본군 병사에게 신발과 옷을 한 벌씩 주고 먹을 것도 주었다. 옷은 미군 군복이었는데 계급장은 붙어 있지 않았다. 그리고 오른쪽 어깻죽지와 팔 위쪽에 입은 화상도 치료하였다.

깊은 화상은 아니었지만 아마도 흉이 많이 남을 것 같다. 이번에 구조된 인원은 백여 명 정도였다. 그러니까 함정 4척에 탑승한 4,000명과 함정의 수병을 포함하여 총 4,900여 명 중 대부분의 병사가 남지나해의 물귀신이 되어버렸다.

며칠 후에 함정은 알 수 없는 육지의 항만에 접안한다. 나중에 알고 보니 필리핀 북부에 있는 한 임시군항이었다. 100여 명의 포로는 나무로 지어진 임시 막사에 수용된다. 수용소 몇 백 미터 옆에는 이미 수백 명의 일본군 포로가 수용되어 있었다.

그러니까 기존 포로수용소의 근접한 곳에 100여 명을 따로 수용한 것이다. 100여 명의 포로 중에서 조선 출신 병사는 다섯 사람밖에 없었으며 추정하건대 천영화와 같이 출발한 300여 명의 조선 출신 병사는 거의 다 수장된 것이다.

포로수용소에 오자 일단 매일 여러 명씩 포로 심문을 받는다. 천영화도 예외는 아니어서 리처드 박이 번역 내지는 통역을 하면서 심문을 받는다. 심문 내용은 어디가나 동일한 내용이다. 기본적인 인적사항과 정보를 알아내고 일본군의 주둔과 현황에 대한 질문이다. 천영화는 아는 대로 질문에 답변하였으며 이것을 리처드 박이 영어로 통역하였다.

천영화는 한 달이 지나자 리처드 박을 불러서 무료한 시간을 보내기 위하여 자신이 일을 좀 하게 해달라고 부탁한다. 포로는 일을 하지 않아도 되지만 자신은 무위도식 하는 것이 싫었다. 무엇보다 일본군 장교가 지휘하는 수용소 내의 포로집단에 편입되어 일본군의 지시를 받고 뭔가를 하는 것 자체가 몹시 거슬렸다. 그리고 이왕이면 해방군이 될지도 모르는 미군을 위하여 일하겠다는 심정을 리처드 박에게 이야기한다.

며칠 후에 천영화는 미군 식당 주방에서 쓰레기를 치우고 요리사들이 주문하는 여러 가지 심부름을 하게 된다. 물론 군복은 벗어던지고 해군 수병의 파란 작업복과 청바지를 입고 일한다. 이때가 1945년 4월 이었으며 천영화를 비롯한 중국에서 차출된 일본군이 원래 가려던 오키나와는 미군의 엄청난 공격을 받기 시작한다.

일본의 패전과 귀향

-김동욱의 후송/귀향-

김동욱은 다리 절단 수술을 받기 위하여 괌 앤더슨 기지에서 긴급히 큰 수술을 할 수 있는 사고무친의 하와이까지 항공기 편으로 공수된다. 수술을 받기 위하여 마취주사를 맞았고 그 이후에 어떤 일이 벌어졌는지 며칠 만에 깨어난 그는 아무것도 기억나는 것이 없다. 그는 왼쪽 발이 뭔가 허전한 생각이 들어 누워서 발을 들어보았다. 온통 붕대로 싸인 왼발이 오른발보다 많이 짧아진 것을 보았다.

아니 이럴 수가 있단 말인가? 발목 근처 조금만 잘라낸다더니 무릎 이하 모든 다리를 잘라내 버린 것이다. 그는 분노를 머금은 채 얼굴 상태를 확인하려고 병실 입구 옆에 부착된 자그마한 거울 쪽으로 몸을 옆으로 굴려 침대 옆의 철로 된 난간을 잡고 한쪽발로 일어난다.

캐비닛 옆을 팔로 짚으며 몇 걸음을 떼어 거울을 들여다본 순간 김동욱은 또 한번 깜짝 놀란다. 분명히 거울 속에는 김동욱 자신이 아닌 웬 흉악한 마귀할멈 같은 얼굴이 자기를 노려보고 있다.

얼굴이 붉으락푸르락하고 달 표면처럼 요철이 심한 얼굴, 마치 마귀처럼 생긴 얼굴이 김동욱을 맞 바라보고 있다. 그는 거울이 이상하다고 생각하여 입으로 "화—아" 하여 입김을 내뿜고 손으로 거울을 닦아내본다. 역시 마찬가지이다. 그는 눈물을 흘려보았다. 거울 속의 누구도 같이 눈물을 흘리고 있다. 이번엔 얼굴을 마구 할퀴고 비벼보았다. 그러지 않아도 주홍과 푸른색의 얼굴이 더욱 짙어진다.

하나의 괴물이 그를 노려보고 있다. 분명 저 얼굴은 김동욱의 얼굴이었지만 자꾸만 부정하고 낙담하면서 자신의 발을 다시 본다. 그는 놀라서 한발로 뒷걸음질 쳐 침대에 누워 이불을 뒤집어쓴다. 저게 누구일까? 자문도 해본다. 아니다. 저것은 김동욱이 아닐 것이다.

김동욱이란 놈은 앳된 얼굴에 계집애처럼 미끈한 얼굴을 가진 아직 솜털이 가시지 않고 턱수염이 막 검게 솟아오르려는 미소년이지 않은가! 그는 자신의 죄가 많아 하늘이 노하여 이렇게 되었을 것이라고 생각해본다. 그럼 내가 무슨 죄를 지었던가 따져보았지만 자신은 일본군 징병을 마다하고 탈출한 것밖에 없다.

그리고 잡혀서 모진 고문에 못 이겨 거짓으로 정 선생님을 지칭하고, 친구들의 행선지를 다른 곳으로 말한 것 외에 없다. 그럼 무슨 죄란 말인가? 이런 것이 원죄에 해당되는 것일까? 정 선생님을 사지에 몰아넣은 죄일까? 그는 그만 이곳에서 죽어버릴 것을 결심한다. 자신이 목숨을 끊으면 모든 것이 해결될 것이라고 생각하고 창밖을 쳐다보니 자살을 시도할 수 있는 어떤 도구나 장소를 찾아볼 수가 없다.

뛰어내릴 절벽이 있다거나 목을 맬 수 있는 밧줄이나 시렁도 혹은 칼 같은 도구도 없다. 그는 병상에 누워있으면서 하와이까지 왔다는 이야기는 들었지만 하와이가 어딘지 지금 이 병원이 하와이 어디에 있는

지 전혀 알 수가 없다. 그리고 다리를 잘라내어 한 발로 밖으로 나간다는 것도 꿈같은 이야기로 생각된다. 이오지마에서 기절한 후에 지금까지의 모든 것이 꿈속에서 벌어지는 악몽이라고 생각된다.

연속된 악몽에서 빠져나오려면 자살만이 그것을 해결해주는 것이라고 생각하고 여러 방법을 생각해본다. 그러나 간호원이 사방에 널려 그를 주시하고 있고 밖으로 나갈 수도 없어 자살도 여의치 않다고 생각한다. 그러자 이번에는 가족들 생각이 나서 눈물이 저절로 흘러나오니 자살이라는 생각은 쏙 들어가 버린다.

멀리 떠나온 자식이 어버이를 사모하여 그린다는 망운지정이 들어 자살 생각은 싹 사라진다. 그리고 꼭 살아서 부모님과 누님들 집안 식구 그리고 여러 친구들을 만나야겠다는 생각이 앞선다. 그의 왼쪽 다리를 크게 절단한 것은 하와이까지 오는 동안에 살과 뼈가 무릎 부분까지 많이 썩어 들어가 거기까지 절단하지 않으면 안 되었기 때문이다.

수술하고 석 달 정도가 지나니 상처가 완전히 아물었고 이제는 목발을 짚고 밖에도 산책할 수 있게 되었다. 그는 병상에 3개월을 누워 있다가 자른 다리가 완전히 아물자 별도의 포로수용소에 딸린 병실에 들어가게 되었다.

비록 포로수용소였지만 하와이라는 섬이 아름답다고 생각하였다. 그가 머물던 병실을 중심으로 수풀이 우거져 있고 어디를 가나 사방에 꽃이 피어 있다. 화초도 화초려니와 이름도 모르는 멋진 나무에 형형색색의 꽃이 왕성하게 피어 있는 것이 참으로 아름답게 보였다.

어느 날 수용소 병실에서 하릴없이 누워있을 때 일본군이 항복하였다는 소식을 들었다. 모든 병실의 미국 사람, 간호원과 군의관들은 환호하고 전쟁 승리와 종료에 대한 파티를 한다. 병실에 누워 있던 김동욱뿐만 아니라 같은 포로 환자도 이제는 집에 가게 되었다고 감격 어린 환호를 한다. 알지도 못하는 미군과 악수와 포옹을 하며 기쁜 마음을 표현한다. 그런데 일본군 포로들은 정반대의 반응을 보인다. 아직도 자신들이 이용을 당하였으며 일반 백성들이 도탄지고에 빠져있고 사교적 주술에 걸려 있다는 것을 모르고 있다.

김동욱은 집에 편지를 써서 보냈다. 자기는 하와이에 와 있으며 곧 집에 가서 뵐 수 있다는 내용이다.

여러 사람들에게 알아본 결과 적어도 3~4개월이면 편지가 집에 배송될 것이라고 생각한다. 수용소 병실에는 장애자 재활원도 있어 그는 목발을 짚으며 걸음 연습을 하였다.

그러다가 그를 포함한 수십 명의 포로가 포로수용소를 나와 배를 타고 일본으로 간 것은 1946년 4월경이고, 일본 도쿄만 근처에 있는 요코스카 항에 기항하였으며 미국과 일본의 포로 교환정책에 의거, 일본 측에 넘겨졌다.

김동욱은 자신이 한국인임을 내세우고 한국으로 보내줄 것을 강력히 요구하였다. 미일조약에 의거, 모든 한국인을 본인의 의사에 따라 한국으로 귀환할 수 있게 하였다. 그리고 귀국하는 모든 장병에게는 장병여행증과 무료 차량탑승증 그리고 얼마간의 경비를 지급하였다.

그는 요코스카 항에서 다른 동포와 함께 다시 배를 타고 부산항에 입항한다. 배가 현해탄을 건너자 좌측에 긴 섬이 보인다. 이 섬이 대마도라고 누군가가 소리친다. 대마도를 지나니 멀리 육지가 보인다.

바로 우리산천 금수강산이다. 김동욱은 뒤로 돌아 멀어지는 대마도를 한번 바라다보았다. 순간 일진광풍 찬바람이 불어 닥쳐 그의 몸이 휘청하여진다.

— 대마도 —

한반도의 꽃과 잎 파먹으려
송충이처럼 끈질기게 달라붙어
한 치 두 치 다가든다.

해운대에서 지척지간
손 내밀어 악수하고 호형호제하며
이상향 만들 수 있으련만
침탈야성 넘쳐흘러
항상(恒常) 척 지길 주저치 않는구나.

선조들이 베푼 인의(仁義)
게다짝 버리듯 하고
못난 섬 징검다리 전진삼아
끊임없이 괴롭히고 있구나.

유유히 흐르는 대한해협의 온화한 물길
저들의 현해탄 지나니
거센 물살 일고 비바람 몰아친다.
검은 바람아 일어라 성난 파도여
송충이 섬을 부셔 삼켜라!
반도를 넘보는 근거지를 사라지게 하라.

지구 신이시여! 지각활동을 계획대로 하사
그들의 소원대로 지진 없고 해일 없는
태평양 한가운데로 열도와 대마도를 데려 가소서
다만 자비를 베풀어
그 민족의 일부는 남겨주소서.

육지가 보일 때는 모든 사람들의 눈에서는 하염없이 눈물이 흘러나온다. 사람들은 환호성을 지르며 손을 흔들면서 배가 완전히 멈출 때까지 아리랑을 연거푸 계속 부른다. 김동욱의 가슴도 벅차서 뭐라고 말할 수 없는 기쁨에 싸여 있고 꿈속에서나 있을 법한 자신의 2년여 세월을 다시 회상해본다. 많은 사람들이 기차를 타려고 부산역으로 걸어간다.

모자를 깊숙이 눌러쓰고 부산역이 어디에 있느냐고 물어보고 사람들이 가는 길을 따라 열심히 가지만 점점 처지기만 하였다. 목발을 짚는 그에게는 힘든 길이었다. 길 가던 사람들 모두가 목발을 짚고 부지런히 걸어가는 김동욱을 보고 동정이 아닌 이상하고 차가운 눈초리를 던지는 것을 엿볼 수 있다.

마치 바보 병신같이 누가 그렇게 일본 놈들을 위하여 열심히 싸우라고 했느냐. 다리를 잃고 화상도 입고 잘했다고 비웃는 것만 같다. 그는 부지런히 걸어서 부산역에 도착하여 경부선 열차를 탄다. 사람들로 가득 찼지만 늦게 온 그인지라 자리가 남아 있을 리 없고 상이군인이 된 그에게 어느 누가 자리를 양보해주려 하지 않는다.

이 때 서너 개 의자 뒤쪽에 어여쁜 처자가 그를 불러 자기가 앉던 자리에 앉으라고 손짓한다. 김동욱은 사양하였지만 주변 사람의 시선이 따가워지는 것을 느끼면서 고맙다는 인사를 하고 자리에 앉는다. 모두가 두 눈에 희망의 눈빛이 그득하다. 자신만 집에 가는 것을 두려워하고 있음을 안다. 그는 두려움을 씻어버리려 무진장 애를 써본다.

그런데 마음대로 잘 되지 않는 것은 왜일까? 기차는 느릿느릿 서울을 향하여 달려간다. 오래간만에 보는 고국산천 저 산과 들이 그렇게 보고 싶었던 그리고 소중하였던 우리들의 삶의 터전이 아니던가!

논에서는 모내기철이 되어 여전히 그 전과 똑같이 모내기를 하고 있고 밭에는 가득 심은 이름 모를 작물이 푸르름을 더하고 있다. 2년 이상 풍전등화처럼 위험하고 뜻 없는 허송세월을 보냈는데도 산천은 옛날 그대로 비관을 일삼았던 자신의 마음에 자그마한 위로를 보내주고 있다.

— 농심 —

겨우내 살찌운 거먹 소
되새김질하고 콧김 내뿜으며
못자리 칠 논 갈아엎으면서
음메에 기 트림한다.

깊게 쟁기 지나간 이랑 검은 속살 드러나니
철 이른 노출에 미꾸라지 당황하여
누런 배 드러내고 푸다다닥 거린다.
가냘픈 황새다리 분주히 뒤따라 움직이며
오랜만에 포식한다.

질그릇 빚어내듯 정성스레 모판 만들고
소독한 씨 나락 흩뿌린다.
부나비 잽싸게 모 사이에 알 까고
자기들 세상 엮어간다.

서둘러 경쟁하듯 튀어 나온 개구리
물바다 들녘을 무대삼아 사랑소리 경연한다

죽순처럼 자라는 모
철 늦지 않게 쪄내어 한 타래씩 묶어낸 후
모잡이 소리에 장단 맞추어 허리 굽혀 심어내니
초록빛 가득해진 세상 농심이 흐뭇하다.

기차가 힘겹게 추풍령을 넘어서 대전역에 도착한 것은 밤이 되어서였다. 호남선 기차를 알아보니 마침 밤 열차가 5시간 후인 자정 이후에나 있어 휴식을 취하고자 대전역 장병여행소에 들어갔다.

문을 밀고 들어가니 미군 병사가 의자에 앉아 있다가 목발을 짚고 흉한 얼굴의 한 사람이 들어서자 아무 말 없이 의심의 눈초리를 던진다. 김동욱은 하와이 병실에서 배운 몇 마디 영어로 미군에게 말을 건넨다.

"Hey! Good evening, I am coming from Howai, I am a retired soilder. Can I rest here for few hours? I will take train after 5 hours." (저! 안녕하십니까. 나는 하와이에서 오는 길입니다. 퇴역군인이죠. 몇 시간 여기서 쉬어도 되나요? 다섯 시간 후에나 기차를 탈 겁니다.)

김동욱이 엉성한 발음으로 영어를 하였지만 미군은 깜짝 놀라 의자에서 일어나며 약간 말을 더듬으면서 대답한다.

"Su... Su... Sure Sure! You... you... can rest in the next room, Follow me." (무 물... 물론이죠! 옆에 휴식 방에서 쉴 수 있어요, 따라오세요.)

미군이 침대가 마련된 두 번째 방문을 열어 전등불을 켜고 보여준다. 그는 한 침대를 가리키며 김동욱을 쳐다본다.

"You're able to rest here!" (여기서 쉬십시오!)

김동욱은 고개를 끄덕거리며 대답한다.

"Very good. it's O.K." (됐어요. 좋군요.)

미군이 방을 나가려 하자 김동욱이 그를 깨워달라고 한다.

"Hey, Please wake me up after four hours and 30minutes at midnight. I would catch the train to bound to Mokpo." (여보세요, 네 시간 반 후 자정에 절 깨워주십시오. 목포 가는 기차를 탈 겁니다.)

"At 12:30 right? after pass 30minutes midnight?" (열두시 반이죠? 자정 삼십분 후죠?)

"That's right." (그렇습니다.)

김동욱이 맞다고 하자 그는 방문을 닫고 자신의 근무 위치로 나간다. "TMO"라 하는 장병여행소는 일본군 대신 미군이 점령군으로 들어앉아 관리하고 있었고 군용열차가 특별히 운영되고 있었다. 몇 시간 후 미군 병사가 깨어서 일어나니 자정이 30분이나 지난 시각이다. 그사이 깜빡 잠이 들었던 모양이다. 그는 일어나서 미군에게 고맙다는 말을 하고 대합실로 간다.

자정이 넘은 시간인데도 사람들이 여기저기에 더러 앉아 있다. 대합실에 그가 들어가니 눈을 뜨고 앉아 있던 모든 사람들이 김동욱을 쳐다본다. 그는 그런 시선을 아랑곳하지 않고 빈 나무의자에 자리를 잡고 앉아 있다가 개찰이 시작되어 다른 사람들과 같이 줄을 선다.

그의 차례가 되어 여행증과 무임승차권을 역무원에게 내민다. 몸이 불편하니 먼저 들어가라는 사람들의 말 한마디도 없다. 역무원이 앞뒤를 번갈아보더니 통과시켜주어 그는 어기적어기적 기차 객실에 오른다. 서울에서 오후에 출발한 야간열차가 조금 전에 도착하였다. 그는 완전히 두 자리가 비어있는 의자 밑에 목발을 밀어 넣고 앉아서 자다만 잠을 자려는 듯 두 눈을 감는다.

온갖 생각이 불현듯 피어난다. 머리를 세차게 흔들며 악몽 같은 과거를 떨어뜨리고 잊어버리려 하였지만 자꾸만 끈질기게 떠올라 아예 눈을 뜨고 주변의 여러 사람을 번갈아 본다. 그리고 저 앞에 앉아있는 사람이 무엇을 하는 자인지 또한 지금 무슨 생각을 하고 있을까, 자신하고는 전혀 관계가 없는 자질구레한 일을 생각해보니 한결 나아진다.

이제 이 밤이 지나면 우리 집, 내 집에 가서 발을 뻗고 누울 수 있다는 생각을 하니 다시금 집 생각이 물씬 더해지고 희망이 생긴다.

역을 지나칠까 걱정되어 졸다가 놀라서 깨어나면 겨우 한두 정거장밖에 가지 못한 상태였다. 드디어 기차가 김제역에 도착하였다. 김제역사는 하나도 변함없이 2년 전 그대로이다. 자신이 고문을 당한 헌병출장소도 그대로 그 자리에 있다. 배가 몹시 고파서 역 우측 길로 가니 국밥집이 있어 국밥을 한 그릇 주문하여 먹는다.

바로 이 맛이다. 얼마 만에 맛보는 고향의 맛이런가! 김동욱은 2년여 전 함라 아침시장에서 먹은 국밥이 생각났다. 그때도 정말 꿀맛보다 더한 느낌을 가졌는데 오늘도 그랬다. 음식점 아주머니가 몹시도 안타깝고 불쌍하다는 듯 아주 맛있게 먹고 있는 김동욱을 보면서 묻는다.

"국물허고 밥 좀 더 말아줄까?"

"아 예 예! 그 그러면 좋지요. 그렇게 혀주세요!"

김동욱은 대답을 하면서 웃어 보인다. 자신은 웃었지만 그 얼굴은 울부짖는 짐승의 모습처럼 보인다. 식사 후 그는 김제역에서 몇 대 되지 않는 승합택시를 탄다. 승합택시 운전사는 김동욱을 보면서 승차거부를 해야 할 것인가 어찌할 것인가 망설이고 있는 것 같다. 김동욱은 호주머니에서 돈을 꺼내어 보여주며 가자고한다.

"아자씨! 봉남 XX리로 갑시다."

"예 예 알것습니다. 그러지요 갑시다."

운전사는 미안하다는 듯이 김동욱이 뒷자리에 앉는 데 도와주고 목발 두 짝도 받아 뒷좌석에 잘 놓는다. 승합택시가 출발하자 김동욱은 무임 승차증을 보여주며 말한다.

"아자씨 난 말이요. 무임승차까지 할 수 있지만 몇 푼 벌려고 애쓰는 아자씨가 불쌍해 보여 돈을 줄테니 걱정허들 마시오. 잉!"

운전사는 무안해서 죄송하다는 말을 거듭하며 묻는다.

"죄송헌듸 이렁거 물어보면 될랑가 모르겄네! 젊은 사람 같은듸 그렁게 거시기 어쩌다 그러코롬 다치셨는가 잉?"

김동욱은 말하고 싶지 않았지만 "이래 봬도 나는 사나이 대장부야!"라고 부르짖듯 대답한다.

"예! 나는 거시기 태평양에 있는 한 섬에서 미국 놈과 죽자 살자 전투를 하다가 이 지경이 됐시요!"

운전사도 더 이상은 물어보지 않고 잠자코 운전만 한다. 아마도 자기 나름대로 상상하고 있는 것 같이 보인다.

유리창 너머로 보이는 논과 밭, 야산은 너무나 익숙한 곳이다. 징용되기 전까지만 해도 온 사방 천지를 내 집 마당 마냥 헤집고 다녔던 이 정든 땅. 그는 너무나 반가웠고 마치 다시 어린 시절로 돌아온 양 생각된다. 승합택시는 큰 농로를 이용하여 들판을 가로질러 마침내 집 앞에 도착한다. 택시비를 치르고 목발을 꺼내어 대문 앞에 선 그는 잠시 망설이며 서 있다.

이른 아침이라서 그런지 지나가는 사람도 없고 대문은 닫혀 있다. 그는 집안에서 어떤 소리가 나는지 귀를 기울여 본다. 대빗자루로 마당 쓰는 소리가 "싹－싹－싹－" 들려온다. 그는 목발로 대문을 밀어본다. 대문은 잠겨 있고 밀리지 않아 하는 수 없이 손을 들어 대문을 크게 두드린다. "텅 텅 텅"하는 소리가 들리자 마당 쓸던 머슴이라고 추정되는 한 명이 대답한다.

"누구쉬여!"

머슴은 문을 조금 열고 얼굴을 빼꼼히 내밀어 다시 묻는다.

"누구여어!"

그는 김동욱을 보고 웬 목발을 짚은 동냥아치인가 생각하여 말한다.

"밥을 얻어 자시려면 쬐매 기다리시오 잉! 아적 아침 밥상도 안 보았응게로. 다되면 디릴테니 저그서 앉아 기대리시유 잉!"

그는 길 공터에 놓여있는 소 구루마(수레)를 가리킨다.

"아자씨 나여 나. 나란 말이여 동욱이. **김. 동. 욱.**"

김동욱이 한 자씩 힘주어 말하자 머슴은 놀란다.

"어허?!"

많이 들어본 목소리라 멈칫하며 다시 찬찬히 들여다본다.

"아니 우리 동욱이 대린님(도령)이 이게 웬일이여! 그런디 우리 동욱이 대린님이 맞긴 맞는 것이여? 목소리는 동욱이 대린님이 맞고만 어떻게 된 것이여! 어여 빨랑 들어오소 들어와!"

그는 약간 의심쩍어 하면서도 대문을 활짝 열어젖히고 안채를 향하여 소리친다.

"동욱이 대린님이 돌아 왔다! 동욱이 대린님이 살아 돌아왔어. 모두 나와 봐라 나와 봐!"

머슴은 집안에 대고 큰소리로 말한다. 이 뜻하지 않은 소리에 모든 집안 식구들이 대문 쪽으로 우르르 몰려나온다.

그런데 그들 앞에는 예쁘장하던 김동욱이 아니고 한쪽 다리가 없고 목발을 짚고 있으며 얼굴이 흉하게 이지러진 문둥이 거지같은 상이군인이 서 있다. 모두들 눈이 휘둥그레지고 멈칫한다. 이때 동욱이 어머니가 앞으로 나와서 김동욱을 찬찬히 들여다보며 물어본다.

"네가 동욱이냐? 우리 동욱이여!"

"어머니 나 동욱이여! 나 이렇게 되어버렸어!"

그가 힘없이 말하며 고개를 떨구었으나 목소리는 분명 동욱이가 틀림없다. 어머니는 믿기지 않는 사실에 바짝 다가와서 얼굴을 맞대어 보다시피 하여 자세히 뜯어보더니 통곡한다.

"아이구 내 새끼야! 동욱아! 동욱아!"

수없이 아들 이름을 부르며 부둥켜안고 넋두리를 터트린다.

그러자 옆에 있던 아직 시집 안 간 두 누나들도 다가와 같이 부둥켜안고 네 모자가 통곡한다. 한참 울도록 내버려둔 김동욱 아버지도 다가와서 "허엄 허엄!" 큰 기침을 하자 세 모녀는 다시 한 번 얼굴을 들여다보면서 얼굴을 김동욱의 얼굴에 갖다 대고 비비면서 또다시 대성통곡한다. 머슴을 비롯한 식모 그리고 밥하다 말고 부엌에서 달려 나온 양순이도 이 광경을 보고 모두 다 뜨거운 눈물을 흘린다.

김동욱의 아버지가 다시 다가와서 눈물을 닦아내며 그만 방에 들어가자고 하여 집안 식구 다섯 명은 안방으로 들어간다. 나머지 머슴들이나 양순이, 식모들은 안방마루에 앉아 도대체 왜 김동욱이 그런 상처를 입었는지 궁금하고 그동안 일어난 일을 알고 싶어 귀를 기울인다.

김동욱은 고문 받은 이야기부터 제주도에 가서 훈련받고 남방으로 배를 타고 가다가 이오지마라는 섬에 배속 받아 미군과 전투를 하다 대부분은 죽었으나 자기와 몇 명만이 겨우 살아났다는 이야기, 화염방사기 그리고 수류탄이 동굴 안에 들어와 그렇게 부상과 화상을 입고 미군에게 구해져서 괌과 하와이라는 섬으로 가서 수술을 받았던 이야기, 자기 발이 썩어 들어가 이렇게 무릎 이하를 절단하였고 화상을 입어 얼굴이 이지러지게 되었다고 설명한다.

김동욱의 한마디 한마디에 모두들 탄성을 지르며 마치 전쟁 영웅담을 듣는 듯 감탄한다.

대충 큰일만을 간추려서 이야기한 김동욱은 이제 좀 쉬고 싶었다. 그는 징병이 되기 전 자기 방에 가본다. 모든 것이 깔끔하게 정돈되어 있었고 마침 여름인지라 불을 지필 필요가 없어 요를 깔고 간단한 이불을 덮고 자리에 눕는다. 온몸이 가라앉는다. 어느새 잠이 들었는지 꿈을 한없이 꾸면서 잠꼬대를 많이 한다. 하나밖에 없는 아들이 안타까워 방문 앞에 서성거리고 있는 어머니의 귀에 김동욱이 악몽을 꾸면서 내는 잠꼬대 소리가 들린다.

하릴없이 걱정하며 왔다 갔다 하던 어머니는 "쯔쯔쯔" 혀를 차며 일부러 베개를 흔들어 악몽에서 깨어나라고 흔들어주기도 한다. 그는 하루 반을 먹지도 않고 계속 잤으며 이튿날 저녁이 되어서야 일어난다.

그는 밥을 먹고 방에 들어가서 또 이불을 뒤집어쓰고 눕는다. 부모님은 그를 그냥 편하게 놔둔다. 김동욱은 부모님과 밥상을 마주할 때나 식사 후에 자기가 당하였던 이야기를 부모님께 상세히 말씀드린다.

고문, 탈출, 군산, 선창, 수색, 제주 훈련, 미군, 전투, 땅굴파기, 미군의 비행기, 공중공격, 땅굴 생활, 화염방사기, 수류탄, 배, 하와이 등. 아들의 이야기를 들을 때마다 부모님은 온 가슴을 조이고 마치 자신이 그 속에 있는 양 몸을 떨기도 한다.

김동욱이 한 달째 집에서 두문불출하고 있을 때 김동욱의 어머니는 아들을 정신적으로 안정시켜 주는 것이 좋겠다고 생각하여 동욱이 아버지와 방법에 관하여 의논을 한다. 하나밖에 없는 자식의 심리적 안정이 무엇보다 시급하다고 판단되어 어떤 수를 써서라도 동욱이가 비록 몸은 불구가 되었지만 마음을 다시 잡고 정상적인 생활을 하도록 도와주어야 한다고 생각한다.

어머니는 아들의 처지가 어찌 이렇게 되었을까? 자기 나름대로 그 이유가 뭔지를 알아야 하고 더 이상 나쁜 일이 일어나지 않도록 액막이를 해야 한다고 생각한다. 그래서 가까운 아랫동서와 함께 동네에서 30리나 떨어져 있는 용하다는 점쟁이에게 간다. 이전엔 가본 적도 없고 전혀 모르는 점쟁이였다. 점쟁이는 대뜸 김동욱의 어머니를 보더니 몸을 부르르르 떤다.

"왜 왔어? 여그를- 아이구 무서우라 아이고 아이구!"

점쟁이가 갑자기 울면서 김동욱의 어머니를 밖으로 밀어내다시피 한다. 어머니는 밖으로 밀려 나간다.

"아니 왜 그려 나여 나 손님이여!"

"귀신이 쩍 달라붙었어 귀신이! 당신 집안에 귀신이 떡 허니 자리 잡고 있어!"

점쟁이는 그렇게 말하고는 다시 안으로 들어가 버린다. 김동욱의 어머니는 기가 막혀 같이 간 동서에게 혼자 들어가서 자초지종을 좀 물어보라고 한다. 동서가 다시 들어가 물어보니 이번에는 점쟁이가 흥분하지 않고 차가운 표정과 말투로 설명한다.

"내가 말을 혔는듸 무신 말인지 모르시는구만!"

"이 양반 시방 먼 소리를 허는 거여! 모를 수밖에 읎지 대뜸 그러니나 같으도 그럴 수 밖에 읎지. 그렁게로 시방 자초지종을 말혀줘야 할거 아닝개벼!"

동서가 말하자 점쟁이가 대답한다.

"왜 내가 아까막세 자세히 말을 혀주었는디 내가 말을 왜 안혀줘? 긍게로 여태껏 무신 말인지 모른다는 거여?"

"아 아적 모르겄어! 그렁게 먼일이여 어찌하오려!"

"어찌허긴! 귀신을 쫓아내야지! 귀신을!"

이때 김동욱 어머니가 방으로 다시 들어온다.

"그렁게로 저러코럼 귀신이 짝 달라붙었응게 아들헌티도 아주 딱 들러붙었구만 잉! 귀신을 떼어내야지! 떼어내어, 시방 말이여 집안에 귀신이 득실거리고 그리고 자네 몸과 거시기 자네아들 몸에도 귀신이 단단히 들어앉아 있구만 잉!"

김동욱의 어머니가 궁금하여 다시금 묻는다.

"무신 귀신이 어떻게 붙었단 말이여!? 무신 귀신 씻나락 까먹는 소리를 허는 거여 시방! 권태궐로(가짜면서 억지로 넘겨짚어) 그러능 것 아녀? 그리고 귀신을 띠어낼려면 어떠코럼 혀야 한다고?!"

"조상 귀신이여! 조상, 그 귀신은 굿을 혀야지만 띠어낼 수가 있어 귀신 띠어낼 굿을 허야 혀! 붙어도 걍 찰떡같이 달라 붙었고만!"

점쟁이가 대답하자 굿이란 말이 어머니의 귀청을 천둥치듯 때린다.

"아니 그럼 어찌 허야 된디야? 어찌하오려!"

"귀신을 띠어 낼려면 씻음굿을 혀야 혀 씻어내야 혀!"

집에 와서 김동욱 아버지에게 자초지종을 이야기하고 며칠을 고민한 어머니는 자기 집안에 들어 있는 액운과 동욱이의 영혼을 반드시 씻어내야 한다고 생각한다. 점쟁이가 말한 어느 조상의 귀신이 집안에 들어앉아 있고 내 몸과 동욱이의 몸에도 붙어 있다 하니 그것을 없애려면 씻김굿을 하는 것이 어떻겠냐고 남편에게 상의한다.

김동욱 아버지도 반대하지 않고 무슨 수를 써서라도 동욱이의 생각과 행동을 정상적인 사람으로 만들어야 하니 굿보다 더한 것도 할 수 있다며 무당을 불러 씻김굿을 하기로 한다.

어머니가 동욱이 방에 들어가서 그의 생각을 물어볼 겸 이미 결정된

굿을 알려주기 위하여 여러 가지로 설명한다.

“동욱아! 니 그 힘든 맴을 나나— 느그 아부지 그리고 온 가족이 잘 알고 있지야. 거시기 저! 사람들이 굿을 한번 허면 어떻겄냐 혀서, 나도 그렇지 않아도 그런 것을 생각허고 있었는듸 느그 아부지도 허락을 허여 그렁게로 굿을 좀 혀보기로 혔단다. 내가 여그서 한 삼십 리나 떨어진 그 거시기 금산사 쪽의 한 점쟁이한테 강게로, 점쟁이가 대뜸 나를 보더니 방안에 들어가기 전으 나허고 니 몸에 귀신이 붙었다고 허더구나. 그려서 어떻게 허면 그것을 쫓아낼까 띠어낼까 물어봉게로 굿을 혀얀다고 혀서 그렇게 허기로 혔단다.

저그! 옆의 옆 동네에 정받이가 닛이 있는듸 아주 씻음굿을 잘 헌다고 허여 그 사람들을 불러서 굿을 혀볼 틴지 니 생각은 어쩧냐?”

김동욱은 귀찮기도 하지만 자신도 악몽만 되풀이되지 않았으면 하는 마음에 별 말 없이 고개만 한두 번 끄덕 끄덕이며 무언의 승낙과 동의를 한다.

며칠 후 무당 4명이 아침부터 와서 씻음굿 준비를 한다. 준비를 하는데도 하루가 걸린단다. 그들은 차려야 할 제사상의 법도와 여러 음식을 이야기해주면서 시장을 보라고 하였다. 그 목록에 따라 머슴과 식모가 시장에 가서 직접 재료를 사온다.

무당은 사온 재료를 이용하여 어떠한 음식을 만들고 또한 무엇 무엇을 만들라고 일일이 지시한다. 그리고 자신들은 굿에 쓸 여러 가지 집기와 깃발 그리고 한지에 글을 써서 여기저기에 붙인다.

일부 머슴들과 집안 장정 여러 명이 모여 새벽부터 큰 암돼지 한 마리를 잡기로 한다. 오늘 잡을 돼지를 우리에서 제일 좋은 암놈으로 고른다. 수놈은 이상한 냄새가 나 제사상에 좋지 않기 때문이다.

이때 사람은 동시에 두 패로 나누어 한 패는 큰 가마솥에 물을 펄펄 아주 뜨겁게 끓인다. 다른 한 패는 집안 마당 한쪽에 돼지 몸보다 훨씬 큰 구덩이를 파고 그 위에 가마니를 깔아둔다.

이번에는 힘센 장정 몇 명이 점찍어 둔 암돼지를 잡아 앞발과 뒷발을 되게 꼰 새끼줄로 칭칭 묶는다. 돼지는 "괘액깩" 집이 떠나가라 소리를 지른다. 이때 소리를 지르지 못하게 입을 가는 새끼줄로 매어버리니 돼지는 입속으로 꿀꿀거리기만 하고 몸을 가끔씩 심하게 요동친다. 돼지도 자신의 운명을 아는 듯하다. 묶은 돼지를 파놓은 구덩이에 집어넣고 높이가 낮은 큰 항아리를 돼지 목 부분에 놓는다.

닭달을 제일 잘하는 한 사람이 나서 번들번들 빛나게 갈아놓은 식칼로 돼지의 멱을 딴다. 돼지가 요동을 치면서 꽥 소리를 지른다. 멱을 지른 부분에 얼른 항아리를 집어넣으니 돼지의 선지피가 콸콸 흘러 항아리에 가득 고인다. 돼지의 동맥을 건드렸기에 진한 피가 항아리 하나 가득 거품이 일면서 고인다. 돼지가 소리를 지를 때마다 선지피는 항아리에 밀려나와 고인다. 꿀꿀거리는 소리의 고저에 따라 나오는 양이 다르다. 이때 내지르는 돼지소리를 "돼지 멱따는 소리"라 한다.

선지피는 따로 두어 일부는 무당이 귀신을 물리치는 의식을 할 때 이곳저곳에 뿌린다. 남은 피는 선지로 쓰거나 돼지 내장과 함께 순대를 만드는 데 쓰인다. 돼지의 생명이 다하면 이번에는 끓여놓은 뜨거운 물을 돼지의 온몸에 한 바가지씩 붓는다. 직접 뜨거운 물이 닿지 않도록 한다. 그리고 물을 흘려버리지 않고 돼지의 털가죽에 뜨거운 물의 기운이 오래 머물도록 밀가루 자루와 같은 헝겊, 가마니 장을 돼지 위에 올려놓고 붓는다.

몇 분의 시간이 흐른 뒤 여러 사람이 달려들어 돼지털을 온몸에서 제거한다. 돼지가죽이 뜨거운 기운에 익어 빳빳했던 털이 유들유들해져 잘 제거된다. 제거한 털을 한데 모아 돼지털만 전문적으로 사러 다니는 사람에게 판다. 이 털은 옷솔이나 붓 등을 만드는 데 쓰인다.

털이 다 제거되면 부분별로 닦달한다. 돼지머리, 꼬리, 발굽 등을 털이 하나도 보이지 않게 그리고 창자는 가능한 한 냄새가 나지 않게 다루는 사람이 최고의 장인이다. 머리 부분은 별도로 떼어내 아주 면도날처럼 날카로운 칼로 섬세하게 털을 제거하여 제사상에 올린다.

약간 미소 짓는 형상의 입과 눈 그리고 번들번들한 돼지코를 만드는 것이 주 포인트다. 내장은 별도로 분해하고 특히 창자는 속의 이물질을 제거하여 순대나 곱창을 만들어 먹는다. 내장에서 방광은 별도로 분리하여 구경하는 아이들에게 내어준다. 아이들은 방광에 입으로 바람을 넣어 훌쳐 맨 뒤 골목길에서 축구를 하거나 발로 차고 다닌다.

돼지의 신체는 버리는 것이 하나 없다. 이렇게 여러 사람이 협동하여 돼지를 잡고 남은 부산물을 주인은 일을 한 사람들에게 나누어주니 돼지는 마을 사람들의 주요 단백질 보충수단이 된다. 잡은 돼지의 머리와 일부는 가마솥에 넣고 푹 삶는다. 삶아진 돼지 머리를 건져내어 다시 털을 세심히 깎아 제사상에 올릴 준비를 한다. 다음날 아침 모든 준비가 끝나고 제사상이 차려진다. 제일 앞자리 중앙에 돼지 머리가 놓인다. 자비로운 미소를 띤 채 여러 사람들에게 설법을 하고 있는 듯하다. 김동욱 어머니는 고액의 지폐를 둘둘 말아서 돼지 코에 꽂아놓는다.

굿은 동이 트이기 시작할 무렵 이른 시각에 당산에서부터 시작한다. 동네 토신에게 고하는 것이다. 여기서는 간단히 차려진 제사상에 촛불을 밝히고 삼배, 사배를 하며 신에게 예의를 표한다. 다 끝난 다음에는 고시레 의식을 한다. 이때 돼지 선지피를 주변에 뿌려 액막이를 한다.

다시 집으로 돌아온 무당과 김동욱의 어머니는 마루에 차려진 제사상이 제대로 차려졌는지 최종적으로 확인하고 곧바로 씻음굿을 시작한다. 굿을 할 마당에는 토방에 연이어 큰 차양이 쳐 있고 마당에는 멍석을 대여섯 장 깔아놓았다.

남자 무당들은 징, 꽹과리, 장구를 치고 피리를 불고, 여자 무당들은 고저장단에 맞추어 덩실덩실 춤을 춘다. 무당은 삼색 꽃을 여러 개 장식한 고깔을 쓰고 빨강, 노랑, 파랑, 삼색 천을 길게 둘러 늘어트린 채 부채를 들고 접었다 폈다 하며 긴 사설을 한다.

사설이 끝나자 멍석을 깔아놓은 마당으로 모두 몰려간다. 무당은 김동욱과 어머니 아버지 세 사람을 나오라 하여 토방에 마련한 방석에 앉히고 다시 사설을 하기 시작한다.

이 대목은 무당이 집안에 들어 있는 귀신과 굿 대상이 된 세 사람에게 쓰여 있는 귀신을 불러내는 것이다.

"덩덩 덩더궁 덩덩 덩더꿍 덩 더 더덕궁 덩더 덩더꿍 덩 더덩궁궁"

"괭괭괭 고앵 괭 괭 고앵 고앵 괭 괭 괭 고애 고앵 징 징 징"

"삘리리 릴 릴 리 삐—빌빌리리리 삘리리 비리…리 빌리리"

꽹과리가 '깨갱깽깽' 거리고 징과 장구가 리듬을 놓으며 나발이 마지막을 장식하면서 네 개의 악기가 합주를 한다. 멍석 깔아 놓은 앞마당에서 네 무당은 신명이 나고, 두 여자 무당은 두 발로 껑충껑충 뛰면서 부채를 들고 춤을 춘다.

그리고 제사상에 다가가 여러 과일과 음식물을 부채로 어루만지면서 불러낸 온 집안의 잡신에게 흠향하실 것을 권하는 사설을 한참이나 한다. 집안에 있는 터주 신에게 혹은 세 사람에게 쓰여 있는 귀신들을 불러내 배부르게 접대한다. 그래야 신들과의 대화가 가능하다는 것이다.

이번에는 가족 3인을 빙빙 돌며 부채를 폈다 접으면서 춤을 추며 세 사람의 머리에 한지로 만든 관을 씌우고 가볍게 손을 대면서 주문을 외운다. 그리고 쌍칼을 두 손에 들고 칼춤을 추기 시작한다. 한참 쌍칼 춤을 추고 다시 마당을 돌며 사설과 풍악을 울려대던 두 여자 무당들이 이번에는 서로 마주 보고 대화를 하기 시작한다. 갑자기 두 여자 무당이 근엄하게 표정을 짓더니

"헤에에 이 에헤라 에헤이요. 너는 왜 뭐엇땜시 이집에 와서 자리를 잡았느냐?"

"에에이 헤이, 왜 그러냐? 왜 나만 갖고 그러느냐?"

"에에이야~, 네가 이 식구 둘에게 척 달라붙어 있으니 그렇다. 그리고 다른 대감들은 오랫동안 이 집의 터줏대감이다. 너는 왜 언제 이집에 온 무슨 대감이냐?"

"나도 이집에서 산 지 오래되었다아~."

"언지부터 왔었냐. 그리고 왜 이집에서 사냐?"

"난 니 할애비 동상이다. 나를 괄시허고 밥도 안주고 아예 본체만체 허고 있다. 너 같으면 좋아허겄냐?"

"그려 할애비 동상이면 이집에 있을 만도 허다. 그리고 그 말도 맞는 말이다. 쪼께만 기두려라! 니가 이집에서 하나의 상주 신으로 허등가 아니면 다른 좋은 곳으로 보내 줄팅게로 맛나는 것 잡수시고 쪼매만 기둘려라."

무당 한 명이 김동욱의 아버지를 보고 큰소리친다.

"너는 왜 느그 조상을 성심껏 모시지 않았느냐?"

갑작스런 무당의 혼쭐에 놀라 대답한다.

"예 예 예 죄 최송헙니다."

"죄송한 것을 아는 사람이 왜 그렇게 행동을 하였느냐?"

행동이 무엇인지 김동욱의 아버지 김일식은 "예 예!"라고 답변만 한다. 이번에는 김동욱 어머니를 보고는 야단친다.

"여보아라!"

"예 에 예"

"너는 왜 느그 할아버지들 맷밥을 올리지 않았느냐?"

"예 예 죄송합니다. 인자부터 시로 잘 올리겄습니다."

갑자기 무당이 엉 엉 엉 크게 울면서 말을 이어간다.

"엉 엉 엉 어 헝 엉 엉… 어어어 아이구 억울혀! 억울혀! 억울. 혀. 서. 이를 어. 쩐. 디. 야… 아아아아아"

옆에 있는 무당이 그 소리에 화답한다.

"뭣이 억울혀! 뭣이? 억울허면 풀어야 헐틴지 말 쪼께 혀봐! 그러야 억울헌 것을 풀어줄 거 아녀…"

옆에 앉아서 장구와 징, 꽹과리를 치는 남자 무당이 더 세게 빠르게 "칭 칭칭 칭…" 소리를 높인다. 그러다가 소리가 딱 멈추며 말한다.

"아이고 아이고 아이고오. 나는 맞아 죽었어 맞아 죽었어, 아무도 내가 그렇게 맞아 죽은지를 몰라 몰라… 엉엉"

"누가 누구에게 맞아 죽었다는 거여!?"

"난 니 할아버지 동생인디이 일본 놈헌티 맞아 죽었다. 일본 놈들허티 죽도록 매질을 당혔어! 원통혀서 이승에 있다. 그려서 아직도 저승으로 못갔다. 웬수를 갚어라 갚어!"

"알았어라우 알았어! 웬수를 갚아줄팅게로 이제 평안히 눈감으셔 눈감아. 편안히 저승으로 가셔 평안히 맘 편히 먹고 가! 그리고 가기 전으 여그 음식 흠향하고 가셔."

"어 허 엉 엉 흑 흑 흑 네가 내 한을 풀어준다니 나는 너를 믿고 갈란다. 엉 엉 엉 엉어... 나는 갈란다, 나는 간다..."

"허 허허~ 간다 간다 나는 간다. 이승에서 저승으로. 니가 내한을 풀어 준다니 나는 너만 믿고 저승으로 갈란다. 헤헤헤헤이 허허허허이 간다 간다 나는 간다. 허허허이이"

한 무당이 곡을 하며 울면서 대문 밖으로 나간다. 한참 있다가 들어온 무당은 마지막으로 모든 신에게 작별인사를 고하는 사설과 풍악을 울린 뒤에 굿은 끝이 난다. 집안에는 고요한 정적이 감돈다.

많은 이웃 사람들이 몰려와 굿하는 것을 보면서 원죄가 무엇인지 알고 이 집에 더 이상 그러한 비극이 없기를 혀를 차면서 기원한다. 주인은 떡과 과일과 고기를 이웃들에게 나누어주면서 복이 넘치기를 기도한다.

그러니까 원죄는 김동욱의 할아버지 동생이었다. 그 작은할아버지는 동학혁명 때 동학군에 가담하여 싸우다가 일본군에 체포되어 전주감영에서 매질에 못 이겨 한을 품고 죽었던 사람이다. 그렇게 억울하게 죽어간 할아버지의 귀신이 김동욱에게 들어 있었다는 것이다.

굿이 끝나자 몇 달 동안 김동욱은 활달하게 지내는 듯하더니 다시 처음과 같은 우울증세가 나타나기 시작한다. 그렇게 하릴없이 우울하게 지내던 그에게 어느 날 송금섭이 찾아온다. 두 사람은 처음에 멍하니 보고만 있더니 송금섭이 소리치며 다가와 포옹하고 악수한다. 서로 뜨거운 눈물을 흘리며 인사한다.

김동욱은 막걸리를 받아오도록 하여 밤새도록 자신들의 무용담을 이야기하며 막걸리 한 말을 다 마셔버린다. 송금섭은 이남제와 헤어지고는 아직 그의 생사를 모르고 있는 상황이라고 말한다.

특히 양자강에서 배를 타고 중경으로 갈 때에 풍랑에 배가 뒤집혀 최상현이 행방불명이 되었고 아직도 생사 여부를 모른다고 말하는 대목에서 두 사람은 다시 눈물 흘린다.

송금섭은 앞으로 자신의 포부와 어떻게 살아가야겠다는 목표도 이야기한다. 김동욱도 자신의 몸은 이렇지만 뭔가 해야겠다는 생각을 해보는 계기가 된다. 친구를 만나 새로운 삶의 희망을 가져본다.

그렇게 이틀을 머물다 송금섭은 다시 자기 집에 돌아가고 김동욱은 적막에 쌓인 방에 들어앉는다. 최상현과 이남제보다 자신의 처지가 더 낫지 않을까 긍정적인 생각도 해보고 무엇을 할 것인가 곰곰이 생각도 해본다.

그런데 이런 얼굴과 이런 몸으로는 할 것이 아무것도 없고 비싼 밥만 축내는 밥벌레에 불과하다는 생각이 더 들기도 한다. 그러다가 행방불명이 된 최상현과 이남제의 생사가 새로운 걱정거리로 그의 환상에 나타나기 시작한다.

그가 기분을 전환시키려 바람이나 쐬려고 목발을 짚고 외출하면 철모르는 개구쟁이 아이들이 김동욱의 뒤를 죽 따라다니며 똑같이 목발을 짚고 절룩거리는 흉내를 내곤 한다. 김동욱이 멈추어서 뒤돌아보고는 목발을 내젓고 휘두르며 야단친다.

"이놈의 자식들 잡히면 볼기를 때려줄 테다!"

이렇게 말을 하면 꼬마들은 키득키득 웃고 흩어져 도망가곤 한다.

"나 잡아 봐~라!" "메~롱"

그는 어릴적 동네 친구들과도 소원해져 놀러가지도 않게 된다. 친구들이 놀러오라고 하여도 그냥 집에서 멍하니 천장만 바라보며 세월을 보내기 일쑤였다.

김동욱은 간밤부터 정오가 다되도록 줄곧 눈이 펄펄 내려 발목까지 쌓인 어느 날, 해는 구름에 가려 을씨년스런 바람만이 들판을 휩쓸고 있는 오후, 강추위는 아니지만 털외투를 꺼내어 무릅쓰고 벙거지 모자를 눌러쓴 채 모처럼 눈 구경이나 할 요량으로 집을 나서서 김제로 나가는 농로를 걷는다. 눈은 온통 세상을 다 덮어버렸고 논에 흩어져 있는 벼 그루터기가 보이지 않을 정도로 수북이 쌓여 있다.

김제로 나가는 농로에도 많은 눈이 쌓여 사람이 별로 다니지 않은 듯 몇 개의 발자국만 나 있다. 김동욱은 약 1.5킬로미터 정도 되는 농로를 걸어 신작로까지 갔다가 다시 돌아오리라 생각하고 눈길에 발자국을 남기면서 터벅터벅 걷는다. 자신의 발자취를 돌아보니 발자국 두 개가 아니라 하나의 발자국과 목발이 괴상한 짐승의 자국처럼 나 있다. 다른 사람이 보면 저게 어이된 일일까? 하고 괴이하게 생각할지도 모른다.

들판에 하얗게 쌓인 눈 바다를 바라보니 갑자기 몸 사진을 찍고 싶어진다. 어릴 적 많이 해보았던 놀이 아니던가! 그는 낮지 않은 논을 골라 두 목발을 의지하면서 눈 위에 눕는다. 몸을 꾹 눌러 찍는다. 그렇게 눈 위에 조금 더 머물러 누워 있으니 포근하고 아득해진다. 하늘을 올려다본다. 아직도 잿빛구름이 낮게 드리워져 서쪽으로 밀려가고 있다. 바람은 강하지 않았지만 이제 몇 시간 뒤에는 강하게 불면서 또 눈발이 수북이 쌓일 것이다.

김동욱은 눈 사진이 어떻게 나왔는지 일어나서 본다. 그가 목발을 짚고 일어나 보니 눈 사진이 한쪽 다리가 짧은 이상한 그림이다. 그는 실망하며 목발로 눈 사진을 흩트려버리고 다시 농로를 나와 걷는다. 눈 덮인 들판을 걷는 그가 갑작스레 뭔가를 흥얼거린다. 기분을 전환하기 위하여 생각나는 대로 읊어본다.

－ 하얀 꿈 －

백설이 휘감은 넓은 들녘
벼 그루터기 흔적 없이 잠기고
쓸쓸히 서있는 가로수
하얀 옷 입고 삭풍과 대화한다.
하얀 곰 겨울잠 일어나듯
사린 몸 조심스레 내밀고
무릎까지 쌓인 눈 골 길을 내어
이웃사촌 불러 모은다.

빙 둘러 화롯불 두드리며
군고구마에 김치 얹어 한입 가득 넣고
살얼음 진 동치미 곁들이며
새로운 꿈 이어간다.

군불 지핀 따스한 방바닥
포근한 안식을 주니
겨우살이 정겹고 넉넉하지 않는가

그는 집에 가서 친구들을 불러 고구마나 구워먹으면서 이야기 나누어야겠다고 생각하며 발길을 돌리려 할 즈음, 멀리 신작로에서 버스 한 대가 지나가고 한 사람이 내려 이쪽 마을 농로로 들어선다. 아마도 마을 사람 중 한 명이 분명하지만 누구일까? 궁금해 하면서 발길을 집으로 돌리지 않고 조금씩 계속 신작로 방향으로 걸어 나간다. 두 사람은 점점 접근하였으며 형체가 적당한 키에 종종 걷는 걸음걸이가 여자 같았다. 누구일까? 더욱 관심이 간다.

그 여자는 외투를 입고 머리에는 수건을 둘러쳤다. 동욱이 사는 집에서 서너 가호 건너에 사는 정자였다. 그는 반가워 손을 흔들면서 아는 체를 한다.

"정자야 안녕!"

그러나 어찌된 영문인지 정자는 쳐다보지도 않고 교행하는 반대로 고개를 획 돌리고는 막 뛰어서 200미터 정도 가서야 뛰는 것을 멈춘다.

그러고는 뒤도 안 돌아보고 마을 쪽으로 계속 가버린다. 김동욱은 고개를 돌려 계속 정자를 보면서 순간 아차 하였지만 돌이킬 수 없는 짓을 한 자신이 마냥 부끄러웠고 속으로 질책해본다. 정자는 동욱이보다 두 살 연하였고 국민학교도 같이 다녔다.

어릴 적 그녀와 같이 빠꿈살이(소꿉장난의 방언)도 하였으며 그녀는 항상 동욱을 보면 "오빠 안녕!"이라고 인사하며 방긋 방긋 웃곤 하였다. 그리고 김제에 나가 중등학교를 다닐 때에도 가끔 그녀를 만나면 빵도 사주고 아이스케키나 셈비(삼비)과자 등 군것질거리를 사주기도 하였다.

그랬던 정자가 정작 "안녕!" 하는 소리를 듣고도 그를 외면하면서 부리나케 도망치듯 가버리는 것은 순전히 자신 탓이라고 생각하며 크게 낙담한다. 그는 한동안 멍하니 멀어져가는 정자를 쳐다보고는 바로 집으로 돌아와서 방 안에만 누워 두문불출한다. 구곡간장이 에이는 듯 그의 흉중은 무너져 내리기 시작한다.

1948년 봄 어느 따스한 날 뒷동산에 놀러나갔던 아이들이 놀라서 뛰어 내려왔다. 당황해 하며 마을 사람들에게 소리치며 알리는데 아이들의 표현에 의하면 사람이 나무에 달려있다는 것이다. 어른들 몇 명이 즉시 달려가 보았다.

김동욱이 서른 평 정도 되는 공터에 있는 수백 년 된 소나무 굵은 가지에 밧줄을 묶어 목을 매달아 축 늘어져 있다. 그의 발밑에는 능금궤짝 하나가 앞으로 나뒹굴어 있다.

사람들은 얼른 김동욱을 밧줄에서 풀어내어 숨결을 확인하였지만 그의 몸은 시간이 상당히 지난 듯 싸늘하게 굳어 있다. 김동욱이 목맨 나무는 평소에 아이들이 그네를 매어 타던 큰 소나무의 한 가지로 어릴 때 동욱이도 수시로 와서 뛰놀고 그네도 타던 나무이다. 나뭇가지가 그리 높지 않아 개구쟁이들은 나무에 올라가서 뛰놀기도 하는 한마디로 김동욱의 성장을 지켜본 나무이기도 하다.

김동욱이 목을 맨 작은 동산에는 여기저기 노란 개나리가 며칠 전부터 망울을 탁 터트려 주변을 노랗게 물들이고 있다. 그러나 어제부터 봄을 시샘하는 추위가 갑자기 몰려와 피어나는 개나리는 시들부들해졌다. 활짝 피었던 개나리는 꽃잎이 접히고 검은 색깔로 변하면서 우수수 떨어지고 있다. 스물다섯의 한 젊은이는 꽃망울을 제대로 피워보지도 못하고 거친 찬바람에 떨어져 짓밟혀 사라졌다.

-3권 끝, 4권으로 계속-

지은이 송기준

공군사관학교 졸업
전투기 조종사
전투비행 대대장
합동참모본부/공군본부 근무
대한항공 근무
현재 에어부산항공사 근무
에어버스 기장
시인, 수필가
문학지『윌더니스』(현)운영위원장

검은 개나리 3

초판 1쇄 발행일 2016년 3월 25일

지은이 송기준
발행인 이성모
발행처 도서출판 동인
주 소 서울시 종로구 혜화로3길 5, 118호
등 록 제1-1599호
TEL (02) 765-7145 / FAX (02) 765-7165
E-mail dongin60@chol.com
ISBN 978-89-5506-707-1
정 가 16,000원